언레코더블

언레코더블 : 시즌 1. 괴뢰사

펴낸날   초판 1쇄 2025년 10월 24일

지은이   한혁
펴낸이   김선규
펴낸곳   더케이북스
출판등록   2019년 10월 31일 제2019-000124호
(07788) 서울시 강서구 마곡중앙로 161-8 두산더랜드파크 B동 1007호
전화 010-9085-2936   팩스 0504-185-2936
thekbooks@naver.com

ISBN   979-11-992893-1-4 (03810)

이 도서의 국립중앙도서관 출판시도서목록(CIP)은 서지정보유통지원
시스템 홈페이지(http://seoji.nl.go.kr)와 국가자료공동목록시스템
(http://www.nl.go.kr/kolisnet)에서 이용하실 수 있습니다.

- 책값은 뒤표지에 표시되어 있습니다.
- 잘못된 책은 구입하신 서점에서 교환해 드립니다.

책임편집   서지영

언레코더블

시즌1. 괴뢰사

| 한혁 지음 |

UNRECORDABLE

더케이북스

때때로 남겨진 자는
괴물이 된다.

00

 어둠이 완전히 내려앉은 한밤을 깨운 것은 묘한 마찰음이었다. '드르륵' 의자가 바닥을 긁는 기분 나쁜 소리에 아이는 눈을 떴다. 얕은 잠에서 깨어난 아이는 눈을 비비며, 가장 먼저 한 사람을 떠올렸다.
 '아빠?'
 엄마일 리는 없었다. 아이의 잠귀가 밝다는 걸 잘 아는 엄마는, 한 번 아이를 재우면 웬만해서는 방 밖으로 나오는 일이 없었다. 아이는 이내 고개를 가로저었다. 아빠 또한 저녁 시간 즈음에 이미 귀가했다는 사실이 떠올랐기 때문이다. 아이는 살그머니 침대를 빠져나와 방문으로 다가갔다. 아이가 방문에 조심스럽게 귀를 가져다 대는 순간, 부모님 방문이 열리는 소리가 들렸다.
 '뭐지? 누구지?'

아이는 놀란 표정으로 문고리를 돌렸다. 방문 밖으로 빼꼼 고개를 내민 아이의 눈에 반쯤 열려 있는 부모님의 방이 보였다. 아이는 까치발을 들고 살금살금 부모님의 방 쪽으로 다가갔다. 그리고 이내, 아이의 입에서 비명에 가까운 외침이 터져 나왔다.

"엄마-!!!"

아이의 부모는 동시에 잠에서 깨어났다. 검은색 일색의 옷차림에 식칼을 든 남자가 침대 곁에 서 있었다.

"꺄악-!!!"

엄마의 비명과 동시에 아빠의 몸이 남자에게로 달려들었다. 우당탕 소리를 내며 두 남자는 한 덩어리가 되어 뒤엉켰다. 아빠가 남자와 육탄전을 벌이는 사이 엄마는 방 밖으로 뛰어나와 아이를 살폈다.

"괜찮아? 다친 데 없어?"

엄마의 물음에 아이는 엉엉 울며 고개를 끄덕였다.

"들어가! 방 안으로 빨리!"

아빠는 필사적으로 아내와 아이를 향해 소리쳤다. 그리고 그 말은 그의 유언이 되었다.

푹-! 강도의 칼에 찔린 아빠의 몸이 지지대를 잃은 허수아비처럼 바닥에 쓰러졌다. 광기 가득한 눈을 번득이며 다가오는 강도의 모습에, 엄마는 급히 아이를 방 안으로 밀어 넣고 문을 닫았다.

"문 잠그고, 112에 전화해! 어서!"

아이는 엄마의 말대로 찰칵- 문을 잠그고는 책상 위에 잠들어 있던 휴대폰을 깨워 112를 눌렀다. 뚜르르르르- 끝이 나긴 하는 건지 의심스러운 전화 연결음이 길게 이어졌다. 아이는 방문 너머로 들려오는 끔찍한 소리들을 애써 외면하며 두 손으로 켠 휴대폰 너머의 누군가가 응답하기를 애타게 기다렸다.

"긴급신고 112입니다."

"흑… 흑…!"

"여보세요? 여보세요?"

"아… 아빠… 흑!"

아이는 메어버린 목에서 제대로 된 소리가 나오지 않자 가슴을 때려댔다.

"여보세요? 얘야, 몇 살이니?"

"열 살…."

"아빠가 어디 아프시니? 아니면 아빠가 널 아프게 했니?"

"아빠… 쓰러졌…."

"뭐? 엄마는? 엄마는 어디 계시니?"

"밖에… 방 밖에… 나쁜 사람이랑…."

"전화 끊지 말고 기다려줄래? 경찰 아저씨들이 금방 갈 수 있게 할 테니까. 전화 끊지 말고…!"

순간, 쾅! 문을 부수는 듯한 소리에 아이는 깜짝 놀라 휴대폰을 놓쳤다. 침대 아래로 굴러들어간 휴대폰 너머로 경찰의 다급한 목소리가 흘러나왔다.

"얘야! 괜찮니?!"

아이는 연신 문을 두들기는 쾅쾅 소리에 울음을 터뜨리며 책상 아래로 기어들어갔다. 잠시 후, 문을 때려대는 소리가 멈추는가 싶더니 콰직- 하는 소리가 들려오기 시작했다. 강도가 칼로 문고리 주변을 찍어대기 시작한 것이다. 칼로 문을 찍어대는 소리가 한동안 이어졌다. 잠시 후, 단단히 잠겨 있던 문고리가 땡그랑 소리를 내며 바닥으로 굴러떨어졌다. 뻥 뚫린 구멍으로 강도가 눈을 들이밀었다.

"아악-!!!"

강도와 눈을 마주친 아이가 비명을 질렀다. 강도는 일이 더 커지기 전에 끝장을 보겠다는 듯, 역할을 상실한 문을 활짝 열어젖혔다. 그 순간, 아이의 눈에 거실에 쓰러져 있는 엄마의 모습이 들어왔다. 아이를 지키고자 마지막까지 필사적으로 몸부림쳤을 것이 분명한…. 붉은 피웅덩이에 잠겨 있는 엄마의 모습이….

"…엄마!!!"

엄마를 본 아이는 저도 모르게 엄마를 외치며 튕기듯 책상 아래에서 뛰쳐나왔다. 강도는 아이가 갑자기 뛰쳐나올 것이라곤 생각지 못한 듯, 용수철처럼 튀어나온 아이를 반사적으로 피했다.

"엄마! 엄마!!"

거실로 나온 아이는 이미 명을 달리한 엄마를 붙잡고 흔들어댔다. 강도는 잠시 당황한 듯했지만 이내 칼을 고쳐 쥐었다. 칼에서 흘러내린 피가 바닥에 붉은 점을 뚝뚝 찍으며 아이에게로 다가갔다.

탕-! 탕-!!!

예고 없이 들려온 총소리에 아이는 물론이고 강도까지 놀라 귀를 틀어막았다. 곧이어 문고리가 망가진 현관문이 벌컥 열리고 누군가 안으로 들어왔다. 집 안으로 뛰어 들어온 것은 젊은 남경(男警)이었다.

"경찰이다! 손들어!!"

경찰이 손에 든 총으로 강도를 겨누며 외쳤다. 그러나 강도는 경찰의 말에 아랑곳하지 않고 들고 있던 칼을 아이를 향해 내리찍었다. 아이는 자신을 노리고 달려드는 칼날을 차마 보지 못하고 질끈 눈을 감았다. 눈을 감은 아이의 귓가에 경찰의 목소리가 들려왔다.

"안 돼-!!!"

푸욱-! 아이의 귀에 살이 찢기는 소리가 들렸다. 그러나 이상하게도 느껴지는 고통이 없었다. 눈을 뜬 아이의 시야에 강도를 막아선 경찰의 넓은 등이 보였다.

"괜찮니?"

경찰은 강도의 칼을 왼손으로 붙잡은 채 고개만 살짝 돌려

아이에게 물었다. 아이가 대답 대신 고개를 끄덕이자, 경찰은 칼을 쥐고 있지 않은 오른손으로 강도에게 주먹을 날렸다.

뻐억-!!! 남자의 주먹에 얻어맞은 강도가 거실 바닥에 나동그라졌다. 아이는 그제야 경찰의 왼손을 제대로 볼 수 있었다. 경찰은 강도의 칼을 붙잡고 있는 것이 아니었다. 경찰의 왼손에는, 강도의 칼이 손바닥부터 손등까지 꿰뚫은 채 꽂혀 있었다.

강도는 경찰의 주먹이 얼마나 강력했던지 쓰러진 바닥에서 제대로 일어나지 못하고 비틀거렸다. 그 사이, 열려 있는 현관문을 통해 세 명의 경찰들이 뛰어 들어왔다.

"야, 한재우! 괜찮아?"

아이를 구해준 경찰보다 나이가 열 살 정도 많아 보이는 경찰이 물었다. 그는 한재우 순경의 파트너였다.

"네, 괜찮습니다."

한 순경이 고개를 끄덕이며 괜찮다 답하자, 파트너는 바닥에 쓰러져 있는 강도를 노려보며 명령을 내렸다.

"이 개새끼가 어디 감히 경찰을…! 저거 당장 체포하고 구급차 불러! 빨리!"

명령을 들은 다른 경찰 두 사람은 각각 강도의 손에 수갑을 채우고 119에 전화를 걸었다. 동료들이 각자 맡은 일을 하는 사이, 한 순경은 최대한 아무렇지 않은 척 고통을 참으며 입고 있던 경찰 조끼를 벗어 엄마의 시신을 덮어주었다.

그리고 아이를 쳐다보았다. 이 모든 게 현실인지 아닌지도 구분할 수 없을 정도로… 처참한 상황 앞에서 아이는 말을 잃은 채 하얗게 질린 얼굴로 서 있었다. 한 순경은 아이에게로 저벅저벅 다가갔다. 무거운 발걸음이 어수선한 공기를 짓눌렀다. 말없이 아이의 어깨를 쥐고 쳐다보자 아이는 눈을 피하지 않았다. 한 순경은 아이의 어깨를 당겨 품에 안았다.

"이제 괜찮아…."

한 순경은 여전히 칼이 꽂혀 있는 왼손을 허리춤 뒤로 숨긴 채 아이를 달랬다. 한 순경의 파트너는 그제야 아이를 발견한 듯, 무심하게 입을 열었다.

"얘는 뭐야? 이 집 앤가?"

"네, 그런 것 같습니다. 김 경장님."

김 경장은 쯧- 혀를 한 번 차고는 아이를 향해 캐묻듯 질문을 던지기 시작했다.

"야, 꼬마야. 아빠는 어디 있니? 아빠 전화번호 알아?"

아이는 김 경장의 질문에 덜덜 떨리는 손으로 안방을 가리켰다. 김 경장은 안방을 힐긋 보고는 오만상을 지으며 다시 아이에게로 고개를 돌렸다.

"꼬마야, 저 사람이 언제 들어왔니? 저 사람이 엄마랑 아빠 죽인 거 맞지?"

순간, 아이가 구역질을 하기 시작했다. 배려라곤 없는 김 경장의 쏟아지는 질문에, 조금 전 벌어진 참혹한 상황이 선명하게 다시 떠오른 것이다.

웩-!

"이런 씨, 뭐야?"

아이가 갑자기 구역질을 시작하자 김 경장은 더럽다는 듯 뒤로 물러났다. 한 순경이 그만하라는 듯 김 경장을 향해 단호하게 말했다.

"김 경장님!"

김 경장은 그제야 본인의 부주의함을 깨달은 듯, 멋쩍은 표정을 짓더니 현관 밖으로 도망치듯 사라졌다. 옆에 있던 수건으로 아이의 얼굴을 닦이고는 한 순경이 단단한 표정으로 말했다.

"괜찮을 거야."

그는 최대한 아이를 진정시켜보려 했지만, 거실은 여전히 피비린내와 소독약 냄새가 뒤섞여 역한 장면을 만들어내고 있었다. 그때 밖에 있던 김 경장이 전화를 받으며 안으로 들어왔다.

"네, 압니다. … 예?"

잠시 짧은 침묵이 이어졌고, 김 경장의 이마에 깊은 주름이 새겨졌다.

"…그 사건이랑도 연관된 놈이라고요? 그렇다면 단순 강도는 아니란 얘기군요."

전화를 끊은 그는 잠시 망설이다가 한 순경을 보며 골 아프다는 듯 말했다.

"본청에서 이놈을 다른 건으로도 연관 지어 보고 있대. 27일 청담동 건이랑도 관련 있을 수 있다고."

한 순경은 아이의 눈치를 슬쩍 보더니 밖으로 나가 이야기하자고 사인을 보냈다. 잠시 밖으로 나온 김 경장이 안에 있을 때보다는 조금 더 편해진 투로 얘기를 이어갔다.

"그럼 우리 쪽은 더 조용히 가야 해. 연쇄라면 언론에서 눈에 불을 켜고 달려들 테니까. 여기서는… 그냥 한 가정의 비극으로 정리하는 게 맞아."

"그게 무슨…?! 뒷감당을 어떻게 하시려고요?"

"뒷감당이야 위에서 알아서 하겠지. 위에서 원하는 건, 언론에 뿌려질 그림이 단순해지는 거야. 무슨 소린지 알지?"

힘없이 거실 가운데 서 있던 아이는 어쩔 수 없이 두 사람의 얘기를 들어야 했다. 아이의 귀에 날아온 여러 단어들은 가슴 깊은 곳에 날카롭게 새겨졌다. 쓰러진 부모의 모습과, 이 죽음을 그저 축소시켜야 하는 하나의 사건으로만 치부하는 어른들의 목소리가 겹쳐 들렸다.

밖에서 담배 한 개비를 모두 피운 김 경장이 마지막으로 한 순경에게 덧붙이며 마무리하듯 말했다.

"죽은 사람은 돌아오지 않아. 그냥 덮어. 애는 금방 잊을 거야."

그 말이 떨어지는 순간, 아이의 눈에 맺혀 있던 눈물은 흐르지 못한 채 굳어버렸다. 세상을 바라보는 작은 눈동자 속에, 믿음과 의심을 가르는 보이지 않는 선이 그어졌다. 한 순경이 들어와 어두운 얼굴로 남겨진 아이를 챙겼다. 아이는 그런 한 순경의 다친 손을 쳐다보았다. 그의 모습이 강렬하게 뇌리에 각인되었다.

그날 아이의 귀에는 어른들의 말이 진실이 아니라, 상황에 따라 모양을 바꾸는 소음처럼 들렸다. 그 소리는 잔혹한 기준이 되어, 아이 마음속에 조용히 새겨졌다.

.
.
.
.

그리고… 22년이라는 시간이 흘렀다.

01

휘영청 떠 있는 달을 보고 놀란 윤정은 휴대폰을 꺼내 시간을 확인했다. 밤 10시 19분. 생각보다 훨씬 늦어진 퇴근에 그녀의 얼굴이 벌레라도 씹은 듯 찌푸려졌다.

그녀의 퇴근 시간은 원래 6시다. 그러나 윤정은 오늘도 정시에 퇴근하지 못했다. 그녀가 막 자리를 정리하려던 순간, 직속 상사 김 대리가 다가오더니 일거리를 들이민 것이다. 정수리에 동전만 한 구멍을 가진 40대 중반의 김대리는 "내일 거래처에 보내야 할 자료이니 오늘 다 정리해서 내 책상에 올려두고 가세요."라고 지시하곤 퇴근해버렸다. 불합리하고도 갑작스러운 요구였지만 윤정은 그 지시를 거부할 수 없었다. 5명이 사원의 전부인 회사에서 받는 월급은, 저축은커녕 집세와 생활비를 충당하기에도 빠듯했다. 하지만 이마저도 벌지 못한다면… 서울로 올라온 지 3개월 만에 고향으로 내려가야 할지도 모른다. 윤정은 고향을 떠나오던 날 아버지가 해준 말이 떠올랐다.

'니가 거 서울 올라가 을매나 버틸 수 있을 것 같노? 거는 니 같은 아가 감당할 수 있는 곳이 아이다. 고마 여서 어매 일이나 도와주다 좋은 놈 만나가 시집이나 가라!'

윤정은 아버지의 목소리를 떨쳐내고자 고개를 좌우로 흔들었다. 어떻게 상경한 서울인데. 이렇게 쉽게 항복하고 돌아갈 수는 없었다. 지방에서 30년 동안 살며, 언젠가는 서울로 올라와 어엿한 직장인이 되리라 꿈꾸지 않았던가. 그러나 이 목표를 이루기 위해서는 커다란 난관을 넘어야 했다. 그건 바로 '경력'이었다. 지방에서 아르바이트나 몇 개 해본 것이 전부인 그녀의 이력서를 받아주겠다는 회사는 전무했다. 결국 윤정은 눈에 불을 켜고 중소기업보다도 훨씬 작은 회사들을 찾아내 이력서를 보냈고, 천신만고 끝에 간신히 취직한 곳이 지금의 직장이었다.

'딱 3개월만 더 버티자. 일단 6개월만 채우면 돼!'

윤정은 얇은 외투를 끌어올리며 각오를 다졌다. 일단 이곳에서 6개월 이상의 경력을 가지면 조금 더 큰 회사로 옮길 수 있었다. 애초에 그 회사에 이력서를 넣었다가 '적어도 회사 생활을 6개월은 해본 사람이어야 합니다'라는 말에 이곳으로 온 것 아니었던가.

'김 대리, 나쁜 새끼! 니는 고마 평생 여서 대리나 해 먹다

디지뿌라!'

윤정은 일을 떠넘긴 김 대리에게 악담을 날리며 역 안으로 들어갔다.

※ ※ ※

"이번 역은 대익(大翼), 대익역입니다. 내리실 문은 왼쪽입니다."

바둑알처럼 붙어 있는 사람들 틈에서 유튜브를 보던 윤정은 휴대폰을 가방에 넣었다. 밤 11시가 넘었는데도 전철 안은 사람들로 가득했다.

"잠시만요, 내릴게요!"

윤정은 꼼짝도 하지 않는 사람들 틈에서 힘겹게 소리를 내며 몸을 움직였다. 석상처럼 서 있던 승객들이 몸을 비틀어 길을 내주었다.

"후…."

힘겹게 열차 밖으로 빠져나온 윤정은 작게 한숨을 내쉬었다. 그녀가 사는 은성(銀成)구 대익역은 사람들이 별로 내리지 않는 곳이었다. 그래서 윤정은 집으로 돌아올 때마다, 마치 홍해를 가른 모세처럼 인파를 가르고 나아가는 기적을 행해야 했다.

역 밖으로 나온 윤정을 찬바람이 덮쳤다. 바람은 꽤 매서웠지만, 온실 같은 전철 안에 있었던 터라 오히려 상쾌하게 느껴졌다.

집으로 걸어가던 윤정은 편의점 안으로 들어갔다. 늦게까지 야근한 스스로에게 작은 보상이라도 하고 싶었다. 잠시 후, 윤정은 바나나 우유와 초코바 하나, 감자칩 한 봉지를 사들고 편의점 밖으로 나왔다. 어느새 12시가 다 되어 가고 있었다. 그녀는 조금이라도 더 빨리 집으로 돌아가고픈 마음에 대로변이 아닌 골목으로 발길을 돌렸다.

'…?!'

윤정은 골목에 들어서자마자 멈추어 섰다. 한눈에 봐도 질이 나빠 보이는 남자 셋이 그녀를 쳐다보고 있었다. 그들은 골목으로 들어선 윤정을 보더니 기분 나쁜 미소를 지었다.

"어이! 혼자 어디 가요?"

빨간색 모자를 쓴 남자가 피우던 담배를 바닥에 던지며 물었다. 당황한 윤정은 본능적으로 몇 걸음 뒤로 물러났다. 그러고는 곧장 뒤돌아서서 집을 향해 달리기 시작했다.

"헉- 헉-"

한참을 도망치던 윤정은 가쁜 숨을 몰아쉬며 두려움이 가시지 않은 얼굴로 힐긋 뒤를 돌아보았다. 다행히 그녀의 뒤에는 아무도 없었다. 윤정은 긴장했던 마음을 풀며 안도의 한숨을 내쉬었다.

"혼자 어디 가냐니까?"

그 순간, 윤정은 숨이 멎은 듯한 표정으로 앞을 보았다. 조금 전, 골목 저편에서 보았던 빨간 모자 일행이 그녀의 눈앞에 서 있었다. 세 남자는 겁에 질린 윤정을 위아래로 훑어보며, 기분 나쁘게 킬킬거리기 시작했다.

"사람이 묻는데 왜 대답을 안 해? 벙어리야?"

빨간 모자의 오른편에 있던, 입술에 피어싱을 한 남자가 물었다. 그러자 빨간 모자의 왼편에 있던 노랑머리의 남자가 한 걸음 윤정에게 다가오며 입을 열었다.

"말 좀 못하면 어때? 귀여우면 됐지."

두려움에 사로잡힌 윤정은 뒤로 물러나다 그대로 넘어지고 말았다. 그러자 세 남자는 그런 윤정이 웃겨 죽겠다는 듯 폭소를 터뜨렸다.

"지랄하고 자빠졌네, 병신 같은 년."

빨간 모자가 윤정의 눈앞에 얼굴을 들이밀며 말했다.

"데려가자."

빨간 모자의 명령에 피어싱과 노랑머리가 윤정의 양팔을 하나씩 붙잡았다. 꼼짝할 수 없이 남자들에게 붙잡힌 윤정은 극도의 공포를 느끼며 살려달라 중얼거리기 시작했다.

"사… 려… 스세요… 살…."

윤정은 겁먹은 강아지가 낑낑거리듯 남자들을 향해 빌었다. 하지만 남자들은 아랑곳하지 않고 그녀를 일으켜 어딘가로 끌고 가기 시작했다.

"사, 사람 살…!"

윤정이 있는 힘을 다해 '살려달라' 외치려는 순간, 빨간 모자의 오른손이 그녀의 얼굴에 날아들었다. 눈 깜짝할 사이에 벌어진 폭행에 그녀의 뺨이 붉게 타올랐다. 윤정은 아득해지는 정신을 잡고자 두 눈을 끔뻑였다. 뺨은 찌릿한 전기가 흐르듯 얼얼했고, 다리는 힘이 풀려 휘청거렸다. 삐- 하고 들려오는 이명에 눈을 감는 순간, 빨간 모자의 손이 우악스럽게 그녀의 머리채를 움켜쥐었다.

"뒤지기 싫으면 아가리 싸물어라."

※ ※ ※

밤 11시 경 / 은성(銀成)구 대익동 혜원공원

퍽- 퍽-

CCTV 하나 없는 한적한 공원 한구석에서 가죽을 두드리는 듯 둔탁한 소리가 차가운 밤공기를 때렸다. 잠시 후, 둔탁한 소리 사이사이로 섞여 나오던 신음이 멈추자 그제야 남자들은 폭행을 멈추었다.

"야, 뒤진 거 아니지?"

입술에 피어싱을 한 남자가 달빛을 조명 삼아 윤정을 살피며 물었다. 그녀는 세 남자의 구타에 정신을 잃은 채 풀밭에 쓰러져 있었다.

"쫄지 마, 새끼야. 그 정도로 안 때렸어. 그냥 기절한 거야."

빨간 모자가 피어싱을 향해 핀잔주듯 말했다. 곁에 있던 노랑머리가 입맛을 다시며 입을 열었다.

"누가 먼저 먹을래?"

"새끼야, 당연히 나부터지. 저리 비켜봐."

빨간 모자가 노랑머리를 밀치며 기절해 있는 윤정에게로 다가갔다.

"적당히 하고 넘겨라. 나까지는 하게."

"누구 맘대로 너부터야?"

피어싱이 담배를 꺼내 물며 킬킬거리자 노랑머리가 발끈했다. 두 놈이 툭탁거리는 사이 빨간 모자는 하의를 반쯤 내리며 윤정의 치마로 손을 뻗었다. 그때, 세 남자의 뒤에서 드르르르- 하는 정체 모를 소리가 들려왔다.

"뭐야?"

담배에 불을 붙이던 피어싱이 힐긋 뒤를 돌아보며 말했다.

"뭐가?"

이상한 표정을 짓는 피어싱을 향해 노랑머리가 물었다.

"무슨… 돌 끄는 소리 같은 거 못 들었어?"

노랑머리의 물음에 피어싱이 입에 물고 있던 담배를 빼며 답했다.

"뭐래, 병신이. 쫄았냐?"

노랑머리는 어처구니가 없다는 얼굴로 피어싱을 비웃고는 빨간 모자와 윤정 쪽으로 다시 고개를 돌렸다. 빨간 모자는 그녀의 치마를 내리고 속옷에 손을 대는 중이었다. 그때, 다시 한번 그 소리가 들려왔다. 묵직한 무언가가, 바닥을 끌듯 긁는 소리가….

"…?"

피어싱은 다시 뒤로 몸을 돌렸다. 그 순간, 피어싱은 사색이 된 얼굴로 입에 문 담배를 떨어뜨렸다. 불과 5M 앞에, 돌로 만들어진 50cm쯤 되는 소녀상 하나가 서 있었다. 마치… 나쁜 짓을 저지르고 있는 세 남자를 지켜보고 있는 것처럼…. 무엇보다, 소녀상이 짓고 있는 기묘한 미소가 피어싱의 마음속에 알 수 없는 공포심을 불러일으켰다. 소녀상의 얼굴은 분명 여느 조각상의 표정을 하고 있었지만, 그에겐 마치 공포영화 속 인형의 미소처럼 보였다.

"야, 야!"

피어싱은 공포에 사로잡힌 얼굴로 노랑머리를 향해 손을 뻗었다. 그러나 거사를 치르기 직전인 빨간 모자에게 정신이 팔린 노랑머리는 피어싱의 손을 매몰차게 내쳤다.

"알았어, 새끼야! 너까지 먹게 해줄 테니까 좀 가만있어!"

순간, 묵직한 무언가가 떨어져 부딪히는 소리와 함께 피어싱이 길바닥에 쓰러졌다.

"병신, 뭐 하냐?"

친구가 쓰러지는 소리에 노랑머리가 잔뜩 짜증난다는 표정으로 고개를 돌렸다. 그리고 그 순간, 노랑머리 또한 길바닥에 그대로 쓰러졌다. 쓰러진 두 사람의 머리에서 쏟아져 나오기 시작한 새빨간 피가 공원 바닥에 붉은 길을 만들었다.

"새끼들아, 망이나 잘 봐."

빨간 모자는 두 사람에게 무슨 일이 벌어졌는지 전혀 알지 못한 채 중얼거렸다. 지금 그의 온 정신은 발가벗겨진 윤정의 하반신에 집중되어 있었다. 그렇게 빨간 모자가 발기된 자신의 성기를 여인의 몸으로 가져가던 순간, 조금 전 그 소리가 그를 막아섰다.

"씨발, 니들 뭐 하…?"

짜증 가득한 얼굴로 뒤를 돌아본 빨간 모자의 입에서 끔찍한 비명이 터져 나왔다. 그의 눈앞에 소녀상이 서 있었다. 미소를 지은 채 뜨거운 피를 뚝뚝 떨어뜨리면서. 소녀상은 완전히 공포에 빠져 비명밖에 지르지 못하는 빨간 모자를 음미하듯 가만히 바라보았다.

"으, 으, 으아아…!"

빨간 모자의 비명은 이어지지 못했다. 소녀상이 더는 들어주지 못하겠다는 듯, 땅에서 슬며시 떠오르는가 싶더니 빨간 모자의 머리 위로 떨어져 내린 것이다. 이내 '쿵' 하는 소리와 함께 빨간 모자의 머리가 수박 쪼개듯 부서졌다. 그 소리에,

정신을 잃었던 윤정이 눈을 떴다.

"…?"

정신을 차린 윤정은 자신이 반라 상태라는 것을 깨닫기도 전에, 그녀의 몸 위에 엎어져 있는 빨간 모자를 발견했다. 아악-! 비명과 함께 윤정은 빨간 모자를 밀쳐냈다. 남자의 몸이 힘없이 풀밭을 굴렀다. 허둥지둥 옷을 추스르며, 윤정은 빨간 모자에게로 시선을 던졌다. 그리고 잠시 후, 그녀의 입에서 소리 없는 비명이 새어 나오기 시작했다.

"…!"

남자가 쓰고 있는 빨간 모자 위로… 끈적한 피가 흘러나와 풀밭을 새빨갛게 물들이고 있었다. 참혹한 광경에 고개를 돌린 윤정의 눈에 다른 두 사람의 모습이 들어왔다. 그들 또한 머리에서 피를 쏟아내며 길바닥에 쓰러져 있었다.

윤정은 도망치듯 공원 저편으로 달려가기 시작했다. 세 구의 시체들로부터 멀어지는 그녀의 모습을, 피를 뒤집어쓴 소녀상이 미소 띤 얼굴로 바라보고 있었다.

오전 8시 경 / 은성구 대익동 혜원공원

세 구의 시신과 폴리스라인, 분주히 움직이는 과학수사대(이하 과수대), 이른 아침임에도 몰려든 구경꾼과 기자들, 그리고 그런 사람들로부터 현장을 지키고 선 지구대원들까지…. 마치 잘 꾸며진 무대 같은 현장을 아침 해가 유난히 밝게 비추고 있었다. 잠시 후, 현장과 조금 떨어진 공원 입구에 SUV 한 대가 나타났다. 입구에 멈춰 선 차에서 짧은 스포츠머리를 한 50대 남자가 뛰어내렸다. 그의 이름은 '나철수'. 서울경찰청 형사기동대 3팀의 팀장이었다.

"오셨습니까."

현장을 지켜보던 남자가 철수를 발견하자 헐레벌떡 달려오며 말했다. 남자의 이름은 김택진. 철수의 팀에 소속된 형사였다.

"씨발."

다짜고짜 욕부터 날리는 팀장의 한마디에 택진의 얼굴이 사색이 되었다.

"저거 다 뭐야? 통제 똑바로 안 해? 어디 시체도 치우기 전에 기자들이 먼저 설치고 있어? 이게 사건 현장이야? 포토존이지!"

"죄, 죄송합니다."

택진은 도망치듯 지구대장에게로 달려갔다. 철수는 그런 택진을 못마땅하다는 듯 노려보다가 폴리스라인 근처로 다가갔다. 먼저 증거를 채취 중이던 과수대원들이 철수를 발견하자 가벼운 목례로 인사를 건넸다.

"김 형사! 보고 안 할 거야?"

지구대장과 함께 기자들을 통제하던 택진은 또다시 허둥지둥 철수를 향해 달려왔다.

"양아치 셋이 여자 하나를 강간하려다 피살된 것 같습니다. 몇 시간 전에 피해 여성이 직접 대익동 지구대로 찾아와 신고했답니다."

"몇 시간 전? 근데 왜 아침이 다 돼서야 현장을 발견한 거야?"

"그게… 피해 여성이 처음에는 충격으로 말을 제대로 못한 모양입니다. 지구대원들 말로는 현장에서 곧장 지구대로 찾아온 것 같지도 않답니다. 충격에 길거리를 헤매다 온 것 같다고…. 그렇게 지구대에 도착한 게 새벽 2시 경이었고, 입을 연 건 오전 7시쯤이라고 합니다."

철수는 잠시 인상을 찌푸리다 다시 질문을 던졌다.

"살해도구는?"

"공원에 있던 석상입니다."

"석상?"

철수는 택진의 손이 가리키는 곳으로 고개를 돌렸다. 택진의 말대로 피를 뒤집어쓴 소녀상이 풀밭 위에 쓰러져 있었다.

"저거 얘기하는 거야?"

"네, 맞습니다."

"…용의자는? 신고했다는 피해 여성이 저걸로 내리쳤을 리는 없을 거 아냐?"

"저, 그게…. 목격자도 없고 CCTV도 없어서…."

철수는 한껏 찌푸린 표정으로 욕을 대신하고는 다시 입을 열었다.

"피해 여성은?"

"네, 이름은 이윤정. 32세고요. 야근하고 집으로 돌아가던 중 죽은 세 놈에게 공원으로 끌려왔다고 합니다."

"개만도 못한 새끼들…."

철수는 죽은 남자들을 경멸하듯 쳐다보며 바닥에 침을 뱉었다. 택진이 다시 보고를 이어갔다.

"공원에 끌려온 뒤, 구타를 당했고… 그렇게 정신을 잃었다가 깨어나니 셋 다 죽어 있었답니다. 지금도 지구대에서 보호 중이고요."

"과수대에서는 뭐래?"

"살해도구가 석상인 건 확실한 것 같답니다. 사체들 전부 머리가 깨져 있는데 그 상처랑 딱 맞아떨어진다고요. 석상에서 피해자들 머리카락도 묻어나왔답니다. 문제는…."

'문제'라는 말에 철수가 눈을 부라리며 택진을 쳐다보았다. 택진은 잠시 입술을 깨물다가 한숨을 쉬며 입을 열었다.

"석상에… 아무 흔적도 없답니다."

"뭐?"

"죽은 세 놈의 혈흔과 머리카락, 두피 등 피해자의 것 외에는 어떤 흔적도 없답니다."

"그게 무슨 소리야? 범인이 라텍스 장갑 끼고 세 놈을 죽인 뒤에, 석상에 묻은 자기 흔적만 세척하기라도 했단 얘기야? 쪽지문 하나라도 나와야 할 거 아냐?"

"말씀드린 그대롭니다…. 정말 세척이라도 한 건지…. 용의자의 것으로 추정할 만한 게 아무것도 없답니다. 쪽지문 하나도요."

철수는 기가 막힌다는 표정으로 한숨을 내쉬었다. 용의자의 것이 아니어도 쪽지문 정도는 나와야 했다. 흉기로 사용된 저 돌덩어리는 말 그대로 공원에 있는 석상 아닌가? 최소한 공원을 찾아오는 사람들이 남긴 지문 정도라도 나와야 정상이었다.

"CCTV는?"

"없습니다. 이 양아치 새끼들…. 강간하겠다고 계획적으로 CCTV 하나 없는 공원 구석으로 찾아온 것 같아요. 공원 입구에서 여자를 데리고 들어온 것까지는 찍혔는데…. 여기 현장 영상은 하나도 없습니다."

철수는 한숨을 내쉬며 죽은 양아치들을 원망스럽게 노려보았다.

"그러니까… 어떤 새끼가 이런 건지 단서가 한 개도 없다?"

"네, 그렇습니다. 과수대 말이… 귀신이 아니고서야 어떻게 이럴 수 있냐고…."

택진은 마치 자기가 잘못한 것처럼 주눅 든 모습으로 입을 열었다.

"좆 까는 소리하고 있네. 귀신은 무슨…. 저 석상은 원래 어디 있던 거야?"

철수가 살해도구인 소녀상으로 고개를 돌리며 물었다.

"원래는 여기서 한 20M 정도 떨어진 풀밭 안에 있던 거랍니다. 아마도 거기서 가져와 살해도구로 사용한 듯합니다."

"거기도 CCTV는 없고?"

"그게… CCTV에 들어오는 위치이긴 한데…."

"빨리빨리 똑바로 얘기 안 해?!"

말을 끄는 택진을 향해 철수가 호통을 쳤다.

"그곳 CCTV만 이상하게 각도가 틀어져 있습니다."

"그건 또 무슨 소리야?"

"원래는 소녀상이 보이는 각도로 잡혀 있다는데…. 지금은 딱 그 소녀상이 있던 곳만 보이지 않게 각도가 틀어져 있습니다. 시간을 보니 세 놈이 살해된 것으로 추정되는 시간 직전에 틀어진 것 같다고…."

황당하기 그지없는 이야기에 헛웃음을 짓던 철수는 다시 소녀상으로 고개를 돌렸다. 피가 말라붙은 소녀상이 그를 향해 미소 짓고 있었다. 20년 넘게 형사 밥을 먹은 철수였지만, 어쩐지 그 미소는 보이지 않는 악의가 담긴 듯 기괴한 섬뜩함을 주었다.

'진짜 귀신이라도 씌었다는 거야 뭐야?'

철수는 차마 입 밖으로 내뱉을 수 없는 말을 꾹 삼키며 현장을 떠났다.

※ ※ ※

그 시각 / 은성구의 어느 작업실…

쓱싹거리는 연필 소리가 공간을 가득 채우고 있었다. 남자인지 여자인지 알 수 없을 정도로 하얗고 긴 아름다운 손…. 그 손에 쥔 연필이 하얀 도화지 위에 소녀를 그리고 있었다. 아니, 아름다운 손이 그리고 있는 것은 소녀가 아니라 소녀 석상이었다. 전날 밤, 세 남자를 살해한 바로 그 소녀상. 그리고 소녀상의 주변에는….

머리에 피를 흘리며 죽어 있는 쥐 세 마리가 그려져 있었다.

02

오전 10시 경 / 서울경찰청 형사기동대 사무실

철수가 팀장으로 있는 형사기동대(이하 형기대) 3팀에는 세 명의 형사들이 자리를 지키고 있었다. 각각 신재현 형사, 최준일 형사, 이문일 형사였다. 세 형사가 각자 업무를 보고 있는 가운데, 사무실 구석에는 한 청년이 앉아 데굴데굴 눈알을 굴리고 있었다. 이십 대 중반 정도로 보이는 그는 흔히 볼 수 있는 적당한 길이의 단정한 헤어스타일에 캐주얼한 복장을 하고 있었다. 그야말로 '평범'이라는 단어에 맞춘 듯한 이미지를 가진 청년이었다. 그나마 인상적인 부분을 찾아보자면 180cm가 조금 안 되는 키임에도 불구하고 유난히 길어 보이는 다리를 갖고 있다는 정도였다.

덜컹- 사무실 문이 열리는 소리에 눈알을 굴려대던 청년이 고개를 돌렸다. 형기대 3팀 팀장인 철수가 안으로 들어오고 있었다. 철수의 모습을 발견한 3팀 형사들이 자리에서 일어나 그를 반겼다.

"오셨습니까, 팀장님."

"재우는?"

철수는 팀원들의 인사를 대충 받아주며 물었다.

"아직 안 나오셨는데요."

재현이 머리를 긁적이며 답했다.

"이 새끼… 또 어디서 꿈지럭거리고 있는 거야?"

철수가 비어 있는 자리를 보며 눈살을 찌푸렸다. 그때 3팀 근처에 앉아 있던 청년이 쭈뼛거리며 자리에서 일어났다.

"아 참, 팀장님."

철수는 자리에 앉으려다 재현의 목소리에 고개를 돌렸다.

"왜?"

"여기, 오늘 새로 온 막내랍니다. 야, 너 이름이 뭐라고?"

청년은 기다렸다는 듯 격하게 경례를 올리며 입을 열었다.

"안녕하십니까! 오늘부로 서울지방경찰청 형사기동대 3팀에 발령을 명받은 경장 지! 한! 울! 입니다!"

키에 비해 긴 다리를 가진 청년의 이름은 지한울. 스물아홉 살의 나이로 형기대 3팀에 새로 배정된 막내 형사였다.

"아, 그래. 새로 온다던 애가 너구나?"

"네, 팀장님! 앞으로 잘…!"

"마침 잘 됐다. 너 이리 와봐."

철수는 한울의 말을 끊어버리며 가까이 오라고 손짓했다.

"네? 아, 예…."

뭐가 잘 됐다는 것인지는 알 수 없었지만, 어쨌든 한울은 철수를 향해 다가갔다.

"너, 지금 당장 나가서 선배 하나 잡아와라."

"예? 어느 선배님을 말씀하시는지…."

한울은 다짜고짜 선배를 잡아오라는 명령에 당황하며 물었다.

"있어, 여기 이 자리에 앉는… 거북이 같은 놈. 아, 너 여기 오기 전에 별명이 뭐라고 했지?"

한울은 잠시 머뭇거리다가 입을 열었다.

"…두, 두루미였습니다."

철수를 제외한 팀원들이 일제히 푸핫! 웃음을 터뜨렸다. 기다란 다리를 자랑하는 한울에게 두루미라는 별명이 찰떡처럼 어울렸던 것이다.

"그래, 아주 딱이네, 딱!"

그때, 재현의 자리에 놓인 전화기가 울렸다.

"서울지방경찰청 광역수사대 3팀 신재현입니다. …네. 예. 알겠습니다."

"뭐야?"

한울을 보던 철수가 달각- 수화기를 내려놓는 재현을 향해 물었다.

"상포동 성곽마을에서 사건 터졌답니다. 바로 가봐야 할 것 같은데요?"

"이런 씨… 쉴 틈이 없구만…."

한숨을 쉬던 철수는 다시 한울 쪽으로 몸을 돌렸다.

"야, 두룸아."

"네! …에?"

한울은 자신을 두룸이라 부르는 철수를 향해 두 눈을 끔뻑이며 답했다.

"너, 당장 가서 거북이 찾아와. 찾아서 내 앞에 데려올 거 아니면 내 앞에 나타나지 마. 알겠지? 이거, 명령이다."

"…예?"

한울이 어벙하게 서 있는 사이, 철수는 한울의 어깨를 격려하듯 한 대 치고는 다른 형사들에게 명령을 내렸다.

"가자!"

철수의 명령에 재현과 준일, 문일까지 우르르 자리에서 일어나 사무실을 나섰다.

"이… 뭐…."

한울이 자기만 두고 나서는 팀원들의 뒷모습을 보며 망연자실하고 있던 그때, 사무실을 나가던 재현이 짧은 한숨과 함께 한울이 있는 곳으로 돌아왔다.

"야, 두룸아."

"예?"

"뭘 어리바리 까고 있어? 자, 이거 갖고 얼른 나가서 거북이 선배님 찾아와."

재현이 한울의 손에 무언가를 쥐여주며 말했다.

"이게 뭡니까?"

"뭐긴 인마, 네가 찾아야 할 선배님이지!"

재현은 그 말을 끝으로 철수를 따라 사무실을 나가버렸다. 재현이 나간 뒤로도 잠시 멍하니 서 있던 한울은 정신을 차리고 손에 쥐인 무언가를 들여다보았다. 재현이 준 것은 다름 아닌 명함이었다.

서울지방경찰청 형사기동대
경위 한재우
M. 010-1XXX-5XXX
T. 010-1XXX-5XXX
E. Hanjeu@yaver.com

"한재우… 경위…?"

오전 11시경 / 서울 중구 서소문역사공원

서울 중구의 서소문역사공원에는 한적한 시간을 즐기러 나온 사람들이 드문드문 보였다. 비슷한 세 살배기 아이를 둔 찬혁 엄마와 수찬 엄마 역시 마찬가지였다. 두 사람은 여느 날과 같이 수다를 나누며, 유모차를 끌고 공원 안을 거닐고 있었다.

"…어머, 수찬이 엄마. 저것 좀 봐."

"응? 왜요?"

수찬 엄마는 찬혁 엄마가 가리키는 곳으로 고개를 돌렸다. 찬혁 엄마가 가리킨 것은 공원 구석에 있는 벤치였다. 더 정확히 얘기하자면, 벤치 위에 널브러져 있는 한 남자였다. 남자는 검은색 버버리코트를 입은 채 신문으로 얼굴을 덮고, 죽은 듯 벤치에 누워 있었다.

"어우, 흉해. 가자, 가자."

"신고… 안 해도 될까요? 노숙자가 이런 데서 자고 있으면…."

"수찬 엄마 뭘 모르네. 요즘 세상이 어떤 세상인데 신고야? 괜히 해코지 당할 짓은 생각도 마. 빨리 저쪽으로 가자."

두 여인은 뒷담 아닌 뒷담을 나누며 도망치듯 사라졌다.

물론 벤치 위의 남자는 그러거나 말거나 신문지 아래서 꿀잠을 이어갔다. 아니, 그러려고 했다.

우우웅- 갑작스런 진동에 꿀잠을 때리던 남자의 몸이 크게 요동쳤다. 아마도 진동 때문에 잠에서 깨어난 듯했다. 남자가 신문지 밖으로 왼손을 빼 들자, 정오의 햇빛 아래로 손등과 손바닥에 새겨진 커다란 흉터가 훤히 드러났다. 남자는 빼낸 왼손을 코트 주머니 깊숙이 넣더니 진동하는 휴대폰을 꺼냈다.

"…여보세요."

걸걸하게 잠긴 목소리가 신문지 아래에서 흘러나왔다.

"한재우 경위님 되십니까?"

"…그런데요."

"안녕하십니까, 선배님! 저는 오늘부터 형기대 3팀에 근무하게 된 경장 지! 한!"

뚝-

벤치 위의 남자, 그러니까 한재우는 가차 없이 전화를 끊어버렸다. 전화를 끊은 재우는 다시 팔을 벤치 위로 늘어뜨리며 잠을 청했다. 그러나 휴대폰은 그런 그를 놓아두지 않겠다는 듯 다시 진동하기 시작했다. 재우는 다시 왼손을 코트 안에 넣어 휴대폰을 꺼내들었다.

"…여보세요."

마치 데자뷔처럼, 재우는 조금 전과 똑같은 목소리로 전화를 받았다.

"아, 선배님. 전화가 갑자기 끊어져서요. 저는 오늘부로 형기대에 오게 된…."

뚝- 재우는 또다시 가차 없이 전화를 끊어버렸다. 잠시 후, 휴대폰이 또다시 진동했다.

"…여보세요."

"선배님, 한 번만 더 끊으시면 위치추적해서 찾아가겠습니다."

재우는 '위치추적'이라는 말을 듣자 그제야 얼굴을 덮고 있던 신문지로 손을 뻗었다. 신문지를 끌어내리자 흰머리가 듬성듬성 섞인 더벅머리와 덥수룩한 턱수염이 인상적인 40대 중반 남성의 얼굴이 나타났다. 언뜻 보기에는 정말 노숙자가 아닐까 싶은 의심이 드는 외모였지만, 툭 튀어나온 눈두덩과 날카롭게 찢어진 눈매가 그의 직업이 닳고 닳은 형사임을 대변해주고 있었다.

"이 새끼가… 뭘 하겠다고?"

"그러니까 지금 어디 계신지 말씀해 주십쇼. 바로 달려가겠습니다."

재우는 어처구니없다는 얼굴로 휴대폰을 쳐다보고는 이내 헛웃음을 지으며 입을 열었다.

"…밥은 먹었냐?"

약 30분 후… / 서울 중구 어느 국밥집

재우는 김이 펄펄 나는 뚝배기에 다대기를 넣어 젓고는 크게 한술을 떴다. 한울은 그런 재우의 맞은편에 앉아, 게걸스럽게 국밥을 먹어대는 그를 황당하다는 눈으로 쳐다보았다. 재우가 와드득 깍두기를 씹으며 물었다.

"안 먹어?"

"밥도 안 먹고 다니십니까? 지금 시간이 몇 신데…."

"밥때 제대로 챙기는 형사가 몇이나 있다고? 넌 삼시 세끼 정해진 시간마다 꼬박꼬박 챙겨 먹으면서 일해?"

"아뇨, 어디 제가 그럴 짬밥이나 됩니까?"

한울이 국밥에 새우젓을 넣으며 답했다.

"어디 출신이야? 경찰대? 보니까 아직 솜털이 보송보송한데…."

"경찰대는요, 무슨…. 저 순경 출신입니다. 제가 동안이라 그렇지 이래 봬도 스물아홉입니다. 스물아홉."

한울의 털털한 대답에 국밥만 쳐다보던 재우가 힐긋 한울에게로 눈을 돌렸다.

"순경 출신이라고?"

"네. 순경으로 시작해서 이 악물고 미친놈처럼 기어 올라왔습니다. 왜요? 맘에 안 드십니까?"

"경찰 된 지는 얼마나 됐어?"

"반년 됐습니다."

한울의 대답에 재우는 숟가락을 놓고 그를 쳐다보았다. 의심스러운 용의자를 바라보는 듯한 그 눈빛에, 한울이 기분 나쁘다는 표정으로 입을 열었다.

"왜 그렇게 쳐다보십니까?"

"너, 계급 뭐야?"

"경장입니다."

"무슨 빽이라도 있어?"

"예?"

"어떤 순경이 반년 만에 경장으로 특진하는 것도 모자라서 형기대를 와? 그게 빽 없이 가능한 일이야?"

재우의 의심은 합당했다. 일반적인 순경이라면, 경장이 되기까지에만 2~4년 정도의 기간이 필요했기 때문이다. 그러나 한울은 일말의 동요도 없이 앞에 놓인 국밥을 우걱우걱 먹으며 입을 열었다.

"그런 거 있었으면 여기 오지도 않았겠죠. 꿀 빨면서 수당이나 잔뜩 챙길 수 있는 곳으로 갔지."

재우는 잠시 '이놈 봐라?' 하는 표정을 지었지만, 여전히 의심의 눈초리를 거두지 않은 채 노려보기를 멈추지 않았다. 결국 한울이 다시 입을 열었다.

"그만 좀 노려보세요. 순경 되고 두 달 만에 강간미수범 하나 때려잡았는데 그놈이 수배자였습니다. 전과 5범에 살인용의자였는데… 덕분에 단번에 경장으로 승진했어요. 그래서 형기대 지원할 기회가 왔을 때 바로 지원했습니다. 이 정도면 의심이 좀 풀리셨습니까, 거북이 선배님?"

한울의 이야기를 듣던 재우가 어이없다는 듯 헛웃음을 터뜨렸다.

"그 별명은 누구한테 들었어?"

"팀장님한테요. 저보고 제 별명이랑 선배님이랑 아주 딱 맞는다면서 알려주시던데요."

"네 별명이 뭔데?"

"두루미요."

"왜?"

"제가 그 강간미수범을 발차기로 잡았거든요. 그때 순경 동료들이 붙여준 별명입니다."

재우는 그제야 씩 웃더니 다시 숟가락을 들며 한마디를 던졌다.

"나도."

"네?"

다짜고짜 알아듣지 못할 '나도'라는 말에 한울이 국밥을 우물거리며 되물었다.

"나도 순경 출신이라고."

한울은 우물거리던 국밥을 삼키고는 재우를 바라보았다. '같은 순경 출신'이라는 그 단순한 한마디가, 생전 처음 보는 두 사람 사이에 묘한 동질감을 만들어주었다.

"그래서, 형기대는 왜 지원했어?"

한결 편해진 모습으로 국밥을 먹는 한울을 향해 재우가 물었다.

"돈 벌려고요."

"뭐?"

국밥을 뜨던 재우가 '이건 또 뭔 헛소리야?' 하는 얼굴로 고개를 들었다.

"경찰대 출신 아닌 경찰이 특진하려면 실적밖에 없잖아요. 저 돈 벌어야 합니다. 그래서 특진 말고는 관심 없어요."

너무나 당당하게 말하는 한울을 보며 재우는 어처구니가 없다는 듯 웃었다.

"이거 웃기는 놈일세? 야, 보통은 뭐 경찰로서의 사명감이니 뭐니 입바른 소리부터 하기 마련 아니야? 넌 그런 거 없어?"

"에이, 그 무슨 섭섭한 말씀이십니까? 경찰로서의 사명감. 당연히 있죠. 그런데요. 저 돈 벌어야 합니다. 그래서 형기대로 온 거예요. 무조건 빨리 특진해서 연봉 올리려고요."

"참나…. 이거 돈에 미친놈 아냐?"

숟가락을 내려놓으며 말하는 재우를 향해 한울이 고개를 끄덕이며 맞장구쳤다.

"네, 요즘은 그런 사람을 돈미새라고 합니다."

"돈미새?"

"네, 돈에 미친 새끼요."

아무렇지 않게 스스로를 돈에 미친 새끼라 말하는 한울을 보며 재우는 크게 웃음을 터뜨렸다.

"대충 다 드셨으면 가실까요?"

한울이 여전히 웃고 있는 재우를 보며 말했다.

"어딜 가?"

"팀장님이 선배님 모시고 현장으로 오라고 했습니다. 못 모시고 오면 나타날 생각 말라고 했어요. 계산은 제가 하겠습니다. 빨리 나오십쇼."

한울은 말을 마치기 무섭게 의자를 박차고 일어나더니 성큼성큼 계산대로 향했다.

"선배님! 안 가십니까?!"

한울은 계산을 마치자마자 재우를 향해 냅다 소리쳤다. 재우는 그런 한울을 보며, 고개를 절레절레 젓다가 무거운 엉덩이를 일으켰다.

"선배님!"

"간다, 가. 이 새끼야."

오후 1시 경 / 서울시 상포동, 성곽마을

형기대 3팀이 출동한 상포동 성곽마을. 마을 꼭대기 즈음에 있는 집 주변에는 이미 노란 폴리스라인과 지구대원들이 진을 치고 서 있었다. 수사가 한창이던 그때, 현장에서 한참 아래 골목에 SUV 한 대가 나타났다. 현장 근처에 서 있던 철수는 SUV에서 내리는 재우와 한울을 발견하자 냅다 골목 아래를 향해 소리를 질렀다.

"빨리빨리 안 와?!"

"예!"

철수의 호통을 들은 한울이 훌쩍훌쩍 현장을 향해 뛰어 올라갔다.

"아오, 저 거북이 같은 새끼…."

한울과 달리 터덜터덜 걸어오는 재우를 보며 철수가 중얼거렸다.

"헉, 헉…. 팀장님 명령대로 한재우 선배님 모셔왔습니다."

숨을 헐떡이는 한울을 보며 철수는 살짝 미소를 지었다. 어찌 됐든 자신의 첫 명령을 훌륭히 완수한 녀석이 기특했다.

"그래, 잘했다."

한울의 어깨를 툭툭 두들기며 칭찬하던 철수가 어슬렁 걸어오는 재우를 향해 눈을 부라렸다.

"야, 너는 선배라는 게 그렇게 세월아 네월아 걸어와?!"

철수는 매섭게 호통쳤지만, 재우는 타격이라곤 하나도 받지 않은 표정으로 입을 열었다.

"형사가 현장에 빨리 온다고 없던 범인이 나타나기라도 합니까? 아니면 뭐, 없던 증거가 나타나기라도 해요?"

한울은 재우의 대답에 경악스러운 표정으로 철수의 안색을 살폈다. 팀장의 질타에 팀원인 형사가 이런 식의 말대꾸를 한다는 것이 믿기지 않았기 때문이다.

'농땡이나 피우다 늦게 온 주제에 팀장에게 저런 식으로 말대꾸를 해? 설마 이 인간… 미친놈이었던 건가!'

그러나 한울과 달리 철수는 이런 재우가 익숙한 듯, '그래, 너 잘나셨어요.' 하는 표정을 지을 뿐 추가적인 반응을 보이지 않았다. 그때, 사건 현장인 집 안에 있던 재현이 밖으로 걸어 나왔다.

"아, 한 경위님 오셨습니까."

"그래서? 뭡니까?"

재우는 인사를 건네는 재현에게 얼른 사건 내용이나 말해 보라는 듯 물었다.

"아, 네. 일단은 자살신고입니다. 피해자 이름은 최태수. 여기 45번지에 사는 50대 남성이고요. 직업은… 없습니다. 무직이에요. 목을 매달고 죽어 있는 걸 아내가 발견해 신고했습니다."

"자살인데 왜 우리가 수사를 합니까?"

귀를 후비며 묻는 재우를 향해 철수가 핀잔주듯 말했다.

"뭘 물어? 자살이 자살 같지 않으니까 수사하는 거지."

"과수대가 뭐라고 했는데요?"

재우가 다시 재현을 보며 물었다. 그리고 한울은 그런 재우와 재현을 '뭐지?' 하는 표정으로 번갈아 보았다. 재우가 한참 어려 보이는 재현에게 존대를 해주는 것이 이상했기 때문이다. 재우는 외견상으로만 따져도 재현보다 최소 열 살은 많아 보였지만 그럼에도 존대를 하고 있었다. 보통 재우 정도의 나이면 팀장이 아니더라도 반장 정도는 맡는 게 일반적이다 (빠르면 30대 중반만 되어도 팀장을 맡을 수 있기에). 그러나 재우와 재현이 서로 존대를 하는 것으로 보아, 재우는 반장도 아닌 듯했다.

'그렇다면 남은 가능성은…. 두 사람 다 일개 팀원에 같은 직급이란 얘긴가?'

한울이 혼자 의미 없는 추론을 하는 사이, 재현은 과수대로부터 들은 이야기를 설명하기 시작했다.

"과수대 말로는… 목이 매달려 죽은 건 맞는데 목 말고는 다른 흔적이 아무것도 없답니다."

재현의 말을 들은 재우가 '흠….' 하며 생각에 잠긴 것과 달리 한울은 그게 무슨 소리냐는 얼굴로 슬며시 손을 들었다.

"뭐야? 지금 손 든 거야?"

초등학생처럼 손을 들고 있는 한울을 철수가 헛웃음을 지으며 쳐다보았다.

"저… 다른 흔적이 아무것도 없다는 게 무슨 문제가 되는 겁니까? 목이 매달렸으면 목에만 흔적이 있는 게 당연한 게 아닙니까?"

한울의 질문을 들은 철수가 대신 설명하라는 듯 재현을 향해 턱짓했다.

"막내야, 자살 사건 처음이야?"

"약물 자살은 본 적 있지만 목매달아 죽은 사건은 처음입니다."

"자살하는 사람들은 대부분 자살흔이라는 게 있어. 자살흔은 자살을 하려다가 실패해도 나타나는데…. 예를 들어 이번 케이스처럼 목을 매달면 목에만 흔적이 남는 게 아니라 목이 졸리면서 본능적으로 하게 되는 행동이 나타나야 하거든? 목이 졸리는 고통에 목에 감긴 줄을 붙잡는다거나, 아니면 발버둥 치면서 주위 사물이 파손되거나 하는 흔적 같은 거."

"아… 예."

설명을 들은 한울이 대충 알 것 같다는 표정을 지었다.

"그런데 그런 흔적이 아무것도 안 나왔다. 이 얘기지."

철수는 설명이 더 길어지지 않도록 얘기를 끝내버리듯 말했다. 그때 가만히 생각에 잠겨 있던 재우가 입을 열었다.

"그래서, 뭐가 나왔습니까?"

재우의 갑작스런 질문에 재현이 무슨 소리냐는 듯 눈을 끔벅거리며 되물었다.

"네? 한 경위님, 그게 무슨 말씀…."

"죽은 남자 근처에서 뭐가 나왔냐고요. 피해자 주변에서 뭔가 의심되는 게 발견됐으니 우리까지 나선 거 아닙니까?"

재우의 말을 들은 철수와 재현이 감탄 어린 표정을 지었다. 오직 한울만이 '이건 또 무슨 똥 같은 소리야?' 하는 표정으로 세 사람을 번갈아 쳐다보고 있었다.

"하여간 귀신같은 새끼…."

철수가 못 당하겠다는 듯 고개를 설레설레 흔들며 미소를 지었다. 재현 또한 감탄스럽다는 얼굴로 말했다.

"한 경위님 말씀이 맞습니다. 피해자 집에서 텅 빈 수면제 통이 나왔어요."

재현의 말을 들은 한울의 눈이 휘둥그레졌다. 이 농땡이 불량공무원 같은 거북이 양반이 달라 보이기 시작했다.

"아내의 얘기로는… 남편이 평소 불면증이 심했답니다. 사업 실패 이후 스트레스로 우울증을 오래 앓았다나…. 아무튼 상담도 많이 받으러 다니고 그랬답니다."

재현의 말을 들은 재우가 우두둑 기지개를 켜더니 크게 하품을 하며 물었다.

"그 아내는요? 지금 어디 있습니까?"

오전 2시 경 / 서울경찰청 취조실

서울경찰청 취조실에는 죽은 최태수 씨의 아내 김애순 씨가 앉아 있었다. 애순은 남편을 잃은 슬픔으로 붉어진 눈을 연신 젖은 손수건으로 닦아냈다.

"오셨습니까."

취조실 너머 참관실에 앉아 있던 문일이 자리에서 일어나며 인사를 건넸다. 철수를 비롯한 재우, 한울, 그리고 재현이 참관실로 들어오고 있었다.

"어때?"

"계속 울다 말다 하고 있습니다. 얼이 좀 빠진 것처럼 보이기도 하고요. 아무래도 충격이 크겠죠. 출장 갔다 돌아왔는데 남편이 목매달고 죽어 있었으니…. 그래서 말입니다만…."

"왜?"

"김애순 씨요. 참고인인데 굳이 취조실에서 조사할 필요가 있을까요?"

문일이 애순을 안쓰럽다는 눈으로 쳐다보며 물었다. 과거와 달리 용의자가 아닌 참고인 조사일 경우, 참고인의 거주지나 카페 또는 영상통화로 대신할 만큼 조사 공간 선택이 참고인을 배려하는 쪽으로 변했기 때문이다.

"내가 그걸 몰라서 그랬겠냐? 어떤 놈이 하도 취조실에서 해야 한다고 고집을 부려서 어쩔 수 없었던 거지."

"네? 아… 예."

철수의 고갯짓에 잠시 무슨 소리냐는 표정을 짓던 문일이 고개를 끄덕였다. 애순을 굳이 취조실에서 조사하면 좋겠다 고집부린 장본인은 바로 재우였다. 문일의 시선을 느낀 재우가 머리를 긁으며 입을 열었다.

"지금으로선 사실상 가장 유력한 용의자니까요. 살인으로 의심할 가능성이 있는 상황에서, 용의자로 의심되는 사람이라면 최대한 압박할 수 있는 공간을 선택해야죠. 안 그렇습니까?"

재우는 심드렁한 말투와 달리 매섭게 눈을 빛내며 말했다. 문일 또한 떨떠름한 표정으로 고개를 끄덕였다. 재우의 말은 틀린 게 아니었다.

"출장은 어디로 갔다 왔답니까?"

재우가 참관실 거울 너머 애순을 쳐다보며 물었다.

"부산이요. 직접 차로 운전해서 다녀왔다는데…. 카메라 찾아보니 톨게이트 통과하면서 찍힌 기록이랑 사진이 다 남아 있었습니다."

문일은 '이래도 범인으로 봐야 합니까?' 하는 표정으로 답했지만, 재우는 말없이 고개만 끄덕였다.

"자, 우리끼리 얘기는 이만하고. 누가 할래? 막내가 할래?"

부하들을 둘러보던 철수가 한울을 보며 물었다.

"제, 제가 해도 됩니까?"

한울이 놀람 반 기대 반인 얼굴로 묻자 철수를 비롯한 형사들이 귀엽다는 듯 웃었다.

"농담이야, 인마. 언젠가 기회 줄 테니 좀만 기다려라. 이 형사. 네가 해."

"네, 팀장님."

참관실을 떠난 문일은 취조실 안으로 들어갔다. 철수는 참관실에 있는 하나뿐인 의자에 앉았고, 한울과 재현은 그런 철수의 뒤에 시립하듯 섰다. 재우는 그런 둘과 달리 팔짱을 낀 채, 벽에 기대어 취조실 안을 날카롭게 쳐다보았다.

"앉으세요, 괜찮습니다."

문일이 자리에서 일어난 애순을 보고는 친절한 어투로 말했다.

"아… 네."

애순의 목소리는 몹시 울어서 그런지 잠겨 있었다.

"음… 일단은 최초 발견자이시고 하니까…. 저희가 참고인으로라도 조사는 해야 해서요."

"네…."

"남편분께서 평소 우울증이 심하셨다고요?"

문일이 자료를 뒤적이며 묻자 애순이 고개를 끄덕였다.

"네, 몇 년 전에 사업 실패하고… 그 뒤로도 시도하는 것마다 다 실패해서요."

"그럼 가계는 어떻게 꾸리셨나요?"

"제가 벌었죠. 산 입에 거미줄 칠 수야 없으니까…."

문일이 안타깝다는 듯 혀를 차며 물었다.

"그래서 부산까지 출장도 다녀오신 거고요? 하시는 일이… 보험이시네요?"

"네."

문일은 서류를 뒤적이며 재차 질문을 던졌다.

"남편분 혼자 두고 멀리 가시면서 걱정은 안 되셨습니까? 우울증이었으면 혼자 두기 불안하셨을 것 같은데요."

"이미 몇 년이나 됐고…. 약 먹기 시작하면서 자살 생각도 안 하게 된 지 좀 되어서요…. 그리고…."

왠지 수상하게 말꼬리를 흐리는 애순의 모습에 문일 뿐만 아니라 참관실의 다른 형사들도 귀를 쫑긋 세웠다.

"…그리고 또 뭐요?"

문일의 질문에 애순의 얼굴이 울상이 되었다. 그녀는 울음이 터져버릴 듯한 얼굴을 두 손으로 가리더니 간신히 입을 열었다.

"너무… 큰 건이 들어와서…."

애순은 참고 있던 울음을 터뜨리며 오열했다. 문일은 그런 애순을 보며 작게 한숨을 내쉬었고, 참관실의 형사들 역시 세웠던 귀를 내리며 한숨을 지었다. 단 한 사람, 재우만 제외하고….

"일단은 좀 진정하시죠."

문일이 책상 위에 놓인 티슈를 내밀자 애순은 젖은 손수건을 주머니에 넣고 휴지로 눈물을 닦았다.

"제가… 남편 곁에 있었어야 했는데…."

"얼마나 큰 건이었기에 아픈 남편 혼자 두고 부산까지 가신 겁니까?"

문일의 질문에 애순은 흐느끼면서도 답을 계속했다.

"친한 언니가 자기 계모임 회원들 소개해주겠다고… 다들 해주기로 했으니까 모임 날 맞춰서 꼭 왔다 가라고 해서…."

애순은 더는 못 참겠다는 듯 취조실 테이블에 엎드려 울기 시작했다. 문일은 그런 애순을 보다가 참관실 쪽으로 고개를 돌려 '어쩔까요?' 하는 표정을 지었다.

참관실 분위기는 취조실과 크게 다르지 않았다. 안타까운 애순의 사연에 철수는 물론이고 재현과 한울까지 씁쓸한 얼굴로 취조실을 바라보고 있었다.

"증거는 있습니까?"

냉기가 뚝뚝 묻어나오는 재우의 목소리에 참관실 안에 있던 세 사람이 일제히 고개를 돌렸다.

"무슨 증거?"

철수가 무슨 뚱딴지같은 소리냐는 얼굴로 물었다.

"아내가 남편을 죽이지 않았다는 증거요."

재현이 이렇게까지 해야 하는 거냐는 얼굴로 재우를 향해 입을 열었다.

"한 경위님. 아까 들으셨잖아요. 부산 오가는 김애순 씨 차가 톨게이트에서 찍혔다고…."

"그 사진 좀 봅시다."

재우가 재현의 말을 자르며 손을 내밀었다. 그러고는 건네받은 사진 자료를 유심히 살펴보기 시작했다. 한울은 슬그머니 재우의 뒤로 돌아가 어깨너머로 증거물을 같이 보았다.

"…얼굴이 제대로 나온 게 없네요."

재우는 한울이 제대로 보기도 전에 사진들을 덮으며 말했다.

"아, 평소에 보험 팔러 다니느라 선팅을 짙게 했다고…."

"보험 파는 거랑 선팅이랑은 무슨 상관이랍니까?"

그게 대체 무슨 소리냐는 듯 묻는 재우의 말에 재현은 말문이 막히고 말았다. 그의 말대로, 보험과 선팅의 상관관계에 대해서는 떠오르는 것이 없었다.

"선배님, 설마 정말로 김애순 씨 의심하시는 겁니까?"

한울이 자신이 하고 싶은 말을 대신하자, 재현이 동감이라는 얼굴로 고개를 끄덕였다.

"너, 저 사람이 100% 무죄라고 단언할 수 있어?"

재우가 차갑게 물었지만 철수 역시 한울 편을 들고 나섰다.

"야, 아무리 그래도 그렇지. 지금 이 상황에서 용의자로 의심하는 건 너무 억지 아니야? 가능성이 뭐 얼마나 된다고…."

철수의 말에도 재우는 표정 하나 변하지 않은 채 자신의 입장을 고수했다.

"단 1%라도 가능성이 있다면 그건 가능성인 거죠. 우리가 찾아야 하는 건 겉으로 보이는 게 아니라 진실이잖아요?"

"그건 그런데… 아무리 그래도 지금 정황이 그게 아니잖아?"

"이거 왜 이러십니까. 진실은 언제든 한순간에 1%에서 100%가 될 수 있다는 거, 잘 아시잖아요?"

맞는 말만 골라 하는 재우를 보며 철수를 비롯한 세 사람은 헛기침을 하는 수밖에 없었다. 그때 참관실 문이 열리며 준일이 모습을 드러냈다.

"팀장님, 부검 결과 나왔습니다."

"뭐래?"

준일은 짧게 한숨을 쉬더니 심각한 표정으로 부검결과서를 철수에게 내밀었다.

"최태수 씨 사체에서 치사량에 가까운 수면제가 나왔답니다. 수면제가 직접적인 사망 원인은 아닐지 몰라도… 약기운 때문에 목이 매달린 상태에서 발버둥 칠 기력도 없었을 거라는데요."

"포인트 나왔네요."

재우가 품에서 담배 한 개비를 꺼내 물며 혼잣말처럼 중얼거렸다.

"피해자가 자발적으로 수면제를 먹고 목을 매단 것인가… 아니면…."

재우의 혼잣말에 참관실 안 형사들이 일제히 재우를 쳐다보았다.

"누군가 피해자에게 수면제를 먹이고 목을 매단 것인가…."

입에 문 담배를 씹으며 생각에 잠긴 듯한 재우를 보던 철수는 컴퓨터로 취조실 안에 지시를 내렸다.

[부산에 다녀온 증거에 대해 더 물어봐.]

컴퓨터로 내려온 지시를 본 문일이 여전히 훌쩍이는 애순을 향해 물었다.

"김애순 씨, 혹시 부산에 계셨다는 거. 증명할 다른 증거 있으세요?"

"네? 증거요?"

애순은 문일의 말에 잠시 당황한 듯 '어… 어…' 하더니 백에서 휴대폰을 꺼내들었다. 그러곤 뭔가를 실행하는 듯 손을 놀리더니 문일에게 휴대폰을 내밀었다.

"저… 이런 것도 증거가 될까요?"

"뭡니까?"

문일이 애순으로부터 휴대폰을 건네받으며 물었다. 그녀가 내민 휴대폰에는 음성파일 화면이 나타나 있었다.

"부산에 가서 보험 미팅했을 때… 녹음한 거예요."

애순의 말에 문일은 물론이고 참관실 안의 형사들까지 표정이 달라졌다. 정말 미팅 현장에서 녹음한 파일이라면, 이는 확실히 무죄의 증거가 될 수 있었다.

"보험 일 하면서 녹음을 자주 하세요?"

문일이 허를 찌르듯 물었지만 애순의 얼굴에는 일말의 변화도 없었다.

"아, 네. 나중에 말 바꾸는 분들이 좀 계셔서…."

"아…."

애순의 말에 문일이 바로 납득했다는 듯 고개를 끄덕였다. 문일은 참관실까지 소리가 들리게끔 휴대폰 볼륨을 키운 뒤 녹음파일을 재생했다.

"언니들, 안녕하세요~ 말씀 많이 들었어요."

파일의 시작을 연 것은 애순의 목소리였다. 그리고 뒤이어 각기 다른 세 여성의 목소리가 연달아 흘러나왔다.

"아유, 이렇게 보니까 말로만 듣던 것보다 더 예쁘네!"
"그러게, 얼굴 한번 보기가 힘들어서야 원!"

"이렇게라도 볼 수 있는 게 어디야? 세상 많이 좋아졌지, 뭐."

잠시 여자들의 웃음소리가 이어졌다. 그리고 다시 애순의 목소리가 들려왔다.

"자, 그럼 저희 수다는 좀 이따 본격적으로 하고. 상품 얘기부터 후딱 할게요."

이후, 애순의 보험 멘트가 흘러나왔다. 몇 년이나 해온 경력답게, 애순은 능숙하게 자신이 파는 보험을 여성들에게 소개했다. 애순의 파일을 들으며, 재우의 말에 의심을 품었던 형사들의 얼굴은 완전히 풀려버렸다.
"됐네. 끝났네."
철수가 취조실로부터 빙글 몸을 돌리며 말했다. 그러나 재우는 무슨 소리냐는 듯 철수를 쳐다보았다.
"파일 확인도 제대로 안 해보고 말입니까?"
"안 하긴 뭘 안 해? 지금 했잖아. 너 졸았냐?"
"받아 와서 제대로 확인해야 할 거 아닙니까. 저렇게 한 번 듣고 어떻게 바로 결론을 내려요?"
재우의 말에 철수가 '아오, 피곤한 새끼…' 하는 표정으로 목을 좌우로 꺾었다. 그때 참관실 문이 열리며 또 한 명의 형사가 모습을 드러냈다. 오전에 혜원공원에서 벌어진 살인사건을 맡았던 택진이었다.

"팀장님!"

"응? 아, 왔나?"

택진의 등장에 철수가 반갑다는 듯 자리에서 일어났다. 골치 아픈 재우로부터 벗어날 좋은 건수를 찾았다는 듯이.

"아침에 그 사건 말입니다. 피해 여성 상태가 좀 괜찮아졌다고 병원에서 연락 왔습니다."

"그래? 오케이. 야, 한 경위!"

철수가 휙 고개를 돌리며 재우를 불렀다.

"이 건은 네가 마무리해라. 난 더 볼 거 없는 거 같으니까 알아서 마무리하고 보고 올려. 그리고 두룸아."

재우를 향해 말하던 철수가 한울에게로 눈을 돌렸다.

"에… 예!"

"너는 네가 모셔온 선배님 잘 도와서 사건 마무리해라. 알았지?"

철수는 한울에게 명령을 내리고는 재현과 택진에게 나가자는 손짓을 했다.

"아, 참."

재우와 한울을 두고 참관실을 나가려던 철수가 '아차' 하는 표정으로 돌아와 참관실 마이크를 잡았다.

"어이, 이 형사!"

"네, 팀장님."

"그 파일, 한 경위한테 넘기고 내 쪽으로 합류해!"

"옙, 알겠습니다."

참관실을 빠져나가는 선배들의 뒷모습을, 한울이 강아지처럼 쳐다보고 있었다. 같이 있고 싶지 않은 돌봄이와 남겨진 것처럼….

※ ※ ※

잠시 후, 서울경찰청 문을 열며 애순이 밖으로 나왔다. 그리고 그런 애순의 뒤로 재우와 한울이 따라 나왔다.

"저… 그럼 이만…."

"어디 멀리 가지 마시고 댁에 계세요."

"…예?"

재우의 말에 애순이 살짝 겁먹은 표정으로 물었다.

"다시 부를 수 있습니다."

"아… 네."

애순은 주눅 든 표정으로 꾸벅 인사를 건네고는 주차장으로 향했다.

"…이렇게까지 하셔야 하는 겁니까?"

한울이 입을 살짝 벌린 채, 멀어지는 애순의 등을 보며 복화술사처럼 재우에게 물었다.

"보험 파는 사람이 굳이 저렇게까지 선팅을 해야 할 이유가 뭘까?"

 재우는 한울의 질문에는 관심도 없다는 듯, 애순이 타는 차를 노려보며 되물었다. 한울 역시 재우를 따라 애순의 차가 있는 쪽으로 고개를 돌렸다. 재우의 말대로, 애순의 차가 선팅이 짙은 건 사실이었다.

 "…그럼 보험 파는 사람이 선팅을 짙게 하면 안 될 이유는 있습니까?"

 주차장을 빠져나가는 애순의 차를 노려보던 재우가 한울에게로 고개를 돌렸다.

 "이 새끼 이거…."

 "왜요?"

 "의외의 구석이 있네?"

 재우는 피식 웃으며 칭찬인지 욕인지 모를 한마디를 뱉고는 경찰청 안으로 걸음을 옮겼다.

 "뭐가요? 제가 뭐가 있는데요?"

 한울이 황당하다는 듯 재우의 뒤에 따라붙으며 물었다.

 "야, 아까 파일 잘 받았지?"

 재우가 한울의 질문을 쿨하게 씹어버리며 물었다. 한울은 그런 재우를 살짝 째려보며 입을 열었다.

 "네, 제 컴퓨터로 옮겨 놨습니다."

 "오케이, 들어가서 다시 들어보자."

❋ ❋ ❋

 재우와 한울은 사무실 컴퓨터 앞에 나란히 앉아 애순의 녹음파일을 다시 듣고 있었다.
 "…자살, 맞는 것 같은데요."
 한울이 이게 대체 무슨 의미가 있냐는 얼굴로 말했다. 두 사람은 어느새 애순의 녹음파일을 다섯 번째 다시 듣는 참이었다. 하지만 재우는 한울과 달리, 마치 처음 듣는 사람처럼 진지한 표정으로 녹취파일을 듣고 있었다. 베테랑다운 집중력이었다.
 "선배님?"
 "쑵! 좀 가만 있어봐, 인마."
 재우의 핀잔에 한울이 소리 없이 구시렁거렸다. 그 순간, 재우가 오른손을 움직이더니 조금 전 들었던 특정 부분을 반복해서 듣기 시작했다.
 "야, 이 부분 이상하지 않아?"
 "뭐가요?"
 한울이 심드렁하게 물었지만 재우는 계속해서 심각한 표정으로 특정 구간을 다시 틀었다.
 "뭔가 이상해. 뭔가… 끊겼다가 다시 이어지는 느낌 아니야?"
 "에이… 무슨…."

한울은 무슨 말도 안 되는 소리냐는 표정을 짓다가, 심각한 재우의 표정을 보자 자세를 고쳐 진지하게 귀를 기울였다.

"그러니까 이 상품이…."

"그러니까 이 상품이…."
재우가 들려오는 애순의 목소리를 따라 읊었다.

"아까 하던 얘기 이어서 하자면…."

순간, 재우의 손이 타악- 스페이스바를 쳤다.
"이거, 뭔가 이상해."
"대체 뭐가요?"
재우가 '뭐 이런 똥멍청이가….' 하는 얼굴로 한울을 쳐다보았다.
"하다가 끊은 얘기가 없는데 이어서 한다잖아. 이게 안 이상해?"
"…??"
재우는 어벙한 표정을 짓는 한울을 보며 다시 파일을 감아 구간을 재생했다.

"그러니까 이 상품이…. 아까 하던 얘기 이어서 하자면…."

재우는 파일을 정지시키더니 귀에 꽂혀 있던 이어폰을 빼냈다.

"파일, USB로 옮겨. 가봐야겠다."

"네? 간다고요? 어디를요?"

※ ※ ※

오후 4시경 / 재우의 단골 컴퓨터 수리점 '픽스픽스'

"이거 편집됐네요."

스크래치를 넣은 반삭 머리에 검은 뿔테 안경을 쓴 사장이 두 형사를 보며 말했다.

"…진짜요?"

"네, 파일 두 개가 합쳐졌어요."

사장은 초코바를 우물거리며 고개를 끄덕였다. 재우와 한울은 재우가 단골로 다니는 작은 컴퓨터 수리점에 와 있었다. 재우는 수리점 사장에게 USB를 건네며 '뭔가 의심스러운 부분이 없는지 살펴보라' 했고, 사장은 그런 재우가 익숙한 듯, 자연스럽게 USB를 건네받았다.

"두 개의 파일이 같은 날 녹음된 건 맞는데…. 어쨌든 이 파일 자체가 온전한 하나짜리는 아니에요."

"그러면… 삭제된 부분이 있을 수도 있다는 얘기지?"

재우가 까슬까슬하게 올라온 턱수염을 문지르며 물었다.

"그렇죠. 아참, 그리고 이 파일…."

사장의 말에 재우와 한울이 동시에 귀를 기울였다.

"음성만 따로 딴 것 같은데요?"

"그게 무슨 소리야?"

"처음부터 음성 녹취를 한 게 아니라고요. 원래는 영상 파일이었는데 거기서 음성만 따로 추출한 것 같아요. 보세요."

사장은 재우와 한울이 컴퓨터 화면을 잘 볼 수 있도록 모니터를 돌려주었다.

"이 파일은 파일확장명이 바뀐 파일이에요. 지금 MP3 파일로 되어 있죠? 살펴보니까 원래는 MP4[1]였네요. 아마 음성만 따로 추출하면서 확장명이 바뀐 것 같아요."

사장의 말을 들으며, 재우는 잠시 뚫어져라 모니터를 쳐다보았다. 그러다 순간적으로 무언가 떠오른 듯, 사장을 향해 입을 열었다.

"고맙다. 계산은 나중에 계좌로 쏴줄게."

재우는 그 말을 끝으로 부리나케 수리점을 나섰다. 한울 역시 대충 수리점 사장에게 인사를 건네고는 급히 재우의 뒤를 따라갔다.

---

1 'MP3'는 'MPEG-1 Audio Layer 3'의 약자로, 음악을 저장할 때 쓰는 압축방식의 한 종류이다. 반면에 'MP4'의 경우, 'MPEG-4 Part 14'의 약자로, 동영상을 저장할 때 쓰는 압축방식의 한 종류이다.

"왜 그러세요?"

본 적 없는 재우의 재빠른 모습에 한울이 후다닥 뒤를 쫓아가며 물었다.

"일단 빨리 타."

재우가 수리점 밖에 세워두었던 SUV의 운전석에 오르며 명령했다. 한울은 급히 그 뒤를 따르면서도 도무지 이해가 되지 않는다는 듯 거듭 물었다.

"아니, 뭐 알아낸 거라도 있으신 겁니까? 얘기라도 해주셔야…."

"그 여자, 지금 바로 잡아야 해."

한울이 조수석에 오르자 재우가 곧장 차를 출발시키며 대답했다. 그의 얼굴에는 처음 보는 다급함으로 가득했다.

"네? 누구요? …설마 그 아내분이요? 김애순 씨?"

"그 여자는 조작된 파일을 자기 무죄를 증명하기 위한 증거물로 제출했어. 이게 무슨 소리겠어?"

한울은 잠시 수수께끼를 풀 듯 생각에 잠겼다. 그리고 이내 머릿속에 떠오른 생각에, 경악스러운 표정을 지으며 재우를 쳐다보았다. 재우가 고개를 끄덕이며 입을 열었다.

"그래, 이미 진즉부터… 준비해둔 증거물이라는 얘기지."

재우와 한울이 탄 SUV는 내비게이션의 안내에 따라 도로를 달렸다. 두 사람의 목적지는 죽은 최태수 씨와 김애순 씨의 자택이자 사건 현장이 있는 상포동이었다. 한울은 새삼 더

남달라 보이는 재우를 존경심 어린 눈으로 보며, 떠오르는 궁금증에 대한 질문을 던졌다.

"그럼… 그 파일은 어떻게 된 걸까요? 만에 하나 다른 날 녹음된 걸 같은 날짜로 조작한 거라 하더라도…. 편집된 것만으로 살해 증거라 보기에는 무리가 있지 않을까요?"

"흥, 그거야…."

재우의 콧방귀에 한울은 기대감이 차오르는 눈으로 그를 쳐다보았다.

"…그 여자 잡아서 물어봐야지."

"…."

재우를 보는 한울의 눈에서, 존경심이 한 뼘 사라졌다.

***

오후 5시 경 / 서울시 상포동, 성곽마을

애순의 집이 있는 성곽마을 입구에 재우와 한울의 SUV가 나타났다. 재우보다 한발 먼저 차에서 내린 한울은 꼭대기의 집을 향해 먼젓번처럼 홀쩍홀쩍 뛰어 올라갔다. 재우 역시 한울만큼은 아니었지만 최대한 빠르게 몸을 움직여 애순의 집 쪽으로 달렸다.

"김애순 씨! 집에 계세요? 김애순 씨!"

먼저 애순의 집에 도착한 한울이 문을 두드리며 소리쳤다.

"경찰입니다! 문 좀 열어보세요!"

한울이 열심히 두들겼지만 집 안에서 들려오는 인기척은 없었다. 그 사이, 재우가 한울의 곁에 도착했다.

"아무도 없는 것 같은데요."

"비켜."

재우는 잠시 인상을 찌푸리더니 냅다 문에 발차기를 했다.

쾅! 재우의 발차기를 맞은 허름한 철문이 박살나듯 열렸다. 재우는 경악을 금치 못하는 한울을 뒤로하고 열린 문 안으로 뛰어 들어갔다. 재우는 집 안으로 들어오기 바쁘게 구석구석을 뒤지기 시작했다. 그런 재우의 뒤로, '이게 강력반의 박력인가' 하는 표정을 한 한울이 뒤따라 들어왔다.

"제기랄…!"

재우는 외마디 욕설을 내뱉었다. 이미 한발 늦은 듯, 집 안 어디에서도 애순의 모습은 보이지 않았다. 그때, 거실에 놓인 컴퓨터를 딸깍거리던 한울이 재우를 불렀다.

"선배님! 파일 찾았습니다."

"그 여자가 파일을 남겨뒀다고?"

"제가 복구했습니다. 요즘은 이런 거, 복구 프로그램만 깔면 금방이거든요."

"틀어봐."

한울이 마우스를 클릭하자 영상 하나가 틀어졌다.

"…영상미팅!"

틀어진 영상은 영상미팅 프로그램을 녹화한 파일이었다. 애순은 다른 세 명의 여성들과 영상회의 프로그램을 통해 보험 미팅을 했다. 경찰서에서 제출했던 것과 똑같은 내용의 오디오가, 비디오와 함께 흘러나왔다.

"영상미팅을 녹화한 파일에서 음성만 딴 파일을 증거로 제출한 거였어. 그러니까 아까 이상했던 그 부분은…."

"여기 있네요. 중간에 인터넷 연결이 안 좋아서 프로그램을 껐다가 다시 켠 모양입니다."

한울이 같은 날짜의 다른 파일을 클릭했다.

"어휴, 언니들 미안해요. 집 인터넷이 영 상태가 안 좋아서 잠깐 끊겼네요. 아까 하던 얘기 이어서 하자면…."

"인터넷이 끊겨서 미안하다는 얘기… 이 부분이 편집된 거였군요. 그러니까 김애순 씨는…."

"부산에 갔다 온 적이 없다는 얘기지."

재우는 컴퓨터로 볼 건 다 봤다는 듯 집 밖으로 뛰쳐나갔다. 거북이라는 별명과는 어울리지 않는 그 몸놀림에 한울은 또다시 놀라며 그 뒤를 쫓았다. 아무래도 그는 평소 기운을 아껴두었다가, 이처럼 꼭 써야 하는 순간에 쏟아내는 듯했다. 마치 거북이가 육지 위에서는 힘을 아껴두었다가, 바다에서 힘차게 헤엄치는 것처럼….

"선배님?"

집 밖으로 나온 재우가 주변을 두리번거렸다. 그는 마을이 한눈에 보일 곳을 찾으며 생각했다. 애순이 경찰서에서 나온 지 이제 겨우 몇 시간이 지났다. 그러니 분명 멀리 도망가지는 못했을 것이다. 어쩌면, 운이 좋으면 이 근처에 있을지도 모른다. 고개를 이리저리 돌려대던 재우의 눈에 집 옥상으로 올라가는 계단이 들어왔다. 후다닥 계단을 오른 재우는 마치 수색을 하듯, 옥상 위에서 마을 곳곳을 살피기 시작했다.

잠시 후, 무언가 발견한 듯 재우의 눈이 커졌다. 애순이 커다란 배낭을 메고 마을 저편으로 열심히 도망치고 있었다!

"선배님?! 거기서 뭐 하시는 겁니까?!"

한울이 옥상 위에 서 있는 재우를 향해 소리쳤다. 재우는 마치 한울이 있다는 사실을 잊고 있었던 듯, 휙! 고개 돌려 한울을 보더니 어딘가를 가리키며 소리쳤다.

"야! 저쪽으로 달려!"

"예?"

"저쪽! 김애순 잡으라고! 빨리!"

한울은 튀어나오려는 욕을 삼키며 재우가 가리킨 방향으로 내달리기 시작했다. 옥상에서 내려온 재우는 자신의 두 눈을 의심했다. 어느새 한울의 모습이 저만치 멀어져 있었다.

"…뭐야? 어떻게 돼먹은 놈이야?"

한울은 달동네 제대로 닦이지도 않은 길을, 마치 파쿠르[2]를 하듯 뛰며 애순과의 거리를 빠르게 좁혀갔다. 재우는 순식간에 저 아래까지 달려 내려간 한울의 뒷모습을 보며, 납득이 간다는 듯 고개를 끄덕거렸다.

"저 시키 저거… 저래서 두루미구만?"

도망치던 애순 또한 뭔가 이상한 느낌이 든 듯, 힐긋 뒤를 돌아보았다. 불과 몇 십 미터 떨어진 곳에서, 한울이 무시무시한 모습으로 그녀를 쫓아오고 있었다.

"꺄아아아악-!!!"

애순은 비명을 지르며 더 빨리 달리기 시작했다. 한울은 그런 애순을 노려보더니, 순간적으로 힘차게 발돋움을 해 몸을 날렸다. 마치 한 마리의 새처럼 몸을 날린 한울이 애순의 머리 위로 덮치듯 떨어졌다. 그리고 다리만큼이나 길쭉한 손을 뻗어, 애순의 배낭을 낚아챘다. 배낭을 잡힌 애순은 한울과 함께 우당탕 길바닥을 뒹굴었다. 그렇게 정신을 못 차리고 뻗어 있는 애순의 손목에, 짤깍- 수갑이 채워졌다.

"김애순 씨, 당신을 남편 최태수 씨 살해혐의로 긴급체포합니다. 당신은 변호사를 선임할 권리가 있고…. 아오… 힘들어…!"

---

2 파쿠르(Parkour, 파르쿠르) : 야마카시의 멤버 다비드 벨(David Belle)에 의해 창시된 이동 기술. 맨몸으로 자연이나 도시, 시골 등의 지형 및 사물을 효율적으로 이용해 이동하는 것을 일컫는다.

흙먼지를 뒤집어쓴 한울이 미란다고지를 읊자, 애순은 그 말을 들으며 벌러덩 다시 길바닥에 누워버렸다. 그리고 잠시 후, 나란히 누워 있는 두 사람 근처에 재우가 나타났다.

"…저거, 아주 웃기는 놈이네."

벌러덩 누워 있는 한울을 보는 재우의 얼굴에, 빙그레 미소가 걸렸다.

03

오후 7시 경 / 서울청 참관실

"그래서… 체포했다?"

참관실 테이블에 걸터앉은 철수가 취조실 안을 보며 중얼거렸다. 그가 보고 있는 취조실 안에는 참고인에서 피의자로 신분이 바뀐 김애순 씨가 앉아 있었다.

"네, 자백도 다 받았습니다."

재우는 철수에게 자백 내용이 적힌 보고서를 내밀었다.

"그러니까… 김애순 씨는 이미 오래전부터 짐 덩어리 같은 남편을 치워버리고 싶어 했고…."

보고서를 읽으며 중얼거리는 철수에게 재우가 간략하게 보고를 시작했다.

"사건 당일, 김애순 씨는 남편 최태수 씨에게 평상시 먹던

양의 수면제를 먹였습니다. 약 한 시간 뒤에는 잠에 취해 있는 남편을 깨워 남은 수면제를 잠결에 전부 먹게 했고, 완전히 정신을 잃은 남편의 목에 줄을 걸어 의자 위에 세운 뒤 의자를 발로 차 사망에 이르게 했습니다. 남편을 살해한 뒤에 오후에 예정되어 있던 영상미팅을 하였고, 그 녹화파일에서 음성파일을 따로 만들어 알리바이를 증명할 증거물로 남겨두었던 겁니다."

"그럼… 그 톨게이트에 찍힌 김애순 씨 차 사진들은 어떻게 된 거야?"

철수가 보고서를 테이블에 던지듯 내려놓으며 물었다.

"대리기사를 불러 부산에 다녀오라고 시켰답니다."

"뭐?"

"김애순 씨는 도로에서 찍히는 사진이나 영상만으로는 본인의 차에 탄 운전자가 누구인지 알 수 없으리란 걸 알고 있었습니다. 1년 전, 속도위반 고지서가 날아왔을 때 알게 되었다더군요. 범죄 당일, 김애순 씨는 범죄를 저지르기 전에 일찌감치 대리기사를 불러 부산의 K아파트에 가서 3~4시간 정도를 보낸 뒤 돌아오라며 사례비를 주었습니다. 그렇게 톨게이트에 자신의 차가 찍히게 만듦으로써 1차 증거를 만들고, 녹취파일까지 2차 증거를 만들어 범죄를 숨기려 한 거죠."

재우의 말을 들으며 고개를 끄덕이던 철수가 문득 그 옆에 있던 한울에게로 고개를 돌렸다.

"어이, 막내."

"넵!"

"피의자, 네가 잡았다며?"

"아, 넵!"

"잘했어. 짜식이 두루미라더니…. 쓸모가 있네!"

철수의 칭찬에 한울이 쑥스러운 듯 미소를 지었다.

"가셨던 사건은 어떻게 됐습니까?"

"말도 마라. 그거… 아무래도 미제 될 뻘이다."

철수가 한숨을 내쉬며 답했다. 순간, '미제'라는 단어를 들은 재우의 눈매가 날카로워졌다.

"그게 무슨 소리예요? 사건 하루 만에 미제라뇨?"

"그냥 딱 감이 와, 감이. 남자 셋이 석상에 머리가 깨져 죽었는데… 범인 흔적이 아무것도 없어. 현장에 있던 유일한 사람도 정신을 잃었다가 깨어나 보니 다 죽어 있더라는 게 증언의 전부고…."

철수는 푸념하듯 이야기하고 있었지만, 재우는 그런 철수의 이야기를 한마디도 놓치지 않으려는 듯 진지한 표정으로 듣고 있었다.

"사건 현장을 찍은 CCTV도 없는 데다 근처 CCTV에도 죽은 놈들 말고는 전혀 찍힌 게 없고…. 실마리를 풀 만한 게 단 하나도 없는데 이게 미제가 안 되면 뭐가 미제가 되겠냐?"

"흔적이… 단 하나도 없다…."

철수의 말을 들은 재우가 혼잣말처럼 중얼거렸다.

"…뭐 떠오르는 거라도 있어?"

철수가 살짝 기대하는 표정으로 재우를 쳐다보자, 다른 형사들 역시 철수를 따라 재우를 쳐다보았다.

"…아니요."

기대를 짓밟는 재우의 무덤덤한 대답에 다들 허탈한 웃음을 터뜨렸다.

"…그래, 그럴 줄 알았다."

철수 역시 김빠진 얼굴로 웃더니 팀원들을 돌아보며 입을 열었다.

"자! 우리 회식이나 하러 가자. 오늘 막내도 새로 오고 사건도 하나 해결했는데. 그래도 한잔해야지 않겠어?"

"당연히 해야죠! 어이, 막내. 술 좀 하나?"

회식이라는 말에 문일이 함박웃음을 지으며 한울의 어깨에 팔을 둘렀다.

"아… 예! 좀 합니다!"

"별로 못하는 것 같은데요?"

재현이 로봇처럼 말하는 한울을 보며 놀리자 다들 너털웃음을 터뜨렸다. 재우 역시 그런 팀원들을 보며 피식 웃었다.

"한 경위, 너도 갈 거지? 너 이번에도 빠지면…."

그때, 재우의 품에서 무언가 우웅- 진동하는 소리가 들려왔다. 재우가 품안으로 손을 넣자, 철수를 비롯한 3팀 형사들의 시선이 일제히 재우에게로 향했다. 재우는 고개를 천천히 가로젓는 팀원들을 애써 무시하며 휴대폰을 꺼내들었다. 휴대폰을 확인한 순간, 재우의 표정이 살짝 어두워졌다.

"팀장님."

"아니야. 너 그거 아니야. 지금 하려는 그 말 넣어둬. 나, 그거 뭔지 알아. 딱 회식 빠지려는 표정인데…. 그거 아니야."

"뭐… 딱 아시니 더 얘기할 것도 없겠네요."

철수는 재우를 향해 절대 안 된다는 얼굴로 얘기했지만, 재우는 미안하다는 표정으로 답했다.

"죄송하지만 저는 다음에 같이 하겠습니다. 다들 즐겁게 드시고 들어가세요."

재우는 그 말을 끝으로 먼저 참관실을 나가버렸다. 철수는 조금 아쉬워하는 표정이었지만 다른 형사들은 이미 그런 재우가 익숙한 듯, 크게 신경 쓰지 않고 회식 장소를 정하기 바빴다. 단 한 사람, 한울만 제외하고….

※ ※ ※

경찰서를 빠져나온 재우는 코트 안으로 손을 집어넣었다. 담배를 찾아 더듬거리던 그는 팀원들 앞에서 집어넣었던 휴대폰을 다시 꺼냈다. 그의 얼굴에는 뭐라 표현하기 어려운 짙은 그림자가 드리워져 있었다.

'몇 년 만이지?'

재우는 휴대폰을 보며 스스로 물었다. 조금 전 울린 휴대폰의 진동으로 인해, 잊고 있던 무언가가 깨어나고 있었다. 보통 사람이라면 평생 느낄 일이 없다 해도 과언이 아닌 그 느낌… 일반적인 상식의 세계가 아닌, 남들과 다른 세계의 공기를 들이마시는 것만 같은 그 시간 속의 감각이….

"한 경위님!"

휴대폰을 넣고 담배를 꺼내 물던 재우는 뒤를 돌아보았. 헐레벌떡 달려 나오는 한울의 모습이 보였다.

"왜?"

재우가 담배를 길게 한 모금 빨았다가 내뿜으며 물었다.

"급한 일 생기신 겁니까?"

"어."

재우는 한울에게 대답하며 고개를 돌려 담배연기를 내뿜었다. 한울은 그런 재우를 보며 조심스럽게 입을 열었다.

"그래도… 제 환영식인데…. 같이 가주시면 안 됩니까?"

"인마, 나 없다고 환영식이 안 되냐? 팀장님도 있고 다른 선배들도 다 있잖아."

재우가 나 하나 없는 게 뭐 대수냐는 듯 웃으며 말했지만, 한울은 못내 아쉬운 듯 두서없이 주절주절 말을 늘어놓기 시작했다.

"선배님도 같이 계시면 좋겠습니다. 오늘 수사도 같이 했고… 또 그 모습 보면서 배운 것도 많고….”

재우는 횡설수설하는 한울을 잠시 가만히 쳐다보았다. 그러다 손에 쥐고 있던 담배를 입에 물고는 한울의 어깨를 두 손으로 감싸 잡았다.

"야, 막내."

"…네."

"다음에."

한울은 자신을 똑바로 쳐다보는 재우의 눈을 마주보았다. 재우는 말없이 한울을 쳐다보며 고개를 끄덕이고 있었다. 재우의 눈은 마치 '오늘은 미안하다. 다음에는 꼭 같이 가줄게.' 하고 말하는 듯했다.

"…네. 알겠습니다."

한울은 더 조르지 못하고 고개를 끄덕였다. 재우는 그런 한울을 보며 씩 웃더니 잡고 있던 어깨를 툭- 치고 주차장으로 걸음을 옮겼다.

"참, 나 당분간 휴가 낼 수도 있다. 다시 얼굴 볼 때까지 몸 사리면서 일하라고. 알겠어?"

"네? 아니, 그건 또 무슨 말씀…!"

한울이 이해가 안 된다는 얼굴로 물었지만, 재우는 이미 주차장 저편으로 멀어져가고 있었다.

밤 8시 경 / 재우의 오피스텔

재우는 신발을 벗고 집 안으로 들어갔다. 그의 집은 작은 투룸 오피스텔로, 혼자 살고 있음을 증명이라도 하듯 모든 가구가 1인용으로만 구비되어 있었다. 1인용 테이블, 1인용 리클라이너 소파, 심지어 한 벌뿐인 수저까지….

"후…."

재우는 들고 온 작은 비닐봉투를 테이블에 놓고 그대로 털썩 소파에 앉았다. 그러곤 휴대폰을 꺼내 메신저 앱을 실행했다. 시중에서는 볼 수 없는, 정체불명의 메신저 앱이었다.

의심 케이스 발생.
0시 정각에 A포인트로.

재우는 시간을 확인했다. 지정된 시간까지는 3시간 정도의 여유가 있었다. 앱을 종료한 재우는 소파에서 일어나 현관 쪽으로 걸어갔다. 그러곤 현관 한쪽을 차지하고 있는 커다란 신발장을 열었다.

넓은 신발장 안을 차지하고 있는 것은 덩그러니 놓인 구두 한 켤레였다. 재우는 구두에는 눈길도 주지 않고, 주머니에서 열쇠 하나를 꺼내 신발장 안으로 깊숙이 집어넣었다. 달칵- 열쇠 돌아가는 소리가 들리더니 거짓말처럼 신발장 안 나무 판자가 열렸다. 잠시 후, 신발장 안 숨겨진 공간에서 나타난 것은 등산용으로 보이는 검은 백팩이었다. 재우는 백팩을 들고 거실 테이블로 걸어갔다. 그러고는 가방을 열어 그 안에 있던 무언가를 꺼내들었다.

"흠…."

백팩 안에서 모습을 드러낸 것은 다름 아닌 방패였다. 가로 50cm, 세로 60cm 정도 되는 크기의, 경찰이 진압용이나 호신용으로 사용하는 검은색 진압방패. 방패를 이리저리 살피던 재우가 고개를 끄덕이며 중얼거렸다.

"아직 괜찮네."

※ ※ ※

밤 10시 경 / 형기대 3팀의 단골 회식집 돈왕궁(豚王宮)

하하하-!

요란한 웃음소리에 고깃집 안 손님들이 일제히 고개를 돌렸다. 손님들이 쳐다본 곳에는 다섯 명의 남자들이 신나게 회식을 즐기고 있었다. 한울과 철수를 비롯한 형기대 3팀 형사들이었다.

"어휴, 누가 보면 자기들이 전세 낸 줄 알겠네."

근처에 앉아 있던 여자 손님 하나가 고기를 집으며 말하자 일행이 맞장구를 쳤다.

"그러게 말이에요. 작가님, 지금이라도 장소 옮길까요?"

맞장구친 여자가 옆에 앉아 있는 남자에게 물었다.

"아니에요, 전 괜찮습니다."

질문을 받은 남자는 살짝 미소를 지으며 답했다. 그는 20대 후반 정도로 보이는 깔끔한 스타일의 미남으로, 일행의 모든 시선을 한눈에 받고 있었다.

"고기나 좀 더 시킬까요?"

남자는 정말 괜찮다는 표정으로 일행들을 쳐다보며 물었다. 그 순간 또다시 와하하하- 하는 큰 웃음소리가 터져 나왔다. 남자는 피식 웃었지만, 일행인 여자들은 한껏 인상을 쓰며 다시 소리의 진원지를 노려보았다.

"이거 진짜 웃기는 놈이네! 내가 살다 살다 돈 벌려고 형기대 왔다는 놈은 처음 본다!"

"웃기는 놈이 아니고 멍청한 놈이지. 인마, 돈 벌고 싶으면 차라리 구청이나 시청 공무원을 해야지. 뭣 하러 경찰을 해? 경찰 월급 쥐꼬리인 거 모르는 사람이 누가 있다고…."

한울은 선배들을 향해 멋쩍은 웃음을 지으며 머리를 긁적였다.

"그러게 말입니다. 뭐, 어쩌겠습니까? 이왕 이쪽으로 잘못 잡아버린 거…. 여기서라도 최대한 많이 벌 수 있는 길을 찾는 수밖에요. 그러니 앞으로 잘 부탁드립니다, 선배님들!"

벌떡 일어나 90도로 인사하는 한울을 보며, 다른 형사들이 또다시 웃음을 터뜨렸다.

"당장은 힘들겠지만 한 1년만 잘 버텨봐라. 기회 되면 내가 담당사건 하나 최대한 빨리 줄 테니까. 내가 이 팀 떠나기 전에 반드시 하나라도 배정해준다!"

"감사합니다, 팀장님!"

한울은 감사하다는 말과 동시에 비어 있는 철수의 잔을 채웠다. 철수는 한울이 따라준 잔을 비우며, 아들 같은 막내 형사를 따스한 눈길로 쳐다보았다. 돈을 벌려고 경찰을 한다니, 이 얼마나 어울리지 않는 소리인가? 하지만 철수는 이내 고개를 끄덕였다. 이 시대의 청년들에게 있어 직업을 고른다는 것이 얼마나 쉽지 않은 일인지, 그는 잘 알고 있었다. 30년에 가까운 시간을 경찰로 살며, 하고픈 일은 물론이고 할 수 있는 일조차 찾지 못해 방황하다 범죄자가 되어버린 젊은이들을 수없이 보아왔다. 그러니 눈앞의 한울은, 그런 젊은이들에 비하면 방향을 잘 잡은 것일지도 몰랐다. 40대가 가까워져서도 방황하는 이들이 있는 시국 아니던가. 철수는 한울의 잔에 술을 따라주며 입을 열었다.

"다치지 말고, 잘해라. 보니까 홀어머니 모시고 사는 것 같던데…. 너 다치면 어머니가 얼마나 슬퍼하시겠어? 절대 선배들 없이 혼자 나대지 말고, 무조건 내 지시에 따라서 움직이라고. 알았어?"

한울은 순간 울컥 눈물이 올라온 표정이 되어서는 고개를 끄덕였다.

"…네! 명심하겠습니다, 팀장님."

어린아이 같은 한울의 모습에 형기대 3팀 형사들은 다시 한번 크게 웃음을 터뜨렸다. 주변 사람들은 그 우렁찬 웃음에 눈살을 찌푸렸지만 그들은 아랑곳하지 않았다. 매순간 범죄와 맞서는 그들에게, 이렇게 마음 편히 웃을 수 있는 순간이야말로 천금과 바꿀 수 없는 귀중한 시간이었기에.

※ ※ ※

무르익은 회식 장소는 고기 타는 냄새와 술잔 부딪히는 소리, 터져 나오는 웃음소리로 가득 차 있었다. 한울은 소주잔을 들다 말고 주머니 속 휴대폰이 진동하는 걸 느꼈다. 화면에 뜬 이름을 슬쩍 확인했다. 순간 가슴이 철렁 내려앉았다.

"잠깐, 전화 좀 받고 올게요."

한울은 자리에서 일어나 문을 밀치고 나왔다. 바깥 공기는 고깃집의 매캐한 연기와 달리 차가웠다. 휴대폰을 귀에 가져다 대자 친구 해철의 떨린 목소리가 들려왔다.

"야, 빨리 좀 와라. 큰일 났어."

"무슨 일이야?"

"그냥 와. 설명할 시간 없어. 지금 바로."

끊어진 신호음이 귓가를 때리는 순간, 옆쪽 기둥에 기댄 남자가 눈에 들어왔다. 회식 자리에서 마주친, 수려한 외모의 작가였다. 그는 하얗고 가는 손으로 휴대폰을 귀에 대고 있었다. 낮게 웅얼거리는 그의 목소리는 주변 소음 속에서도 선명히 들려왔다.

"응. 알았어요."

통화를 마치고 안으로 들어가려던 한울의 발걸음이 잠시 멈췄다. 순간 그 남자의 스치는 듯한 시선이 어렴풋이 느껴졌다. 고개를 돌리자 남자가 한울의 앞으로 지나치며 먼저 안으로 들어갔다.

손님들이 모두 떠나고 마지막까지 자리를 잡은 채 술을 마시던 경찰들이 우르르 밖으로 나왔다. 그득하게 취해 '한잔 더'를 외쳤지만 그럴 수 없다는 건 이미 모두가 잘 알았다.

"내일 뵙겠습니다!"

"그래, 조심히 들어가고, 지각하지 마라!"

한울은 선배들을 모두 택시에 태워 보낸 뒤 급하게 발걸음을 돌렸다. 한울에게는 아직 할 일이 남아 있었다.

※※※

밤 12시 경 / S바

한울은 택시를 잡아타고 친구가 있는 바 앞으로 향했다. 다행히 바는 회식 장소에서 10분 거리도 채 되지 않았다. 유리문을 열고 들어가자, 은은한 조명 속에서 바텐더와 단둘이 앉아 술잔을 기울이고 있는 남자가 있었다. 고깃집에서 출판사 직원들과 앉아 있던 남자였다. 남자는 잔을 돌리며 휴대폰을 내려다보고 있었고, 화면 속에서 깜빡이는 불빛이 비쳤다. 마치 누군가를 엿보고 있는 듯한 기묘한 표정. 한울은 남자를 미처 보지 못한 채 급한 발걸음으로 그 옆을 지나쳐 안쪽 룸으로 향했다.

룸 문을 열자, 숨 막힐 듯 어둑한 공기가 흘러나왔다. 테이블 위에는 하얀 가루가 흩어져 있었고, 몇몇 친구들은 반쯤 의식을 잃은 듯 비틀거리며 웃고 있었다. 한쪽 구석에 쓰러진 남자는 이미 얼굴이 창백했다.

"야, 왔냐?"

해철이 힘겹게 웃으며 말했다.

"좀 도와줘라. 얘가 약을 너무 많이 했어."

한울은 더 설명하지 않아도 상황을 알 수 있었다. 한울의 아버지가 살아있던 시절, 그의 집도 꽤 괜찮았다. 물론, 아주 오래전 이야기이지만. 중학교 때 부잣집 아이들만 다닌다던 학원에 잠깐 다닌 인연으로 한울과 친구가 된 해철은 고등학생이 되면서 더 엇나갔다. 아버지가 돌아가시고 가세가 기울며 경찰이 된 한울이 해철과 더 어울릴 일은 없었다. 하지만 돈과 무서운 아버지를 동시에 둔 해철에게 한울은 명분 좋은 도구였다. 한울은 과거의 인연을 이유로 두어 차례 폭력 사태를 수습해준 적이 있었다. 하지만 마약 현장은 처음이었다. 갈 데까지 간 해철을 보자 한울은 한숨부터 터져 나왔다.

"뭐 하는 짓이야, 이게! 지금 당장 병원으로 가야 해."

한울은 단호히 말했다.

그러자 해철은 눈빛을 굳히며 고개를 저었다.

"안 돼. 병원 가면 다 끝장이야. 경찰 들어오고, 우리 다 까발려질 텐데."

"어쩌자는 건데."

"네가 좀 처리해 줘. 네가 원래 이런 거 잘하잖아."

한울은 말없이 친구를 노려보다가, 돌아서서 나가려 했다. 그때 해철이 갑자기 테이블 위에 두툼한 봉투 하나를 툭 내려놓았다. 둔탁한 소리가 룸 전체에 울렸다.

"더 줄 수도 있어. 제대로 정리만 해준다면."

봉투 안에서 5만 원권 뭉치가 삐져나온 게 보였다. 순간 한울의 손끝이 떨렸다.

"장난하지 마. 지금 사람이 죽어가고 있다고."

"그러니까 네가 도와줘야지! 네가 도와야 다 사는 거야."

해철의 눈빛이 묘하게 흔들렸다. 사람을 갈등의 도마에 올려놓는 데 익숙한 눈빛이었다. 한울은 잠시 숨을 고르며 봉투를 내려다보았다. 차가운 땀이 손바닥에 맺혔다. 결국, 그는 봉투를 집어 들었다. 그리고 해철을 향해 짧게 고갯짓을 하며 말했다.

"밖에서 얘기하자."

두 사람은 룸을 나섰다. 어둑한 복도에 발자국 소리가 메아리쳤다.

그 순간, 바에 앉아 있던 잘생긴 남자가 휴대폰을 슬쩍 들어 올렸다. 화면에는 아까 룸 안에서 오가던 장면이 고스란히 잡혀 있었다. 그는 술잔을 입술에 가져가며 한쪽 입꼬리를 서서히 올렸다.

※ ※ ※

바 밖으로 나온 한울의 표정은 회식 때와는 달리 거칠게 바뀌어 있었다. 씁쓸하고도 분노가 가득한 표정의 한울은 모든 긴장이 풀리고 이제야 취기가 올라온 듯했다. 이미 놓쳐버렸을 게 뻔한 버스를 타기 위해 터벅터벅 골목을 걸었다. 머리가 복잡한 듯 그저 앞을 향해 끝이 나지 않을 것만 같은 골목을 따라 걷기만 했다. 몇 미터 떨어진 뒤에서… 그의 걸음걸이에 맞춰 걷는 누군가의 발소리를 듣지 못한 채….

긴 한숨을 내쉰 한울은 걸을수록 올라오는 취기에 머리가 어질어질했다. 평소 술이 약한 편은 아니었지만, 선배들이 건넨 술을 모두 받아 마셨다는 게 이제야 떠올랐다. 그때였다. 푹- 하는 이상한 소리가 들려온 것은….

"…?"

골목을 막 빠져나가려던 한울은 이상한 느낌에 걸음을 멈추었다. 뭔가가 그의 등허리를 찌른 듯한 느낌이 들었기 때문이다.

"…뭐야?"

한울은 눈을 깜빡이며 몸을 뒤로 돌렸다. 골목 저편에 몇몇 사람들이 서 있는 모습이 보일 뿐, 그의 등 뒤에는 아무도 없었다. 한울은 고개를 갸우뚱하며 다시 원래 가려던 방향으로 몸을 돌렸다. 아니 돌리려고 했다.

푹-!

한울은 또다시 느껴지는 이상한 느낌에 시선을 아래쪽으로 향했다. 그리고 있어서는 안 될 것을 발견했다.

한울의 아랫배에 꽂혀 있는 것, 그것은… 피 묻은 식칼 한 자루였다.

✹✹✹

밤 11시 30분 경 / 마포대교

"좀 와주지. 그렇게 매몰차게 가버려? 하여간에 인정머리라곤 없는 새끼…."

재우는 휴대전화 건너편에서 들려오는 목소리에 피식 웃음을 지었다. 그는 지금 자신의 검은색 렉서스 SUV를 운전하며 철수의 술주정을 들어주고 있었다. 회식이 끝난 뒤, 철수가 전화를 걸어 한울에 대해 주절거리기 시작한 것이다.

"난 또 뭐 급한 일이라도 생겼나 해서 받아봤더니만. 술주정이나 하겠다고 전화하신 겁니까?"

"어쨌든! 앞으로 두름이 사수는 너니까 잘 챙겨주라고 인마. 그러고 보니 이 자식 잘 들어갔는지 모르겠네…."

"제가 전화 한번 해보겠습니다. 그리고 아까 말씀드렸듯이 내일부터는 연락 안 될 수 있습니다. 그러니까 전화해서 안 받아도 뭐라 하지 마시라고요. 아셨죠?"

"몰라, 이 새끼야. 끊어!"

철수와 통화를 마친 재우는 시간을 확인했다. 23시 41분. 앱으로 전달받은 포인트에 도착하기까지 남은 거리는 10분 정도였다.

"…어휴, 이 나이에 팔자에도 없는 사수 노릇하게 생겼네."

재우는 귀찮아 죽겠다는 듯, 잠시 차를 길가에 세우고 한울의 전화번호를 찾아 통화버튼을 터치했다. 공원 벤치에서 꿀잠을 자고 있던 그를 깨운 그 전화번호였다.

"…뭐야? 자나?"

재우가 연결음만 들려오는 휴대폰을 보며 중얼거렸다. 그렇게 부재중 전화로 넘어가려나 싶던 순간, 통화가 연결됐다.

"인마, 벌써 자는 거야?"

"한… 경위… 님…."

수화기 너머로 들려오는 한울의 목소리에 재우는 거치대에 놓여 있던 휴대폰을 덥석 집어 들었다.

"너 어디야! 왜 그래?!"

"사… 살… 도와주…."

"어딘지 말하라고 이 새끼야!"

"회식… 근처… 골목…."

한울이 말한 형기대 3팀 단골 회식집은 그리 멀지 않았다. 골목이라는 말로 보아, 차로 가는 것보다 뛰어가는 게 더 빠를 듯했다. 재우는 급히 운전석에서 뛰어내렸다.

"금방 갈 테니까 거기 그대로 있어! 전화 끊지 말고!"

밤 12시 경 / 돈왕궁 근처 골목

들고 있던 휴대폰을 떨어뜨린 한울은 자신의 배에 꽂혀 있는 식칼을 필사적으로 붙잡았다. 그의 배에 꽂혀 있는 칼이, 마치 자신의 의지로 한울의 배에서 뽑히려는 듯 부들거리고 있었다.

"이… 씨…."

한울은 본능적으로 알 수 있었다. 지금 잡은 이 칼을 놓친다면, 뽑히기 무섭게 다시 자신을 공격할 것이란 사실을….

이성적으로 말도 안 되는 일이라는 건 알고 있다. 칼이 어떻게 자기 의지로 사람을 공격한단 말인가? 그러나 분명한 한 가지는, 지금 그를 공격하고 있는 '사람'은 어디에도 보이지 않는다는 사실이다. 처음 그를 공격했을 때는 물론이고 지금 칼이 그를 찔러대고 있는 순간까지도….

"지한울!"

그때, 어디선가 한울을 부르는 목소리가 들려왔다. 재우의 목소리였다.

"여… 기…."

한울은 마음과 달리 재우의 부름에 답할 수 없었다. 배를 찔린 상태에서 큰 소리를 내기란 쉽지 않았다.

"지한울!!"

 재우의 목소리가 한층 가까운 곳에서 들려오자, 한울은 알 수 없는 안도감을 느끼며 의식을 잃었다.

죽을힘을 다해 식칼을 쥐고 있던 한울의 두 손이, 스르르 칼에서 떨어졌다.

04

오후 12시 경 / 서울시 경찰병원

 눈을 뜬 한울의 시야에 가장 먼저 들어온 것은 새하얀 천장이었다. 순간, 한울은 자신이 천국에 있는 것은 아닐까 생각했다. 하지만 정신을 차리기 무섭게 느껴지는 욱신거리는 통증이 그가 아직 이승에 있음을 알려주었다. 한울은 통증이 느껴지는 배에 오른손을 대며 천천히 몸을 일으켰다.
 "팀장님, 막내 깨어났습니다!"
 문일과 재우를 제외한 형기대 3팀 형사들이 한울의 침대 근처에서 일제히 일어났다.
 "야 인마, 너 괜찮아?"
 철수의 호통 같은 걱정에 한울이 멋쩍은 표정을 지었다.
 "아, 예. 팀장님…. 괜찮습니다. 죄송합니다."

"어떻게 된 거야? 재우 아니었으면 너 죽을 뻔했어! 새끼야!"

철수의 말에 한울은 문득 재우의 목소리를 떠올렸다. 필사적으로 배에 꽂혀 있던 칼을 잡고 있던 그때, 자신을 부르던 재우의 목소리를….

"아, 그러고 보니 한 경위님은…."

"한 경위님은 너 치료 받는 거 보고 가셨다. 원래 뭔가 일이 있으셨던 것 같은데…. 너 구하느라 그 일도 제치고 병원까지 책임져주신 것 같더라."

한울은 아쉽다는 표정으로 고개를 끄덕였다. 생명의 은인이나 다름없는 재우에 대한 고마움과 지금 그가 이 자리에 없다는 것에 대한 서운함이 동시에 찾아왔다.

"나중에 들르겠다고 하셨으니까 너무 서운해 말고."

"…예."

"그나저나 대체 어떻게 된 거야? 누가 너 찌른 건지 전혀 못 본 거야?"

한울이 전혀 보지 못했다며 고개를 가로젓자 팀원들은 울화통을 터트렸다.

'겁대가리 없이 경찰을…!'

그렇게 철수를 비롯한 형사들은 한울과 잠시 이야기를 나누다가 엉덩이를 일으켰다. 병실을 떠나기 직전, 철수는 한울에게 명령 같은 인사를 내렸다.

"몸조리 잘해라. 한동안 병가 처리해줄 테니까 확실하게 나을 때까지 치료 잘 받으라고. 알았지?"

***

그날 저녁, 깜빡 잠이 들었던 한울은 인기척에 눈을 떴다. 누군가 그를 가만히 쳐다보고 있었다.
"한 경위님!"
"쉿, 여기 병실이야. 인마."
재우는 반가움에 소리치는 한울에게 작게 핀잔을 주었다.
"좀 괜찮아?"
"네, 덕분에요. 제대로 인사드리겠습니다. 선배님, 살려주셔서 감사합니다."
"인사는 무슨. 너 공격한 놈 얼굴은, 못 본 거야?"
재우의 질문에 한울은 무겁게 고개를 가로저었다. 낮에 철수의 말을 들은 뒤에도 그 일에 대해 한참을 떠올려 보았지만, 생각나는 단서라곤 없었다.
"그런데 솔직히… 말이 안 돼서요."
"뭐가?"
"그… 아닙니다."
한울은 저도 모르게 하려던 말을 삼켰다. '칼이 마치 스스로 의지를 가진 것처럼 저를 공격했습니다.'라는 말을 누가 믿겠는가? 낮에 온 선배들에게 어떤 이야기도 할 수 없었던 이유가 바로 이 때문이었다. 잘해야 미친놈이라는 소리를 들을 것이고, 더할 경우 정신적으로 문제가 있다며 정신과 치료를 빌미로 직위해제 당할지도 몰랐다.

"뭔데? 말해봐."

한울은 잠시 재우의 눈을 마주보았다. 그는 침대 끄트머리에 걸터앉아 한울을 차분하게 쳐다보고 있었다. 그 눈은 마치 '네가 하는 말을 허튼소리로 듣지 않겠다' 말하는 듯했다.

"저… 실은…."

고민하던 한울은 다시 한번 재우의 눈을 깊게 마주 보았다. 다른 사람이라면 몰라도, 자신의 목숨을 구해준 재우에게 만큼은 사실대로 말해야 한다는 생각이 들었다. 한울은 작게 한숨을 내쉬고는 기억나는 대로 이야기를 시작했다.

"늦은 밤이라 사람이 아무도 없는 골목길을 그냥 걸어가고 있었습니다. 그런데… 갑자기 뭐가 등 뒤에서 저를 찌르는 듯한 느낌이 들었어요. 그래서 뒤를 돌아보았는데 아무것도 없었습니다. 앞으로 몸을 돌리려는데… 다시 뭔가가 복부를 찌르는 느낌이 들었어요."

한울은 재우의 안색을 살피며 조심스럽게 이야기를 이었다. 그가 자신을 미친놈으로 보는 건 아닐까 걱정스러웠다.

"저, 미친놈 같죠?"

"계속해."

한울의 우려와는 달리 재우는 한울의 말을 전혀 자르거나 끼어들지 않고, 그저 팔짱을 낀 자세로 진지하게 듣고만 있었다.

"그래서 배를 보았더니 칼이 제 배를 찌르고 있었습니다. 너무 놀라서 오른손으로 칼자루를 쥐었는데…."

한울이 잠시 말을 멈추고 머뭇거리자 재우가 계속하라는 듯 손짓했다.

"칼이… 제 배에서 뽑히려는 겁니다. 마치 보이지 않는 누군가가 잡아당기기라도 하는 것처럼…. 저는 두 손으로 칼자루를 붙잡고 버텼습니다. 그대로 뽑히면 다시 저를 공격할 것 같았거든요. 과다출혈로 죽을 거라는 생각도 들었고요."

"…그렇게 버티던 중에 내가 도착한 거고?"

"네, 그런 것 같습니다. 경위님이 절 부르시는 목소리를 들은 게 마지막 기억입니다."

한울은 말을 마치고 재우의 안색을 살폈다. 그는 여전히 일말의 표정 변화 없이, 생각에 잠긴 얼굴로 한울을 쳐다보고 있었다.

"솔직히… 안 믿기시죠?"

"난 아무 말도 안 했어."

"그럼 믿어주시는 겁니까?"

재우는 도리어 자신의 말을 믿어준다는 사실이 믿기지 않는다는 표정으로 말하는 한울에게 피식 웃음을 지어주었다.

"몸조리 잘하고 있어라."

"가시는 겁니까?"

"그래, 치료 잘 받아. 경찰 계속해서 돈 많이 벌려면 얼른 나아야 할 거 아냐?"

"예…."

"조만간… 또 보자."

한울은 병실을 떠나는 재우를 보며 기분 좋은 미소를 지었다. 적어도 재우 한 사람만큼은 그의 말을 비웃지 않고 믿어줬다는 사실 자체가 기뻤다. 아니, 심지어 그는 정말로 한울의 말을 그대로 믿는 것 같았다. 대놓고 '믿는다' 말하진 않았지만, 그 눈빛에서 불신의 기색은 느껴지지 않았다. 돌이켜보건대, 그는 한울과 함께했던 자살 사건에서도 모든 가능성을 열어두고 있었다. 몇 개의 단서만으로 사건의 틀을 정해버리던 다른 선배들과 달리, 재우는 1%의 가능성만 있더라도 의심해야 한다며 결국에는 사건을 해결하지 않았던가?

'참… 여러모로 특이하신 분이야.'

한울은 미소를 지으며 침대에 몸을 눕혔다. 남다른 선배를 사수로 두게 되었다는 사실이 진심으로 기뻤다.

그리고… 며칠이 지났다.

※※※

얕은 잠에 들었던 한울은 진동하는 휴대폰 소리에 눈을 떴다.

'…문자? 이 시간에 누가?'

밤 11시가 넘은 시간에 문자라니. 한울은 스팸문자도 오지 않을 시간에 문자가 왔다는 것에 의아함을 느끼며 휴대폰을 집어 들었다. '발신번호 표시제한'으로부터 한 통의 문자가 도착해 있었다.

[형기대 3팀 지한울 경장은 0시까지 아래 주소로 올 것.
 누구에게라도 해당 정보를 발설할 시,
 이유를 불문하고 불이익이 있을 것.
 서울특별시 마포구 상암동…]

문자를 보던 한울은 몇 번이나 눈을 끔뻑거렸다. 발신번호 표시제한으로 수신된 문자는 그에게 어딘지 모를 장소로 올 것을 명령하고 있었다.

"…이거 뭐야?"

한울은 누워 있던 몸을 일으키며 중얼거렸다. 여러모로 수상한 문자였지만 무시할 수 없는 내용이었다. 무엇보다 문자의 발신자는, 한울의 이름과 직위를 명확하게 알고 있었다.

그 말은 즉, 문자의 명령을 따르지 않을 경우 그의 가족에게도 위해를 끼칠지 모른다는 의미였다.

"12시면 30분 정도밖에 안 남았는데…."

한울은 일단 확인이나 해보자는 심정으로 콜택시 앱을 켰다. 늦은 밤이라 그런지 문자에 적혀 있는 장소는 병원에서 20분이면 도착할 거리였다. 잠시 고민하던 한울은 여전히 통증이 느껴지는 복부를 부여잡고 침대에서 일어났다. 꺼림칙하기 그지없는 문자였지만, 가보지 않았다가 닥칠 불이익을 감당하고 싶지 않았다. 그에게는 무슨 일이 있어도 지켜야 할 것이 있었기에….

✸✸✸

"엄마, 별일 없죠? 어, 핸드폰 옆에 잘 두고 있다가 무슨 일 있으면 나한테 꼭 전화해요. 알았죠? 아니, 무슨 일 있는 건 아니고. 그냥 내가 꿈을 좀 꿔서. 네, 내일 다시 전화할게요."

한울은 전화를 끊고 차창 밖을 바라보았다. 그는 지금 택시에 몸을 싣고 문자의 장소로 향하고 있었다. 잠시 후면 정체를 알 수 없는 문자에 대해 알 수 있으리라.

"다 왔습니다."

"…다 온 게 아닌 거 같은데요."

택시에서 내린 한울은 '목적지 도착'이라 뜨는 휴대폰을 원망스럽게 바라보았다.

"무슨… 서울에 이런 데가 다 있어?"

한울은 그를 두고 떠나가는 택시의 등짝을 보며 중얼거렸다. 그를 기다리고 있는 것은, 도저히 상암동 근처라고는 믿기지 않는 폐건물이었다.

"발신번호 표시제한이니 전화를 걸어볼 수도 없고…. 괜히 왔나?"

한울은 잠시 한숨을 내쉬며 후회했다. 하지만 이미 여기까지 와버렸으니 아무 소득 없이 돌아갈 수도 없었다. 자신에게 불이익을 주겠다 경고한 상대의 정체라도 알아야 했다. 한울은 혹시 몰라 챙겨온 삼단봉을 꺼내들었다.

"그래, 까짓것 죽기 아니면 까무러치기지."

한울은 한 손에는 휴대폰을, 다른 손에는 삼단봉을 들고 폐건물을 향해 다가가기 시작했다.

"…뭐야, 저거. 키패드야?"

폐건물 출입문에 다다른 한울은 어처구니가 없다는 표정으로 문고리를 들여다보았다. 낡아빠진 건물과는 도저히 어울리지 않는, 녹이라곤 전혀 슬지 않은 현대식 키패드가 장치되어 있었다.

"…어쩌라고? 언제 번호 알려준 적 있어?"

그 순간, 마치 한울의 말에 대답이라도 하듯 휴대폰이 진동했다.

"아, 깜짝이야! 와… 나 진짜 돌아버리겠네."

전송된 문자에는 딱 네 글자가 적혀 있었다. 한울은 크게 한숨을 내쉬곤 조심스럽게 키패드로 손을 뻗었다. 그러고는 잠시 망설이다 숫자를 입력했다. 자신의 '생년월일'인 961224를….

"후…."

한울은 심호흡을 하며 거짓말처럼 열린 문 안으로 조심스럽게 발을 내디뎠다.

건물 안은 칠흑처럼 캄캄했다. 한울은 혹시 모를 부상에 대비코자 휴대폰 불빛으로 발밑을 비추며 걸음을 옮겼다. 잠시 후, 한울이 건물 안으로 완전히 들어서는 순간 출입문이 철컥- 소리를 내며 저절로 닫혔다.

"…뭐야?!"

한울은 놀란 얼굴로 닫힌 문을 돌아보았다. 닫혀버린 문은 아무리 밀고 당겨도 꿈쩍하지 않았다. 그때, 스파크 튀는 소리가 들리더니 건물 한가운데 불 하나가 들어왔다.

"서울지방경찰청 형사기동대 3팀, 지한울 경장."

한울은 정확하게 자신의 관등성명을 읊는 목소리에 뒤를 돌아보았다. 넓디넓은 건물 한가운데, 정장 차림의 남자가 작게 켜진 등불 아래에 그림처럼 서 있었다.

"누, 누구십니까?!"

한울은 등불 아래 남자를 향해 경계 자세를 취하며 소리쳤다. 등 뒤의 문은 잠겨버렸으니 남은 선택지는 눈앞의 남자와 담판을 짓는 것뿐이었다.

"더 가까이 오시죠."

한울이 2미터 정도 거리를 둔 곳까지 다가가자 마침내 등불 아래 남자의 얼굴이 보였다. 정체불명의 누군가는 40대 초반으로 보이는 남자였다. 한눈에 보아도 상당한 고가의 정장을 입은 남자가 한울을 향해 희미한 미소를 짓고 있었다.

"누구시냐고 물었습니다!"

"겁먹게 했다면 미안합니다. 그럴 의도는 없었습니다."

남자는 여전히 희미하게 미소 띤 얼굴로 한울에게 사과를 건넸다. 하지만 한울은 경계를 늦추지 않았다. 지금 눈앞의 남자에 대해 그가 아는 것이라곤 전무했으니.

"마지막으로 묻겠습니다. 당신 대체 누굽니까? 누군데 내게 그런 문자를 보낸 겁니까? 불이익은 또 무슨 소리고요?"

남자는 랩이라도 하듯 질문을 던지는 한울을 보며 작게 웃음을 터뜨렸다. 마치 귀여운 어린아이를 보는 아저씨 같은 표정으로….

"이보세요, 지금 뭐 하자는 겁니…!"

"인마, 경계 그만하고 그거 내려놔."

생각지도 못한 익숙한 목소리의 등장에 한울은 고개를 돌렸다. 그리고 믿기지 않는다는 표정으로 입을 열었다.

"한… 경위님?"

"그래, 좀 괜찮아?"

어둠 속에서 등불 아래로 모습을 드러낸 것은, 다름 아닌 한재우 경위였다. 재우는 한울을 향해 씩 웃더니 의문의 남자를 향해 살짝 고개를 숙이는 것으로 인사를 건넸다.

"조금 늦었습니다."

"아닙니다, 지 경장님도 지금 막 오셨으니까요."

한울은 자신의 눈앞에서 펼쳐지는 이 광경이 무슨 상황인지 도무지 이해할 수가 없었다. 하지만 재우는 한울이 그러거나 말거나 의문의 남자와 잘 아는 사이인 것처럼 이야기를 나누고 있었다.

"한 경위님!"

"아오, 깜짝이야. 왜 소리를 지르고 그래?"

"무슨 설명이라도 좀 해주셔야 하는 거 아닙니까? 저 여기 부른 게 경위님이세요? 그 문자 내용은 다 뭡니까? 이 사람은 또 누구고요?"

다시 한번 몰아치는 한울의 질문 세례에 재우는 귀를 후비며 인상을 찌푸렸다. 의문의 남자는 그런 재우와 한울을 번갈아 보더니 한울을 향해 손짓했다.

"지 경장님, 이쪽으로 오시죠."

남자는 등불에서 조금 떨어진 곳에 있는 테이블을 향해 앞장서 걸어갔다. 한울은 그런 그가 미심쩍었지만, 재우가 남자의 뒤를 따르는 것을 보고 어쩔 수 없이 그 뒤를 따랐다.

"먼저 제 소개를 하죠. 저는 '언레코더블 케이스' 부서를 담당하고 있는 김영수라고 합니다."

"언… 뭐요?"

"언레코더블 케이스(Unrecordable Case). 말 그대로 기록될 수 없는 사건을 말합니다. 저는 해당 부서를 담당하는 정부 관계자로, 이 부서의 유일한 수사관인 한재우 경위님을 돕고 있습니다. 뭐, 말이 돕는 거지. 사실상 케이스가 발생하면 사건이 발생했다는 사실을 알려주고 자료를 취합해주는 정도입니다."

"죄송하지만 지금 무슨 말을 하고 계신 건지 하나도 이해가 안 되거든요? 언… 뭐요? 여기 한 경위님이 그 담당 수사관이시라고요? 뭔 말 같지도 않은 소리를…!"

한울은 기가 찬다는 표정으로 재우를 쳐다보았다. 그러나 재우는 한없이 진지한 표정으로 한울의 눈을 마주 보고 있었다. 병원에서 보았던 그 표정이었다. 한울이 얘기하는 말도 안 되는 이야기를, 진지하게 들어주던 그 표정….

"…진짜라고요?"

"그럼 미쳤다고 이 밤중에 아픈 놈 불러서 장난치겠어? 내가 농땡이 피울 시간은 있어도 장난 칠 시간은 없어, 인마."

반신반의하는 표정으로 묻는 한울에게 재우가 착 가라앉은 목소리로 답했다.

"자, 그럼 좀 더 설명을 드리겠습니다. 조금 전 이야기했듯,

언레코더블 케이스란 기록될 수 없는 사건을 말합니다…."

자신을 영수라 소개한 남자는 한울에게 언레코더블 케이스에 대해 잠시 이야기를 해주었다.

결코 기록으로 남겨질 수 없는 사건…. 일명 '언레코더블 케이스'는 초능력자가 일으킨 범죄를 뜻한다.

보통 사람들의 상식과 달리, 초능력자는 실제로 존재한다. 그들은 인류의 역사와 함께 하며 아주 오래전부터 존재해왔고, 그중에는 그런 능력으로 범죄를 저지르는 이들도 있다.

초능력 범죄자를 잡기 위해, 정부에서는 이들을 잡기 위한 기관을 비밀리에 운영해왔다. 그러나 대외적으로 이를 알릴 수는 없었다. 초능력자들은 수십 년에 한 번 세상에 모습을 드러낼까 말까 할 정도로 희귀했고, 그 정도로 희귀한 범죄를 세상에 밝히는 것은 정부 입장에서 득 될 것이 하나도 없었기 때문이다(이는 한국뿐만 아니라 다른 나라 정부들 역시 마찬가지다).

정부는 언레코더블 케이스 부서를 만들어 만약에 만약을 대비하는 식으로 운영하였고, 해당 부서에 배속된 경찰은 평소 다른 부서의 일원으로 일하다가 언레코더블 케이스가 발생하면 해당 사건을 전담하도록 했다.

"그럼… 한 경위님이…."
"맞습니다. 한재우 경위님이 지난 20년 동안 우리 대한민

국에서 언레코더블 케이스를 담당해온 경찰입니다."

한울은 영수의 말을 부정하지 않는 재우를 보며 입을 딱 벌리고 말았다. 저 늙은 거북이 같은 양반이, 이런 장난 같은 말을 부정하지 않고 있다는 것이 진심으로 놀라웠다.

"그래서요?"

"네?"

"그래서 저보고 뭘 어쩌라는 겁니까? 이런 얘기들을 저한테 왜 하시는 건데요?"

"아, 그건 지 경장이 여기 한 경위님 뒤를 이어 언레코더블 케이스 담당이 될 것이기 때문입니다."

"…뭐라고요?"

한울이 무슨 뚱딴지같은 소리냐는 듯 물었지만, 영수는 그저 '당신이 들은 그 말이 맞습니다' 하는 표정으로 어깨를 으쓱할 뿐이었다.

"한 경위님, 저 말이 진짭니까?"

"…그래."

"아니, 그런 법이 어디 있습니까? 그럼 뭐, 지금 저 인사이동 명령받는 거예요?"

"잘 아네."

한울은 다시 한번 기가 찬다는 얼굴로 한숨을 내쉬었다.

"제 동의도 없이 그런 법이 어디 있습니까? 그리고, 왜 접니까?"

"지 경장님이 최근에 당하신 그 사고."

순간, 영수의 말을 들은 한울의 표정이 석고처럼 굳었다.

"그 사고가 바로 언레코더블 케이스이기 때문입니다."

한울은 망치로 머리를 얻어맞은 듯한 표정이 되어 영수와 재우를 번갈아 보았다. 왜 그 생각을 못 했을까? 며칠 전 자신이 당한, 그 말도 안 되는 일을.

"그러니까… 제가 당한 그 일이…."

"그래, 초능력 범죄자가 벌인 짓일 가능성이 매우 높다. 지금 내가 수사 중인…."

재우의 말을 들은 한울의 다리가 휘청거렸다. 상식을 벗어난 이야기에 기습적으로 공격을 당한 여파였다.

"그래도 제가 싫다면요? 대충만 들어봐도 보통 위험한 일이 아닌 것 같은데…. 끝까지 제가 하고 싶지 않다고 하면 어쩌실 겁니까?"

한울이 마지막으로 오기를 부리자 재우가 씁쓸한 표정으로 입을 열었다.

"걱정 마. 내가 무슨 일이 있어도 아픈 네 어머니께 아들 죽는 꼴은 보여드리지 않을 테니까."

"경위님이 어떻게 저희 어머니를…?"

한울이 경악스런 얼굴로 재우를 쳐다보았다. 비밀을 들킨 어린아이처럼.

"너 기억 안 나? 구급차로 실려 가면서 나한테 했던 말들?"

※※※

며칠 전, 한울이 피습당했던 그날…

병원으로 내달리는 구급차 안에서, 재우는 구급대원과 함께 한울의 복부를 힘껏 지압하고 있었다.
"정신 놓지 마. 놓지 말고 버텨, 인마!"
"선… 배님."
"그래, 나 여기 있으니까 정신 놓지 말고 버티라고!"
"저… 죽으면 안 됩니다…. 저희 엄마, 저 없으면 죽어요… 저… 무슨 일이 있어도 살아야 합니다…."

※※※

"너희 어머니, 희귀병으로 아프시다며…. 그게 돈 많이 벌어야 하는 이유라고 구급차에서 얘기했잖아. 기억 안 나?"
재우의 말을 들은 한울이 순식간에 눈시울을 붉혔다. 재우의 말대로, 그가 돈에 목을 매게 된 이유는 아픈 어머니를 위해서였다. 희귀병으로 지금도 병원에 계신 어머니를 위해… 진급에 목을 매는 경찰… 특진에 목을 매는 경찰이 될 수밖에 없었다.
"지한울 경장, 언레코더블 케이스 담당 제안을 수락한다면 비공식적으로 수락 즉시 한 계급 특진해 경사가 될 겁니다. 또한 케이스 해결에 따른 포상금과 특수임무를 맡는 것에 대한 추가적인 보조금 및 보상금들도 성과에 따라 지급될 겁니다. 하지만 거부한다면, 한 계급 강등되어 다시 순경으로….”

한울은 영수의 말이 끝나기도 전에 휙- 몸을 돌리더니 재우의 앞으로 성큼성큼 걸어갔다.

"이 시간부로 부서 이동을 명령받은! 경사! 지! 한! 울! 입니다! 잘 부탁드립니다, 선배님!"

마치 막 경찰이 된 신입처럼 칼각이 잡힌 경례를 올리는 한울을 보며, 재우와 영수가 어처구니없다는 듯 웃음을 터뜨렸다.

"그래, 잘해보자. 파트너.”

"그럼… 뒤는 한 경위님께 맡기겠습니다.”

한울이 제의를 수락하자, 영수는 몇 가지 간단한 절차를 진행하곤 건물을 떠났다. 영수가 떠난 뒤, 한울은 신기하다는 듯 그가 설치해준 앱을 켰다. 재우가 지시를 받을 때 사용했던, 바로 그 메신저 앱이었다.

"그러니까… 이걸로 연락이 온다고요?"

"그래, 사내 메신저 앱처럼 우리끼리만 연락할 수 있게 만들어진 거니까 어디 가서 함부로 보이고 다니지 마라.”

"특진도 된 거고요? 저 지금부터 경사인 거, 확실한 거죠?"

"이게 속고만 살았나…. 다음 달에 월급 들어오는 거 보면 알 거 아냐? 뭐, 명함이라도 새로 파줘?"

재우는 건물 한쪽 구석으로 걸어가더니 탁- 스위치를 올렸다. 불 하나만 켜져 있던 건물 내부가 환해지며 공간 전체가 모습을 드러냈다. 건물 내부는 폐공장으로 쓰였던 듯 구석구석에 버려진 중장비들이 놓여 있었지만, 넓은 중앙에 네 개의 테이블이 반원을 그리듯 배치되어 어설프게나마 업무 공간다운 느낌을 내고 있었다. 커다란 테이블들 위에는 두 대의 컴퓨터가 놓여 있었고, 사건 자료로 보이는 파일뭉치들이 두 사람의 손길을 기다리며 잠들어 있었다.

"…이렇게 밝은 곳이었어요? 아! 여기가 우리 본부인 거예요?"

"쓸데없는 소리 그만하고 이쪽으로 와."

재우는 테이블 위에 쌓여 있던 파일 하나를 집어 들며 한울에게 가까이 오라 손짓했다.

"이번에 우리가 맡게 된 사건에는 몇 가지 공통점이 있다."

"그렇게 뜸도 안 들이고 바로 얘기하시기 있습니까? 부서 이동한 지 5분도 안 된 신입한테?"

순간, 장난스럽게 투덜거리던 한울은 꾹 입을 다물었다. 재우가 소리 없이 한울을 쩌려보고 있었다.

"…죄송합니다. 말씀하십쇼."

"현재까지 터진 사건은 네가 당한 것까지 총 세 건이라고 보고 있다."

"그러면… 앞서 두 건의 사건과 제가 당한 사건에 공통점이 있는 겁니까?"

"그래, 그나마 다행인 건… 넌 죽지 않았다는 거야."

잠시 머리를 굴리던 한울의 표정이 굳었다. 지금 재우가 하는 말의 의미는, 앞선 두 건에서는 피해자가 모두 죽었다는 뜻이었기 때문이다.

"…세 사건의 공통점이 뭔가요?"

진지해진 표정의 한울을 보며, 재우 역시 한결 풀어진 얼굴로 입을 열었다.

"첫째, 세 사건 모두 은성구에서 벌어졌다."

"그럼 죽은 다른 두 피해자도…."

"그래. 동은 다르지만 모두 은성구 내에서 살해당했어."

"두 번째는 뭐죠?"

"두 번째는 너도 잘 아는 거야. 피해자를 습격한 '흉기'는 존재하지만, '범인'은 존재하지 않는다는 것."

한울은 자신을 찔렀던 칼을 떠올렸다. 마치 보이지 않는 손이 쥐고 있는 것만 같았던…. 그 말도 안 되는 흉기를….

"세 번째도 있습니까?"

"세 번째는…."

재우의 말을 기다리며, 한울은 긴장한 표정으로 침을 꿀꺽 삼켰다.

"피해자가 모두… 경찰이라는 것."

재우는 현재 그들이 맡게 된 '언레코더블 케이스'에 대한 개요를 말해주었다.

약 두 달 전, 은성구 광원(廣園)동에서 한 건의 살인사건이 터졌다. 경찰은 다른 사건보다도 더 촉각을 세워 수사에 임했다. 피해자가 다름 아닌 경찰이었기 때문이다. 그러나 현장에는 피해자와 피해자를 살해한 흉기만이 발견되었을 뿐, 가해자와 관련된 증거는 하나도 발견되지 않았다.

경찰들을 더욱 당혹스럽게 만든 것은 가해자로 측정할 만한, 즉 용의자를 추릴 단서조차 하나도 발견된 게 없다는 것이었다. 흉기는 마치 깨끗이 닦아놓은 듯 쪽지문 하나 나오지 않았고, 사건 현장에는 CCTV가 없어 용의선상에 올릴 인물을 추리하는 것조차 불가능했다. 그렇게 해당 사건은 일말의 진전도 보이지 못한 채 미제가 될 것이란 소문이 돌기 시작했다.

이후… 한 달 반 정도가 지난 보름 전, 은성구 대익동에서 또 다른 경찰이 살해당한 사건이 발생했다. 문제는, 이번 사건에서도 지난번과 마찬가지로 가해자의 어떤 흔적도 찾을 수 없었다는 것이다. 마치 첫 번째 사건과 같은 범인이라는 것을 과시라도 하듯이….

"…비슷한 수법으로 벌어진 별개의 사건일 가능성은요?"
"그러기에는 두 가지 공통점이 더 있었어."
"동일범이라고 생각할 수밖엔 없겠군요. 그래서, 뭔데요."

"사체의 일부가 훼손되었다는 거."

"무슨 뜻이에요? 특정 부위가 없기라도 했단 거예요?"

"응."

한울은 놀란 표정으로 재우를 다시 쳐다보았다.

"팔 혹은 다리가 정교하게 절단되어 있었어."

한울은 자신의 팔다리를 쓸며 안도했다. 흉기에 몇 번 찔린 일로 끝난 게 다행이라는 생각이 들 정도로.

"그리고… 이게 마지막 공통점이다."

재우는 들고 있던 파일을 한울에게 내밀었다. 그가 내민 파일에는, 죽은 피해자들의 상의가 촬영된 사진이 펼쳐져 있었다.

"죽은 두 경찰 모두, 경찰복에서 명찰이 뜯겨 사라지고 없었어."

한울은 소름이 돋은 듯한 표정으로 재우를 쳐다보았다. 재우의 말인즉 범인은 경찰을 죽이고 죽은 경찰의 몸의 일부와 명찰을 전리품처럼 가져간다는 뜻이었다.

"전형적인 연쇄살인범들이 보이는 패턴이야. 여자를 죽이고 그 머리카락을 잘라 보관하거나, 아니면 손가락에 피를 내 지문을 채취해가는 것처럼…. 이놈도 마찬가지로 본인이 죽인 경찰들의 몸과 명찰을 트로피처럼 가져간 것으로 보인다. 다음 장 넘겨봐."

한울이 손에 들린 파일을 넘기자 피해자를 공격한 흉기 사진이 나타났다.

"죽은 두 경찰은 등 뒤에서 칼에 찔려 사망했다. 그리고 거기에는 누구의 지문도 찍혀 있지 않았어. 네 칼 역시 마찬가지고…."

파일 속 흉기 사진을 보던 한울이 놀란 얼굴로 재우를 쳐다보았다.

"저를 찌른 흉기도 감식하신 겁니까?"

"당연하지. 그것도 안 해보고 같은 사건으로 본다고 얘기했을까 봐? 널 찌른 흉기에서도 네 지문만 나왔을 뿐, 다른 지문은 단 한 개도 나오지 않았다. 만약 네가 뒤를 돌아보지 않았거나 등 뒤에서 더 깊숙이 찔렸다면, 너 역시 앞선 두 경찰과 같은 결과를 맞았을지도 모르지."

한울은 사건 파일로 다시 눈을 돌렸다. 재우 덕에 살아남은 자신이, 얼마나 운이 좋았던 것인지 새삼 깨달으며.

※ ※ ※

그 시각 / 은성구의 어느 작업실…

소녀상과 죽은 쥐를 그렸던 아름다운 손이 새로운 그림을 그리고 있었다. 손이 움직일 때마다, 쓱싹거리는 연필 소리와 함께 생동감 넘치는 그림이 하얀 도화지를 채워나갔다. 잠시 후, 한창 그림을 그리던 손이 연필을 내려두고 어딘가로 향했다. 손이 향한 곳에는, 투박한 나무상자 하나가 놓여 있었다.

달칵-

손의 주인은 나무상자를 열어 안에 있는 무언가를 꺼냈다. 그는 꺼내든 무언가를 만지작거리며, 알 수 없는 콧노래를 흥얼거렸다. 그의 손에 들린 것은…

죽은 경찰들의 제복에서 사라진, 두 개의 명찰이었다.

05

오전 10시 30분 경 / 금개(金鎧)역

전철역 밖으로 나온 한울은 늘어지게 하품을 하며 주위를 둘러보았다. 아직 낫지 않은 몸으로 전철을 타긴 했지만, 출근시간이 지난 덕에 지옥철을 타지 않고 약속 장소로 올 수 있었다.

"아직 완전히 나은 게 아니니 통원 치료는 계속 받으러 오셔야 합니다. 아시겠죠?"

한울은 붕대가 감긴 배를 만지며 의사가 한 말을 떠올렸다. 전날 일련의 일을 겪은 뒤, 겨우 몇 시간 눈을 붙이고는 아침 일찍 퇴원 수속을 밟았다. 한울 본인의 의사가 아닌, 다른 이의 명령으로 인해서였다.

빠앙-! 한울은 클랙슨 소리에 고개를 돌렸다. 퇴원을 명령한 장본인인 재우가 검은색 렉서스 운전석에서 그를 쳐다보고 있었다. 재우가 타고 있는 차는 2024년산 NX 플러그인 하이브리드로, 중형 SUV였다.

"경위님 개인 차량이에요?"

"그래. 목적지까지 금방 도착하니까 거기 글로브 박스 안에 있는 거 꺼내 놔라."

한울은 자신이 탄 조수석 앞 글로브 박스를 열었다. 두툼한 갈색봉투 하나가 그를 기다리고 있었다.

"이게…?"

봉투를 슬쩍 열어본 한울이 놀란 표정으로 재우를 쳐다보았다.

"그래, 네가 생각하는 그거 맞아."

한울은 기분 나쁘다는 표정으로 손에 들린 봉투를 쳐다보았다. 글로브 박스 안에 있던 것은, 다름 아닌 한울의 배를 찔렀던 흉기였다.

"…그래서, 저희 어디 가는 겁니까?"

"그 칼의 주인이 어떤 놈인지… 알지도 모를 사람한테."

한울이 놀란 토끼 눈으로 재우를 쳐다보았다. 주인이 누군지 알 수 있다면 사건을 해결한 것이나 마찬가지 아닌가?

"그런 사람이 있다고요?

"있어. 골동품가게 사장."

"…예?"

※ ※ ※

 두 사람을 태운 렉서스가 허름한 골목 앞에 멈춰 섰다. 차에서 내린 두 사람은 재우를 필두로 골목을 걷기 시작했다. 잠시 후, 허름한 골목보다 더 허름해 보이는 가게 하나가 나타났다. 한울이 가게 상호를 보며 중얼거렸다.

"…강씨네 골동품?"

"들어가자."

 재우를 따라 가게로 들어간 한울은 저도 모르게 코와 입을 가렸다. 서늘한 공기 속에 정체 모를 눅눅하고 매캐한 향이 섞여 있었다. 재우는 가게의 공기가 익숙한 듯, 코를 막은 한울을 유난스럽다는 듯 쳐다보았다.

"짜식이 별것도 아닌 걸로 호들갑은…."

 재우를 따라 몇 걸음 들어가자, 한울은 곧 낯선 기운에 압도되었다. 공간은 생각보다 넓었지만, 천장까지 빽빽이 들어찬 물건들 때문에 답답하게 느껴졌다. 오래된 괘종시계들이 벽면을 차지하고 있었고, 초침 소리가 제각각으로 흩어지며 마치 수십 개의 심장이 동시에 뛰는 것처럼 들렸다. 구석 선반에는 금이 간 도자기와 바랜 초상화들이 나란히 놓여 있었는데, 그림 속 인물들의 시선이 어둠 속에서도 한울을 따라오는 듯했다.

 탁자 위에는 정체 모를 기계 부품들이 녹슨 채 널려 있었고, 장식장 안에는 작은 석상들이 촘촘히 줄지어 서 있었다. 일부는 고대 신의 형상 같았고, 일부는 어디서 본 듯한 불상의 파편 같았다. 빛은 형광등이 아니라 천장에 매달린 낡은 주홍빛 전등 하나뿐이었는데, 그 불빛이 유리 진열장에 부딪혀 기묘한 그림자를 벽 곳곳에 흩뿌렸다. 한울은 숨을 고르며 주변을 둘러보았다. 가게 안은 마치 버려진 시간과 잊힌 기억들이 얽혀 만든, 작은 세계의 심장부 같았다.

 한울은 괜히 목덜미가 서늘해져 무심코 뒤를 돌아봤다. 분명 아무도 없는데도, 누군가가 빽빽한 골동품 사이에서 숨을 죽이고 자신을 지켜보는 듯한 느낌이 들었다. 그때 재우가 걸음을 멈췄다.

 "형님! 형님!"

 재우의 외침에 어디선가 덜그럭- 소리가 들렸다. 소리의 진원지를 찾아 고개를 돌리던 한울의 눈에 가게 한쪽 구석에 있는 판자가 열린 것이 보였다. 몇 초 후, 열린 판자 사이로 머리 하나가 불쑥 튀어나왔다.

 "이게 누구야? 한재우 형사님 아니야?"

 재우보다 서너 살은 많아 보이는 중년의 남자가 환하게 웃음을 지으며 말했다.

"거, 아래서 뭐 하슈?"

"뭐 하긴, 물건 정리하고 있었지. 내 일의 절반이 창고 정리 아니냐?"

재우가 다가가 손을 내밀자 남자는 그 손을 잡고 바닥에서 빠져나왔다. 지상으로 올라온 남자는 검은 니트 티셔츠에 군복바지를 입고 있었다. 짧게 자른 회색빛 머리카락은 재우보다 더 허옇게 새어 있었다. 한울은 남자를 보며 저도 모르게 고개를 갸웃했다. 재우는 만날 사람이 '범인이 누구인지 알지도 모르는 사람'이라고 했지만, 눈앞의 아저씨는 범죄와 아무런 연관성도 없는, 흔한 동네 아저씨로밖에는 보이지 않았다.

"누구셔?"

"내 새 파트너. 두루미."

남자의 물음에 재우가 덤덤하게 답했다.

"뭐? 두루미?"

남자의 물음에 한울은 얼른 앞으로 나서며 인사를 건넸다.

"안녕하십니까, 서울청 형사기동대 소속 경장, 아니 경사 지한울입니다."

"아, 예. 반갑습니다. 강재강이라고 합니다. 우리 재우, 잘 좀 부탁합니다."

남자는 두꺼운 손을 내밀어 한울과 악수를 나누었다.

"아니, 형님. 잘 봐줘야 하는 건 나지. 쟤가 아니고."

"야, 너처럼 느릿느릿한 놈 뒤치다꺼리하기가 어디 쉽겠어?"

"와! 사장님, 아시는군요?"

재강의 말에 한울이 눈을 초롱초롱 빛내며 답했다. 자신의 마음을 알아주는 편 하나를 만난 반가움이 느껴지는 듯한 눈빛이었다. 재강은 그런 한울에게 어린 조카를 보듯 미소 지었다.

"뭐, 인마?"

"아니, 그럼 사장님 말씀이 뭐 틀렸습니까?"

재강은 삼촌과 조카처럼 옥신각신하는 두 형사를 보다가 웃음을 터뜨렸다.

"거 형사님들끼리 감정싸움은 나중에 따로 하시고…. 무슨 일로 왔어? 뭔 일 있어서 온 거 맞지?"

재우는 말없이 고개를 끄덕이더니 한울에게로 고개를 돌렸다.

"보여 드려."

"예? 아, 예."

한울은 들고 있던 갈색봉투를 재강에게 내밀었다. 재강은 서랍에서 검은색 수술용 장갑을 꺼내 착용하고는 봉투를 열어 내용물을 확인했다.

"이번엔 누구야? 또 경찰이야?"

"응, 얘."

"뭐?"

"맞아. 그래서 같이 온 거야. 그 칼이 애 찌른 흉기고."

재강은 봉투에서 꺼낸 칼과 한울을 번갈아 보더니 잠시 물러나라는 듯 손짓했다. 한울이 재우에게 작게 속삭였다.

"…선배님, 정말 저분이 흉기를 살피면 범인을 알아낼 수 있는 겁니까?"

"그럴 가능성도 있다는 거야. 네 거 말고 앞에 두 개에서는… 알 수 없었거든."

"예? 다른 두 경찰을 죽인 흉기도 저분한테 드렸었어요? 저분이 뭔데요?"

재우는 일단 지켜보라는 듯, 오른손 검지를 입으로 가져가 쉿! 하는 제스처를 취했다. 한울은 별수 없이 재강에게로 고개를 돌렸다. 재강은 마치 감정사가 물품을 감정하듯, 손에 든 칼 이곳저곳을 조심스럽게 쓰다듬고 있었다. 그렇게 몇 분 정도가 흐른 뒤, 재강은 칼을 다시 봉투 안에 넣더니 책장 쪽으로 몸을 돌렸다.

"뭐 좀 잡히는 게 있수?"

"잠깐만 기다려 봐."

재강은 책장 한 곳으로 손을 뻗어 낡은 책 한 권을 꺼내들었다. 그러고는 책장을 넘겨대더니 한 곳을 가만히 들여다보며 입을 열었다.

"어쩌면… 괴뢰사[3]일지도 모르겠군."

"괴뢰사? 그건 또 뭐야?"

재강의 말을 들은 재우가 눈을 빛내며 물었다.

"꼭두각시 조종사, 몰라?"

재우와 한울은 오래전 이야기책 속에서 보았던 목각인형을 움직이는 인형사를 떠올리며 이어지는 재강의 말에 숨을 죽였다.

"괴뢰사라는 건 꼭두각시를 부리는 인형사를 뜻하는데…. 초능력에서 괴뢰사는 물건을 인형처럼 조종할 수 있는 사람을 뜻하지. 인형극에 몰입하다 보면 꼭두각시 인형들 위에 달린 실이 어느 순간 보이지 않잖아. 괴뢰사 초능력자들도 마찬가지야. 그들 역시 실제로는 실로 연결된 인형을 조종하듯 일정한 거리에서 사물을 움직이지만, 우리 눈엔 결코 보이지 않아."

"그럼… 손을 전혀 대지 않고 사물을 움직인단 뜻인가요?"

도저히 믿기 힘들다는 듯 되묻는 한울의 말에 재강은 천천히 고개를 끄덕였다. 그는 자신이 이 말을 하면서도 믿기 힘든 듯 심각한 표정을 지어 보였다. 재강의 설명을 들은 재우는 잠시 무언가 생각하듯 턱수염을 문질렀다.

"그래… 흉기에서 어떤 흔적도 찾을 수 없었던 이유가 바로 그거였군. 손을 댈 필요도 없이 물건을 움직일 수 있었으

---

[3] 괴뢰사(傀儡師) : 꼭두각시를 부리는 전문 인형사

니⋯. 깨끗하게 흔적을 지워둔 칼로 얼마든지 피해자들을 공격할 수 있었겠어⋯."

재우는 실마리가 잡힌다는 듯한 눈으로 얼굴을 일그러뜨렸다. 그 순간, 한울이 손을 들며 끼어들었다.

"아니, 저⋯ 선생님들! 잠깐만요. 죄송한데 저는 오늘 이 판에 처음 나온 촌놈이라 무슨 말씀들을 나누시는 건지 하나도 모르겠거든요? 일단⋯ 그러니까 사장님은 그 흉기를 이렇게 쓰담쓰담 해보시면 범인을 알 수 있으신⋯ 뭐 그런 겁니까?"

"뭐⋯ 범인을 알 수 있는 건 아니지만 범인이 어떤 초능력을 가진 인간인지는 알 수 있지."

재강이 피식 웃는 얼굴로 답했다. 그러자 한울은 잠시 몇 초간 생각에 잠기더니 탁- 주먹으로 손바닥을 내리쳤다.

"그러니까 초능력 감별사! 뭐, 그런 거다 이 말씀이시죠? 그럼 다음 질문은 지금 이 일이랑 연관된 질문인데요. 그⋯ 괴뢰사인가 뭔가 하는 초능력자가 저 말고 다른 경찰들도 공격한 동일범은 확실한 건가요? 아닐 수도 있는 거 아닙니까?"

한울의 질문에 재우는 '오호' 하는 표정을 짓더니 재강에게 물었다. 자신이 몸소 이전 사건에서 보여주었듯, 1%의 가능성이라도 열어두고자 하는 질문이 기특한 듯했다.

"형님, 먼저 봤던 흉기 두 개랑 같은 놈이 만졌다는 건 확실해?"

"그래, 묻어 있는 능력의 향(香)이 같은 걸 보면 확실해. 여기 지한울 형사를 찌른 녀석과 다른 두 경찰을 죽인 녀석은 같은 초능력자야."

재강이 재우에게 갈색봉투를 내밀며 답했다.

"같은 놈이… 맞다고요?"

재강의 확답을 듣자, 한울의 얼굴이 굳어졌다. 손에 잡히는 증거는 하나도 없고, 남은 건 몇 마디 대화와 증언뿐이었지만, 이상하게도 지금 펼쳐지는 상황이 꾸며낸 이야기처럼 느껴지지는 않았다. 어쩌면 당연한 일일지도 모른다. 애초에 그가 추적 중인 사건 자체가 현실보다는 악몽에 가까웠으니. 무엇보다 그 사건의 피해자는, 지한울 본인이었다. 한울이 굳어 있는 사이, 재우가 갈색봉투를 받아들며 입을 열었다.

"고마워. 내가 이번 주말에 술 사러 올게. 좀만 기다리슈."

"약속 꼭 지켜라. 연락한다!"

재우는 들고 있던 봉투를 한울에게 던지듯 건네고 가게를 나섰다. 던져진 봉투에 정신을 차린 한울도 꾸벅- 재강에게 인사를 건넨 뒤, 급히 재우의 뒤를 따라 가게를 떠났다.

※ ※ ※

본부로 돌아가는 차 안. 조수석에 앉아 있던 한울은 가만히 봉투 속 칼을 보다 입을 열었다.

"선배님."

"왜?"

"솔직히 아직도 얼떨떨해서 그런데요."

"…안다. 네가 무슨 얘기하려는지."

한울은 '예?' 하는 표정으로 재우를 쳐다보았다. 재우는 그런 한울을 힐긋 보더니 다시 전방을 주시하며 입을 열었다.

"말도 안 되는 얘기들을 너무 당연하게 주고받는 이 상황이 잘 받아들여지지 않는다, 뭐 이런 얘기 아니야?"

한울은 눈을 왕방울만 하게 뜬 채 입을 딱 벌렸다. 재우의 대답이 그의 마음을 읽은 듯했기 때문이다.

"어떻게 아셨습니까?"

"한 번만 말할 테니 잘 들어."

재우의 나지막한 목소리에 한울은 고개를 끄덕였다.

"언레코더블 케이스 소속이 된 이상, 넌 이 사실을 인정해야 한다. 지금까지 네가 살던 세상이 아닌, 다른 세상에 들어오게 되었다는 것."

"…다른 세상이요?"

"그래. 모든 것이 기록되는 세상에서, 기록될 수 없는 놈들을 잡을 방법이 뭐라고 생각해? 그건 바로 기록될 수 없는 세상으로 너 역시 들어가는 거야. 쉽게 말해서, 머물고 있는 세상을 바꿔야 한다는 거다. 일반적인 상식이나 개념에 갇혀 있는 한, 절대로 그놈들을 잡을 수 없어. 네가 앞으로 잡아야 하는 놈들은, 이제까지 알던 상식이나 개념으로 쫓을 수 없는 놈들, 한마디로 '괴물'들이니까."

한울은 재우의 말을 곱씹듯 가만히 중얼거렸다.

"일반적인 상식이나 개념을 뒤집는 괴물들…."

"한 마디로 판을 바꿔야 한다는 얘기다. 놈들이 살아가는 세상으로 판을 바꾸지 않는 한, 넌 절대 놈들을 잡을 수 없어. 그러니 최대한 빨리 인정하고 인지하도록 해. 넌 더 이상, 이전까지 살던 평범한 세상에서 살아가던 경찰이 아니라는 사실을."

한울은 잠시 말없이 생각에 잠겼다. 재우의 이야기는 당연히 받아들이기 쉬운 이야기가 아니었다. 어쩌다 보니 초능력 범죄자의 타깃이 되었고, 어쩌다 보니 반강제적으로 생전 처음 듣는 부서의 소속이 되었으며, 또 어쩌다 보니 그렇게 믿기 힘든 수사의 일원이 되었다. 문제는… 이상한 세계에 들어와 버렸다는 사실과 별개로, 그의 의식은 여전히 이전에 살던 세계에 머물러 있다는 사실이었다.

불과 이틀 만에 30년 가까이 살아오던 일반적인 삶에서 이해할 수 없는 일들이 벌어지는 삶으로 바뀌는 것이 가능한 사람이 몇이나 될까? 한울 자신이 그 말도 안 되는 사건의 당사자가 아니었더라면, 재우가 결코 이런 것으로 거짓말할 사람이 아니라는 믿음이 없었더라면, 요 며칠간 벌어진 모든 일을 그저 과한 장난이라고 생각했을지도 몰랐다.

"…후."

크게 숨을 내쉬는 한울을 재우가 힐긋 쳐다보았다.

"그래, 그렇게 천천히 받아들여라. 만약 네가 그런 단계도 거치지 않고 받아들일 수 있다고 했다면, 난 그걸 더 못 믿었을 테니까."

"선배님도… 시간이 걸리신 거죠?"

"나라고 어디 이런 말도 안 되는 일들이 벌어지는 세상을 받아들이는 게 쉬웠겠어."

"하지만 저처럼 당황스럽진 않으셨을 테죠. 전 아직도 뭐가 뭔지 모르겠어요."

한울의 말에 재우는 잠시 생각에 잠기는 듯하더니 이내 입을 열었다.

"나도 처음엔 너와 크게 다르지 않았어. 그런데 결국엔 스스로 깨달았지. 내가 이 부서에 뽑힌 건 내게 특별한 재능이 있어서가 아니라, 그냥 다른 사람보다 문 하나를 더 열어두는 사람이어서라는 거. 그게 이유라면 이유였으리란 걸."

한울이 여전히 의아한 듯 고개를 저었다.

"어릴 때 우리 동네에 화재가 난 적이 있어. 원인은 끝내 밝혀지지 않았지. 전기 합선이라 하기엔 이상했고, 누군가 일부러 불을 질렀다고 하기엔 증거가 없었어. 그런데 그 불은 꼭 살아있는 것처럼 움직였어. 바람을 거슬러 퍼지기도 하고, 갑자기 멈추기도 했거든. 난 그걸 똑똑히 봤어. 그런데 어른

들은 다들 '네가 잘못 본 거다, 겁이 나서 그렇게 느낀 거다'
라며 입을 막더라."

재우의 목소리가 낮게 가라앉았다.

"그때 깨달았어. 세상에는 설명되지 않는 일들이 분명히
있고, 사람들은 그것을 받아들이는 대신 지워버리려 한다는
걸. 나는 지우지 않기로 했지. 이해 못 하면 그냥 모른다고 인
정하고, 닫는 대신 열어두기로. 난 그게 편했으니까."

한울은 말없이 고개를 끄덕였다.

"그러니까 네가 지금 혼란스러운 건 당연한 거야. 하지만
언젠가는 알게 될 거다. 우리가 알 수 없는 것들을 부정하지
않고 열어둘 때, 그제야 놈들의 세계가 보이기 시작한다는
걸."

"그럼 그런 의미에서 뭐 하나 여쭤봐도 되겠습니까?"

"뭔데?"

"그… 좀 전에 이 칼로 범인 능력 알아낸 강재강 사장님이
요. 그분이랑은 어떤 관계이신 겁니까?"

재우는 한 손으로 운전을 하며, 다른 손으로 담배 한 개비
를 꺼내 물었다.

"예전에 내가 잡았던… 범인."

"네에?"

재우는 담배를 씹으며 재강과의 이야기를 풀었다.

✳✳✳

언레코더블 케이스에는 단순히 초능력자가 일으키는 범죄만 들어가는 게 아니다. 이상한 능력이 깃든 물건에 의한 사건들 역시 언레코더블 케이스에 속한다. 우리가 어릴 때 한 번쯤은 들어봤을 법한 이야기. 저주받은 가발, 저주받은 인형, 저주받은 목걸이 같은 괴담들. 그런 게 모두 이상한 능력이 깃든 물건에 의한 사건들이다.

초능력자들이 일정 기간 이상 사용한 물건들에는 그들의 향(香)이 밴다. 즉 사용자인 초능력자와 관련된 능력이 깃드는 것이다. 그러니 이런 물건들이 일반인 손에 들어갈 경우, 그 자체로 사건사고가 되는 것은 자명한 일이었다. 그리고 재강은, 그런 초능력자들의 능력이 깃든 물건을 일반인들에게 팔던 사람이었다.

재강의 가게는 그의 할아버지 때부터 이어져 내려왔고, 진열장 한켠에는 누구도 쉽게 손대지 못하는 물건들이 자리 잡고 있었다. 사람들은 그것을 '저주받은 물건'이라 불렀다. 어릴 적 재강은 호기심에 몰래 그 물건들을 만져보다가, 설명할 수 없는 체험을 몇 차례 했다. 어떤 칼을 잡았을 땐 손끝이 이유 없이 얼어붙었고, 오래된 거울을 들여다봤을 땐 자기 얼굴이 아니라 낯선 이의 울음 섞인 눈빛이 비쳤다. 처음엔 단순한 착각이라 여겼지만, 시간이 지날수록 그 느낌이 특정한 사람이나 사건과 묘하게 이어진다는 걸 깨닫게 되었다.

한번은 낡은 은반지를 끼워본 적이 있었다. 그 순간 재강의 머릿속에 알 수 없는 압박감과 둔중한 고통이 스쳐갔는데, 나중에 알게 된 건 그 반지의 원래 주인이 의문의 사고로 죽은 인물이라는 사실이었다. 이런 일들이 반복되면서, 재강은 자신이 느끼는 감각이 단순한 상상이 아니라는 걸 알게 되었다.

그는 점차 물건을 손에 쥐는 순간, 그것이 어떤 성질을 품고 있는지 직관적으로 알아차리게 되었다. 그리고 시간이 흐르면서, 그 물건이 어떤 초능력자가 사용하던 물건인지까지 알 수 있게 되었다. 할아버지가 물려준 가게와 그 안에 쌓인 수많은 금단의 물건들이, 재강을 우연이 아닌 필연적으로 '초능력 감별사'로 만들어낸 셈이었다.

이후, 성인이 되어 가게를 물려받은 재강의 가게에 언젠가부터 이상한 물건을 사러 오는 사람들이 나타나기 시작했다. 마치 그 가게에 저주받은 물건들이 있다는 소문을 듣기라도 한 것처럼…. 평범하지 않은 물건을 찾는 손님들이 찾아오기 시작한 것이다. 그리고 재강은 특별한 물건을 찾는 손님들이 오면, 그들에게 저주받은 물건들을 내어줬다. 그저 가게 사장으로서, 손님이 찾는 물건을 제공한다는 생각으로…. 하지만 물건이 물건이니만큼, 물건을 사갔던 손님들은 짧으면 며칠에서 길게는 몇 달 만에 다시 가게를 찾아왔다. 그리고 재강에게 '제발 다시 물건을 돌려받아 달라'며 애걸했다. 구매할 때의 몇 배나 되는 돈을 주면서….

재강이 판매한 물건으로 인해 수십 건의 사건사고가 발생하게 되면서, 당시 언레코더블 케이스의 신참 형사이던 재우는 선배 형사와 함께 '저주받은 물건을 파는 사람'을 찾아 나섰다. 그리고 결국, 두 형사는 재강을 체포했다. 그는 형사들이 찾아오자, 순순히 자신의 죄를(이상한 물건을 판매했다는) 인정하고 체포를 받아들였다.

이후 재우는 재강과 대화를 나누며 알게 되었다. 재강은 자신이 저지른 죄에 대해 제대로 인식조차 하지 못하고 있었다. 그는 자신이 판매한 물건이 얼마나 잔혹한 사건들을 만들어냈는지 알지 못했고, 돈을 받으며 물건을 돌려받은 것조차 자신의 요구가 아니었다. 오히려 그 물건을 사 갔던 사람들이, 감당할 수 없는 일을 겪은 뒤 두려움에 사로잡혀 억지로 돈을 쥐여주며 다시 가져가라고 떠넘긴 것이었다.

그럼에도 재판부는 재강의 행위를 가볍게 보지 않았다. 직접 흉기를 휘두른 건 아니었지만, 위험한 물건임을 알면서도 반복적으로 거래해 다수의 피해를 초래했다는 점에서 책임을 물었다. 판결문에는 "재강의 행위는 단순한 매매를 넘어, 특수상해 범죄의 발생을 적극적으로 방조한 것과 다름없다"는 문구가 남았다. 그 결과, 재강은 특수상해 방조 혐의로 징역 10년을 선고받았다. 이는 법정 최고형에 가까운 무거운 형량이었고, 여러 차례 피해가 누적된 사건의 사회적 파장이 판결에 고스란히 반영된 것이었다.

　재강이 수감된 뒤, 재우는 가족이라곤 하나도 없는 그를 두세 달에 한 번은 꼭 찾아가기 시작했다. 그가 '악의를 갖고 범죄를 저지른 사람'이 아님을 알게 되면서, '죄는 미워하되 사람은 미워하지 말라'는 말이 떠올랐다. 무엇보다 죗값을 고스란히 받는 재강의 모습이, 재우의 눈에는 그저 세상 물정 모르는 청년으로만 보였다. 그렇게 시간이 흘러 두 사람은 자연스럽게 형 동생 하는 사이가 되었다. 평범한 골동품가게를 운영하는 사람과 형사로서.

※ ※ ※

　"덕분에 이렇게 초능력 범죄로 의심되는 사건이 발생할 때면 그 형님 덕을 톡톡히 보고 있지. 우리 일은 범인의 능력을 파악하는 게 수사의 반이라고 봐도 무방하거든. 일단 범죄자의 능력을 알아야 수사 방향을 잡을 거 아냐? 그런 의미에서 그 형님의 존재는, 우리 같은 언레코더블 케이스 담당 형사들에게는 그야말로 나침반이나 다름없지."

　재우의 이야기는 두 사람이 탄 차가 본부(전날 한울이 찾아왔던 폐공장)에 도착할 즈음 딱 맞춰 끝이 났다. 한울이 조수석에서 내리며 재우에게 물었다.

　"…그럼 이제 우린 뭘 하면 됩니까?"

재우는 말없이 고개를 돌려 어딘가를 주시했다. 그의 눈은, 컴컴한 어둠이 펼쳐져 있는 길을 바라보고 있었다. 길의 시작점은 보이나, 어느 순간부터는 어둠에 잠식되어 보이지 않는 길을….

"방향을 알게 되었으니 발을 뻗어 걷기 시작해야지. 저 캄캄한 어둠 속에 어떤 괴물이 숨어 있을지 모르지만…. 그게 무엇이든, 결국 그 길에도 끝은 있을 테니까."

재우는 옅은 미소를 띤 얼굴로 한울을 돌아보았다. 이제 겨우 일말의 방향성을 찾았을 뿐이지만, 그의 곁에는 어둠을 함께 헤쳐나갈 파트너가 있었다.

"가자. 너 찌른 놈, 잡아야지."

06

오후 1시 경 / 언레코더블 수사본부

"일단은 경찰 살해사건이 더 없는지 알아보자. 혹시 밝혀지지 않은 건이 더 있을지 모르니까. 범죄자의 수법을 알았으니, 비슷하게 벌어졌던 또 다른 사건을 찾을 수 있을지도 모르지."

방향을 정한 두 사람은 몇 시간 동안 경찰이 사망한 사건 파일들과 씨름을 벌였다. 그리고 수십 건이 넘는 사건을 살핀 끝에, 한 가지 결론에 도달했다.

"경찰은… 자살이 아닌 한 실제로 죽는 일이 별로 없군요. 이번에 처음 알았습니다. 그리고 생각보다… 자살이 많다는 것도요."

재우는 씁쓸한 표정으로 파일을 넘기는 한올에게 물었다.

"후회돼?"

"네?"

"후회하냐고, 경찰 된 거."

한울은 잠시 생각해보듯, 자신의 손에 들린 경찰 자살 파일을 지그시 쳐다보았다. 30초 정도 흘렀을까. 한울은 손에 들고 있던 파일을 덮으며 재우에게로 고개를 돌렸다.

"아뇨, 그럴 리가요."

씩- 웃으며 말하는 한울을 향해 재우 역시 미소를 지었다.

"그래, 이 정도에서 후회할 거면 관둬야지."

"그나저나 팀장님이랑 다른 선배님들은 뭐 하고 계시려나요? 아! 그러고 보니 우리 형기대 3팀에서 둘이나 인원이 빠졌는데, 괜찮은 겁니까?"

재우는 '그걸 이제야 걱정하냐?'라는 듯한 얼굴로 입을 열었다.

"빨리도 걱정한다. 걱정 마. 나는 몰라도 넌 어제부로 타 팀으로 이동됐거나 이동대기 상태일 테니까."

"…네?"

한울이 그건 또 무슨 소리냐는 얼굴로 재우에게 물었다.

"네 말대로 한 팀에 결원이 둘이나 생기는 건 무리니까 모르긴 해도 너 대신할 녀석은 이미 왔을 거다."

"그럼… 저 형기대 발령 며칠 만에 타 부서로 이동되는 겁니까? 제가 형기대 오려고 얼마나 열심히 뛰었는데!"

한울이 잔뜩 억울한 표정으로 투덜거리자 재우가 황당하다는 듯 들고 있던 볼펜을 던졌다.

"인마, 부서 이동은 어제 했잖아. 정신 차려. 너 지금 형기대 소속 아니고 언레코더블 케이스 소속이다. 뭐, 이 건 끝나고 어디로 갈지는 나도 모르겠다만…."

한울은 못내 아쉽다는 듯 울상을 지으며 중얼거렸다.

"철수 팀장님이 최대한 빨리 사건 주시겠다고 했는데…."

순간, 재우의 머릿속에 철수가 했던 말이 스쳐 지나갔다. 취조실에서 얘기했던 '미제사건 될 삘'이라는 말이….

"왜 그러세요?"

갑자기 컴퓨터 앞에 앉는 재우를 보며 한울이 물었다. 재우는 말없이 급히 무언가를 검색하듯 키보드를 두들겼다. 한울도 들고 있던 파일을 내려두고 재우의 곁으로 다가갔다.

"너, 며칠 전에 철수 팀장이 했던 얘기 기억나? 미제 될 삘이라고 했던 사건?"

"네? …아! 남자 셋이 죽었는데 범인 흔적은 아무것도 없다고 하셨던 그거요?"

"그래, 그거."

잠시 후, 재우는 사건 파일 하나를 출력했다. 한울은 프린트기로 출력된 두 개의 파일뭉치를 가져와 재우에게 한 부를 건넸다.

"은성구 대익동… 혜원공원 피살 사건."

재우가 건네받은 사건 파일을 보며 중얼거렸다.

"이게 우리 거랑 관련이 있다고 보시는 겁니까?"

"한번 생각해봐. 만약 범인이 경찰 말고도 죽인 사람이 있다면?"

한울이 황당하다는 표정을 지었다.

"갑자기요? 온종일 경찰 죽은 사건만 파헤치서 놓고 갑자기 그게 무슨 말씀이세요?"

재우는 한울을 한심하다는 듯 쳐다보며 입을 열었다.

"인마, 사건의 공통점들을 다양한 방향으로 봐야지. 한쪽에만 꽂히면 그게 보이겠어? 우리가 맡은 사건, 이 사건의 공통점이 뭐야? 경찰들이 죽었다. 그리고?"

"그리고… 흉기에서 범인의 어떤 흔적도 발견되지 않았다…."

"그래. 그렇다면 우리는 경찰이 죽은 사건들만 파헤쳐 볼 게 아니라, 범인의 흔적이 발견되지 않은 사건들 역시 파헤쳐 봐야 한다는 얘기 아니야. 잘 기억해둬. 수사 중인 사건과 어떤 식으로든 유사점이 발견된다면, 그건 수사해보아야 할 이유로 충분하다."

한울은 재우의 말에 입을 삐죽 내밀고 파일을 살펴보기 시작했다.

"말씀하신 것처럼… 흉기에서 어떤 흔적도 발견되지 않았긴 하네요. CCTV도 제대로 찍힌 게 없고…. 그래도 이것만

가지고 동일범이라 의심하기에는 좀…."

"그것만이 아니야. 핵심적인 공통점이 있잖아."

재우가 부정적으로만 얘기하는 한울을 힐긋 쳐다보며 말했다.

"네? 뭐요? 저랑 같은 거 읽고 계신 거 맞죠?"

한울이 허둥지둥 파일을 뒤적거리자 재우가 그 수고를 덜어주겠다는 듯 입을 열었다.

"범인의 것으로 보이는 흔적만 발견되지 않은 게 아니라, 그 어떤 흔적도 발견되지 않았다는 것."

한울이 그제야 아차! 하는 표정을 지었다. 뻔히 사건파일에 적혀 있는 내용임에도 불구하고, 조금만 살펴보면 알 수 있었을 공통점을 알아차리지 못한 스스로가 부끄러웠다.

"아…."

한울이 민망함에 얼굴을 붉히자, 재우는 검은 백팩을 집어 들며 입을 열었다.

"가자, 혜원공원으로."

※ ※ ※

밤 9시 경 / 어느 작업실

작업실 안은 마치 시간이 멈춘 듯 고요했다. 벽에는 커다란 캔버스들이 걸려 있었지만 대부분은 흰색 위에 어둡고 날카로운 붓질만이 흩뿌려져 있었다. 방 한가운데는 불빛이 차갑게 번지는 스탠드 조명 하나, 그 아래에 놓인 수십 개의 인형들이 방문자를 맞이하듯 진열돼 있었다. 어떤 것은 웃는 얼굴이었고, 어떤 것은 눈물 자국이 그려져 있었으며, 어떤 것은 무표정에 가까웠다. 그 표정들은 살아있는 듯하면서도 도무지 알 수 없는 불안을 자아냈다. 마치 인형이 아니라, 인간의 마음속 깊은 곳을 조각낸 듯한 얼굴들처럼.

한쪽 구석에는 굳게 닫힌 문이 있었다. 두꺼운 나무 문은 아무런 장식도 없었지만, 그 자체로 묘한 긴장감을 품고 있었다. 그 너머에서 무슨 일이 벌어지고 있는지는 아무도 알 수 없었다. 잠시 후, 문이 열리고 검은 작업복을 입은 남자가 모습을 드러냈다. 그는 장갑을 벗어 내려놓고 방을 가로질러 걸어 나왔다. 발소리가 인형들 사이를 스치며 메아리쳤다.

남자의 시선은 방 구석에 놓인 낡은 곰인형에 머물렀다. 오래 쓰다듬은 흔적이 묻어 있는 작은 곰. 다른 인형들과 달리 손질된 자국도, 장식도 없었지만, 유난히 그 곁에서 멈추곤 했다. 그는 천천히 곰인형을 들어 올려 품에 안았다. 잠시 침묵이 흘렀고, 마치 속삭이듯 낮은 목소리가 흘러나왔다.

"…사람들은 모르는 거야. 진짜 더러운 게 뭔지."

곧 남자의 눈빛이 서늘하게 흔들리며 입꼬리가 아주 미세하게 올라갔다. 웃음이라고 부르기엔 애매하고, 울음이라고

하기에도 부족한 표정. 그 얼굴에는 잔혹함과 동시에 어린아이의 고독이 교차하고 있었다. 그는 곰인형을 조심스레 내려놓고 창가로 다가갔다. 유리창 너머로 번지는 어둠은 고요했지만, 그 속에 숨은 그림자를 오래 더듬는 듯 그의 시선이 멈추었다. 그는 밖을 보고 있었으나, 짙은 어둠으로 창문에 얼굴이 비쳤고 표정이 일그러졌다.

"기회는 다시 올 거야."

말 속의 기묘한 뉘앙스는 아직 끝내지 못한 무언가, 손끝에 남은 미완의 흔적을 암시하는 듯했다. 방 안의 인형들이 순간 숨을 죽인 듯 고요해졌고, 그의 목소리만이 차갑게 공기를 흔들며 오래도록 잔향처럼 남았다.

밤 9시 경 / 은성구 대익동 혜원공원

혜원공원 입구에 재우의 렉서스가 멈춰 섰다. 한울은 차창 밖으로 보이는 공원 입구를 꺼림칙한 표정으로 쳐다보았다. 순경 시절에도 그랬지만, 한울은 사건 현장에 들어갈 때면 마치 괴물의 아가리에 들어가는 듯한 느낌을 받곤 했다. 지금 눈앞에 보이는 공원 입구도 마찬가지였다. 저 안에, 무고한 피해자의 피눈물이 흘러내린 현장이 있다. 악마의 속삭임에 넘어가 저질러서는 안 될 끔찍한 짓을 저지른… 악의로 가득했을 현장이….

"뭐 해? 안 내리고."

"아, 네."

차에서 내린 두 형사는 천천히 사건 현장으로 걸음을 옮겼다. 폴리스라인은 물론이고 사체 보호를 위한 스프레이 자국도 말끔히 지워진 상태였지만, 살인이라는 잔혹한 범죄가 남긴 음산함이 아직도 풍겨 나오고 있었다.

"여기 맞지?"

"네, 사진상으로는 확실합니다."

재우는 주머니에서 꺼낸 사진과 현장을 번갈아 보았다. 사체들이 누워 있을 당시의 사진과 현장을 비교해보는 듯했다. 사진을 다시 품에 넣은 재우는 주변을 둘러보았다. 파일에 의하면, 현장을 제대로 찍은 CCTV는 없다고 했다. 흉기인 소녀상이 놓여 있던 곳, 그러니까 소녀상이 원래 놓여 있던 곳을 찍던 CCTV도 고개가 돌아간 탓에 누가 석상을 움직였는지 찍지 못했다. 재우가 작게 한숨을 내쉬자 한울이 위로 아닌 위로를 건넸다.

"뭐가 있었으면 선배님들이 벌써 발견하셨겠죠."

"일단은… 여기서 최대한 가까이 있는 CCTV들을 전부 확인해 봐야겠다."

"네? 수십 미터 밖에 설치된 CCTV들 말고는 확인할 게 없을 텐데요? 시간 낭비 아닐까요?"

 또다시 사서 고생을 하자는 재우의 말에 한울이 질겁하며 물었다. 그 순간, 재우의 눈이 날카롭게 찢어졌다. 그 눈은 마치 주변을 경계하는 짐승처럼, 어딘가를 노려보고 있었다.

 "잠깐."

 "…왜 그러세요?"

 한울의 물음에 재우는 조용히 하라는 듯 검지를 입술에 갖다 대었다. 그러곤 등에 맨 백팩에서 검은색 진압 방패를 꺼내들었다.

 "선배님, 그거…"

 "너, 무기로 쓸 만한 거 있어?"

 "네? 아, 예."

 진지하기 그지없는 재우의 목소리에 한울도 긴장한 표정으로 자신의 삼단봉을 꺼내들었다.

 "저기, 나무 뒤에 누군가 몸을 숨기고 있다. 보여?"

 한울은 눈을 가늘게 뜨고 재우가 가리킨 나무를 노려보았다. 그의 말대로 정말로 나무 뒤에, 크지 않은 몸집을 가진 누군가가 숨어 있는 실루엣이 보였다.

 "네, 보입니다."

 "내가 정면으로 가고, 너는 우회해서 도망칠 길을 막는다. 놈이 도주할 시, 전력 질주해서 붙잡는다."

 "네…!"

재우와 한울은 나무를 향해 움직였다. 반응은 빠르게 나타났다. 두 남자가 움직이자, 나무 뒤에 숨어 있던 누군가가 곧장 뒷걸음질 치기 시작했다.

"도망치면 바로 달려!"

재우가 빠른 걸음으로 나무를 향해 다가가며 명령했다. 숨어 있던 누군가 역시 재우의 몸놀림에 놀란 듯, 재빨리 몸을 돌려 달아나기 시작했다.

"잡아!"

재우의 외침에 한울이 전력 질주를 시작했다. 숨어 있던 누군가는 그리 빠르지 않았다. 그는 불과 몇십 초도 지나지 않아 한울의 손에 붙잡혀 잔디밭을 굴렀다.

"아악! 아파요!"

한울에게 붙잡혀 쓰러진 누군가가 비명을 질렀다.

"당신을… 엥?"

한울이 놀란 얼굴로 손에 준 힘을 살짝 뺐다. 그가 붙잡은 누군가는 여자였다. 검은색 단발머리에 검은 재킷과 그레이 진을 입은, 20대 후반의 여인이 그의 손에 잡힌 채 잔디밭에 쓰러져 있었다. 한울은 급히 재우를 불렀다.

"한 경위님!"

잠시 후, 두 남녀 곁에 도착한 재우가 한울에게 명령했다.

"수갑부터 채워라."

"네. …네?"

"아니, 이봐요! 이것 좀 놓고 얘기해요!"

재우의 말에 한울이 잠시 머뭇거리던 사이, 쓰러진 몸을 고쳐 앉은 여인이 소리를 질렀다.

"뭐 해? 수갑 채우라니까?"

한울은 재우의 호통에 허둥지둥 수갑을 꺼내 여인의 한쪽 손목에 채웠다.

"이보세요, 지금 뭐 하는 짓이에요?!"

"그쪽이야말로 이대로 경찰서에 끌려가고 싶지 않거든 사실대로 얘기하세요. 뭐 하는 사람인데 이 시간에 사건 현장에 기웃거리고 있는 겁니까?"

"나 기자예요! 기자가 사건 현장에 오는 게 뭐 잘못됐나요?"

재우의 질문에 여인이 한 치의 망설임도 없이 답했다.

"기자… 님이세요?"

한울의 물음에 여인이 목에 걸린 기자증을 내밀었다.

"은성데일리 사회부, 이세미 기자입니다! 그러는 당신들이야말로 누구세요? 보아하니 경찰인 것 같은데… 제가 알기로는 이 사건, 잠재적 종결로 알고 있거든요?"

세미가 수갑에 묶이지 않은 손으로 쏟아진 핸드백 속 물건을 주워 담으며 따지듯 물었다.

"네? 아… 그게…."

한울이 저도 모르게 어벙벙하게 입을 열자 재우가 가로막았다.

"대외적으로는 종결처리 되었지만 전담반이 만들어져 수사 중에 있습니다. 우리가 그 형사들입니다."

재우의 뻔뻔한 거짓말에 한울은 급히 자신의 입을 틀어막았다. 튀어나오려는 헛웃음을 막기 위함이었다.

"전담반이라고요? 소속이 어디신데요?"

그러나 세미는 만만치 않았다. 그녀는 기자답게, 두 사람을 집요하게 추궁하기 시작했다.

"형사기동대 3팀, 한재우 경위입니다. 이쪽은 마찬가지로 형사기동대 3팀 지한울 경장이고."

한울이 재우를 노려보았다. 입 밖으로 뱉진 않았지만, 그의 눈은 '나 경사로 진급한 거 잊었어요?' 하고 묻는 듯했다.

"경찰증 좀 보여주시죠?"

재우는 자신의 형기대 신분증을 세미에게 건네주었다. 세미는 재우가 건넨 경찰증을 받아 의심 가득한 눈으로 살피기 시작했다. 하지만 요리 보고 조리 봐도 분명한 경찰증이었다. 세미는 재우에게 경찰증을 돌려주고는 한울을 쳐다봤다. '당신은요?' 하고 묻는 듯한 그녀의 눈길에 한울은 경찰증 대신 자신의 명함 한 장을 건넸다. 형기대로 옮기며 새로 뽑은 명함이었다.

"전담반이… 겨우 둘이 전부예요?"

세미가 한울의 명함을 습관적으로 품에 넣으며 물었다. 그러나 재우는 이 이상 그녀에게 질문을 허용하지 않겠다는 듯, 딱 잘라 답변을 거부했다.

"이제 질문은 우리가 하겠습니다. 왜 이 사건에 관심을 갖는 겁니까? 보아하니 경찰이랑도 이미 얘기를 나눠본 모양인데. 종결된 사건에 관심을 가질 이유가 있습니까?"

재우와 세미, 두 사람 사이에 보이지 않는 스파크가 튀었다. 세미는 낯선 질문을 던진 재우의 얼굴을 말없이 노려보았다. 사정없이 자신을 몰아붙이는 나이 든 남자는 볼수록 닳고 닳은 형사라는 확신을 주고 있었다. 그러나 곁에 있는 젊은 남자는 달랐다. 많아봐야 서른이나 되었을까 싶은 남자는, 도무지 형사기동대 소속 형사라고는 생각되지 않았다. 서른 살인 그녀는 대학을 졸업하자마자 기자가 되었고, 그렇게 수년간 기자생활을 해오며 적지 않은 형사들을 만났다. 그런 그녀의 경험에 의하면, 전담반의 경우 보통 사건보다 난이도가 높은 만큼 숙련된 형사들로 조직되기 마련이었다. 그런데 이제 겨우 대학을 졸업한 청년으로밖에는 보이지 않는, 도무지 경찰이라고는 생각되지 않는 경찰을 전담반에 소속시킨다? 납득할 수 없었다.

한편 재우는 재우대로 눈앞의 세미를 살피며 계산기를 때려대고 있었다. 상황으로 보아, 그녀가 기자라는 것은 사실인 듯했다. 문제는 그녀가 이 사건에 계속 관심을 갖도록 해서는 안 된다는 것이었다. 그녀는 아직 모르겠지만, 이 사건의 범인은 다름 아닌 초능력자 아니던가? 그러니 일반인인 세미는, 무슨 일이 있어도 이 사건으로부터 떨어뜨려야 했다. 물론, 그녀가 이 사건에 대해 얼마나 알고 있는지 알아낸 뒤에….

"어… 저…."

"왜?!"

"왜요?!"

소리 없는 불꽃 가운데 한울이 끼어들자, 재우와 세미가 동시에 소리쳤다. 한울이 빗방울이 떨어지기 시작하는 하늘을 보며 조심스럽게 제안했다.

"보아하니 얘기가 길어질 것 같은데… 어디 카페라도 가면 안 될까요?"

※ ※ ※

약 15분 후… / 혜원공원 근처 카페

"A-17번 손님! 음료 나왔습니다!"

한쪽 다리를 달달 떨며 앉아 있던 한울이 냉큼 자리에서 일어나 바(Bar)로 걸음을 옮겼다. 그는 직원으로부터 음료를 건네받은 뒤, 최대한 천천히 테이블로 가져왔다.

"음료 나왔습니다."

한울은 여전히 신경전을 벌이고 있는 두 사람, 재우와 세미의 눈치를 보며 음료를 놓아주었다. 재우는 뜨거운 아메리카노였고, 세미는 아이스 바닐라 라테였다. 음료를 나눠준 한울은 털썩 자리에 앉아 자신이 주문한 모카 라테를 호로록 들이켰다.

　"자, 그럼 제대로 얘기를 들어봅시다. 아까 했던 질문 다시 할 테니 대답해요. 경찰에서 잠재적으로 종결지었다는 사건에, 왜 관심을 가지는 겁니까?"

　재우의 물음에 세미는 말없이 바닐라 라테를 집어 들었다. 그러고는 길게 한 모금 빨아 마시며 재우의 두 눈을 쳐다보다가 입을 열었다.

　"…이 사건, 어느 정도나 수사하셨어요?"

　"질문에 질문으로 답하는 건 그만합시다."

　"아니, 그… 형사님들이 어느 정도나 알고 있는지 알아야 나도 얘기를 하든 말든 할 거 아니에요?"

　재우가 짜증스런 표정으로 미간을 찌푸리자 세미는 당황한 목소리로 항변했다. 물론, 통하진 않았지만….

　"나는 기자님이 왜 이 사건에 관심이 있는지 물었습니다. 우리가 얼마나 수사를 했든 안 했든, 그건 기자님이 상관할 바가 아니니까요. 마지막으로 묻겠습니다. 이 사건에 왜 관심을 갖는 건지, 뭘 얼마나 알고 있는지 전부 얘기하세요."

　세미는 저도 모르게 움찔한 표정으로 재우를 바라보았다.

기자 생활을 하며 수많은 형사들을 만나보았지만, 재우는 여느 형사와는 다른 거역할 수 없는 기운을 풍기고 있었다. 마치 호랑이가 그르렁거리는 듯한, 범접하기 힘든 위엄이.

'…말렸네.'

세미는 작게 한숨을 쉬며 들고 있던 커피잔을 내려놓았다. 그녀가 자신의 패배를 인정하는 순간이었다.

"…형사님들이 어디까지 아시는지 모르겠지만, 혜원공원에서 벌어진 사건은 범인의 첫 살인이 아니에요. 적어도 제 생각으로는 그래요."

"근거가 있습니까?"

세미는 자신의 핸드백에서 태블릿PC를 꺼냈다. 그리고 USB를 연결하더니, 파일 하나를 열어 재우와 한울 앞으로 내밀었다. 그녀가 내민 태블릿PC 액정에는 깔끔하게 정리된 엑셀 파일 하나가 펼쳐져 있었다.

"해당 사건의 범인이 벌인 것으로 의심되는 사건들을 정리한 거예요. 저는 최소 5건 이상이 혜원공원의 범인과 동일인물이 벌인 짓이라 생각하고 있어요. 그것도 수면 위로 드러난 것 중에서만요."

재우는 세미의 태블릿PC를 조심스럽게 집어 들어 파일 내용을 살피기 시작했다. 한울도 얼른 재우의 옆자리로 의자를 끌어 앉아서는 태블릿PC로 고개를 쭉 내밀었다.

은성구 광원동 선샤인 빌라 뒷골목 /
취객을 습격한 것으로 보이는 강도 2명 / 사망
은성구 금개동 구름 상가 지하주차장 /
보복운전을 시도한 것으로 보이는 남자 1명 / 사망

.
.
.

은성구 대익동 혜원 공원 /
성폭행을 시도한 것으로 보이는 남자 3명 / 사망

세미가 정리한 사건은 십 수개에 달했고, 거기에는 분명한 공통점이 있었다.

"전부 은성구에서 벌어졌네요?"

"맞아요. 범인은 은성구에서 범죄를 저지르는 사람들만 살해하고 있어요."

재우는 태블릿PC를 세미의 앞으로 밀어주며 입을 열었다.

"단순히 범죄자들이 살해당했다는 사실만으로 범인을 동일인이라 단정 지을 수는 없습니다. 더 결정적인 무언가를 알고 있는 겁니까?"

재우의 질문에 세미는 재우의 얼굴을 빤히 쳐다보더니 한쪽 입꼬리를 올리며 말했다.

"…이건 알면서 물어보는 거라 생각하면 되는 거죠?"

세미의 도발에 재우의 한쪽 눈썹이 언짢다는 듯 꿈틀했다.

"이 사건들, 범인으로 잡힌 사람이 단 한 사람도 없잖아요."

"…예?"

한울은 세미의 말에 놀란 목소리로 되물었다. 그녀의 말대로라면 경찰이 수사를 하지 않았거나, 수사를 하다가 범인을 잡지 못한 채 종결지었다는 얘기였기 때문이다.

"이 사건들은 전부 흐지부지 마무리됐거나 범인이 없다는 결론으로 종결됐어요. 예를 들어 이 지하주차장 사건의 경우, 운전자가 타고 있던 차가 주차장 벽으로 급발진해서 사망했죠. 경찰은 '조사 결과 죽은 사람은 술에 취해 있었고, 술김에 실수로 페달을 밟아 주차장 벽으로 차를 급발진했다'는 결론을 내렸어요."

한울이 이해가 되지 않는다는 얼굴로 입을 열었다.

"딱히 잘못된 부분은 없는 것 같은데요? 급발진 사고야 전보다 늘어나는 추세인 게 사실이고요."

"문제는 목격자의 진술이에요. 죽은 남자는 현장에 있던 목격자에게 보복운전을 하고자 상가 지하주차장으로 따라온 거였어요. 그런데 목격자의 말에 의하면, 보복운전으로 목격자를 괴롭히던 피해자가 갑자기 당황하더니 두 손으로 핸들을 꽉 붙잡더래요."

재우와 한울은 세미의 말에 귀를 기울였다.

"피해자는 겁에 질린 얼굴로 마구 욕을 해댔다고 해요. 핸들을 붙잡은 채 '뭐야? 이거 왜 이래?!' 같은 소리를 했다더군요. 피해자가 차창을 열고 있는 상태였기 때문에 목격자는 그 모습을 고스란히 볼 수 있었어요. 잠시 후, 피해자가 탄 차가 휙 바퀴를 돌리더니 주차장 벽으로 돌진했어요. 피해자는 마치 귀신에 홀리기라도 한 듯 비명을 지르다가 차가 벽에 박히며 그대로 즉사했고요."

한울은 소름이 돋는다는 듯, 잔을 쥔 손을 살짝 떨었다.

"목격자가 겁에 질려 과장되게 진술한 것일 수도 있습니다. CCTV는 확인해본 겁니까?"

"그게 웃겨요. 거짓말처럼 그 주차장 CCTV는 고장이 난 탓에 제 기능을 하지 못했거든요. 아, 그러고 보니 얘기하지 않은 공통점이 또 있었네요. 이 사건들 전부, CCTV가 없거나 고장 난 곳에서 일어난 사건들이에요. 은성구, 범죄자, CCTV, 그리고 흔적도 없는 범인…. 이 정도면 이 사건들이 연관되어 있다고 충분히 의심해볼 만하지 않나요?"

세미는 팔짱을 끼고 재우의 말을 기다렸다. 자신이 가진 모든 패를 깠으니, 이제 그쪽도 까보라는 듯한 제스처였다. 하지만 그녀의 바람과 달리, 재우는 생각에 잠긴 얼굴로 테이블 위에 놓인 태블릿PC를 뚫어져라 들여다보고 있었다. 그때, 마찬가지로 생각에 잠겨 있던 한울이 저도 모르게 중얼거렸다.

"정말로 경찰만 죽인 게 아니었던 건가…."

순간, 세미가 놀란 표정으로 한울을 쳐다보았다. 재우 또한 한울 쪽으로 획! 고개를 돌려 째려보았다. 놀란 한울이 합죽이가 된 사이, 재우는 세미의 태블릿PC를 집어 들더니 꽂혀 있던 USB를 뽑아냈다.

"그거 그렇게 막 뽑으면…!"

"이 자료는 저희가 가져가겠습니다. 협조 감사합니다."

재우는 USB를 주머니에 챙겨 넣고는 자리에서 일어나 한울에게 일어나라는 듯 고갯짓을 했다.

"이보세요, 형사님! 지금 이게 무슨 짓…!"

당황한 얼굴로 소리치던 세미는 재우의 매서운 눈길에 입을 다물고 말았다.

"기자님께 한 말씀만 더 드리죠. 이 이상 사건에 관심 갖지 마세요. 이건 경고가 아니라 충고입니다."

재우는 그 말을 끝으로 한울과 함께 카페 밖으로 나가버렸다. 뒤늦게 정신을 차린 세미가 물건을 챙겨 밖으로 따라 나왔으나, 두 형사가 탄 검은색 렉서스는 벌써 저 멀리 사라져가는 중이었다.

"…뭐? 이 이상 관심 갖지 말라고? 하! 충고 좋아하시네!"

세미는 분함이 가득한 표정으로 점이 되어 사라져가는 렉서스를 노려보았다.

"어디 한번 두고 보자고요. 경찰 아저씨."

한울은 조수석에서 슬쩍 사이드미러를 쳐다보았다. 카페 밖으로 나와 씩씩거리던 세미가 비를 피해 카페 안으로 들어가고 있었다.

"어디로 가시는 겁니까?"

사이드미러에서 눈을 뗀 한울이 운전대를 잡은 재우에게 물었다.

"혜원공원."

"…CCTV 다 찾아보시게요?"

재우는 말없이 고개를 끄덕이는 것으로 답을 대신했다. 한울이 차창 밖을 보며 다시 입을 열었다.

"아까 그 기자님 말대로 파일에 정리된 사건들이 전부 동일범의 짓이라면… 선배님의 추리가 맞았다는 거 아닙니까?"

"그래, 아직은 확실하게 말할 수 없지만…. 정말 그럴지도 모르지."

잠시 후, 혜원공원에 도착한 재우는 차를 세우기 무섭게 관리실로 이동했다. TV를 보며 졸던 60대 초반의 관리인이 놀란 얼굴로 '누구시냐'고 묻자, 재우는 경찰증을 내밀며 '혜원공원에서 사건이 발생한 날의 CCTV 기록'을 요구했다.

"진즉에 다른 형사들이 한번 다녀갔는데 왜 또…."

경비원은 구시렁거리면서도 허둥지둥 기록물을 찾아 재

우에게 넘겨주었다.

"협조 감사합니다. 빠른 시일 내에 돌려 드려 문제 생기시지 않도록 하겠습니다."

재우는 받은 자료를 한올에게 건네며 경비원에게 인사를 건넨 뒤, 곧장 관리실을 빠져나갔다. 한올 또한 꾸벅- 경비원에게 감사 인사를 건네고 재우의 뒤를 따라 관리실 밖으로 사라졌다.

***

그날 밤 11시 경… 은성구의 어느 도로…

비 내리는 밤, 도로를 달리던 차들이 속도를 줄이기 시작했다. 노란 콘이 차선을 두 개로 좁히고 있는 탓이었다. 콘 근처에서 우비를 입은 경찰들이 붉은색 봉을 좌우로 흔들어대며, 차들을 세우고 있었다. 잠시 후, 흰색 재규어 차량을 발견한 40대 중반의 남경(男警)이 좌우로 봉을 흔들었다. 남경은 정지한 재규어로 다가가 운전석 창을 두들겼다. 20대 후반 정도로 보이는 남자가 얼굴을 드러내며 물었다.

"무슨 일이시죠?"

"안전벨트요."

재규어 운전자는 그제야 자신이 벨트를 하지 않았단 사실을 깨달은 듯, 민망한 표정을 지으며 사과했다.

"죄송합니다. 막 길을 나선 참이라 깜빡했네요."

경찰은 힐긋 운전자와 차 내부를 스캔했다. 고급스러운 가방과 시계가 경찰의 눈에 속속 들어왔다. 경찰은 힐긋 주변을 살피더니 운전자를 향해 몸을 숙였다.

"어차피 벌금 내실 거…. 제가 기록 안 남게 도와드릴 수도 있습니다."

경찰은 들고 있는 봉으로 톡톡- 차를 건드리며 은밀하게 속삭였다. 경찰의 말은 들은 운전자가 미소를 지었다. 입만 웃고 눈은 움직이지 않는, 속을 알 수 없는 미소였다.

"빨리 결정하세요. 뒤에 차 많습니다."

운전자는 경찰의 얼굴부터 가슴까지를 쭉 훑더니 가슴팍에 붙어 있는 명찰에 시선을 고정하고는 차분하게 그의 이름을 부르듯 말했다.

"진경석 순경님."

그 순간 경찰은 자신의 말이 먹혀들었다는 생각에 '그럼, 그렇지.' 하는 표정으로 대답했다.

"네. 그럼, 상황을 제 식대로 정리 좀 해볼까요?"

그때 운전자는 왼손으로 오른손을 잡고, 가슴으로 올렸다가 내렸다. 그러고는 씨익 입꼬리를 올리더니 다시 말했다.

"사양하겠습니다. 그냥 절차대로 해주시죠."

경찰의 얼굴이 순간 일그러졌다. 그는 도리어 운전자를 비웃는 표정을 지으며, 영수증 패드와 펜을 꺼냈다.

"젊은 양반이 이렇게 유도리가 없어서야."

경찰은 단속 딱지를 던지듯 건네고는 다음 차량으로 이동했다.

※ ※ ※

몇 시간 뒤, 편의점 밖으로 한 남자 걸어 나왔다. 재규어 운전자에게 은밀한 제안을 건넸던 진경석 경찰이었다. 그는 근무가 끝난 듯, 경찰복이 아닌 일반인 복장으로 맥주캔을 따며 집이 있는 방향으로 발걸음을 향했다.

남자는 맥주를 홀짝이며 천천히 길을 걸었다. 잠시 후, 그는 반쯤 맛이 간 가로등이 깜빡이는 골목으로 들어갔다. 골목으로 들어서자 아무렇게나 버려진 쓰레기들이 남자를 맞았다. 남자는 비어버린 맥주캔을 음식물 쓰레기가 담긴 종량제 봉투 위로 던졌다. 캔은 봉투를 때리고 곁에 놓인 종이 박스로 들어가, 그 안에 있던 노끈 곁에 떨어졌다. 캔 안에 남아있던 맥주가 흘러나와 노끈에 스며들었다.

치익—

남자는 봉투를 뒤적여 새로운 맥주캔을 꺼내들었다. 그때, 깜빡이는 가로등불 아래 무언가가 움직이기 시작했다. 뱀 같은 무언가가….

"컥-!!!"

뱀 같은 무언가는 다름 아닌 노끈이었다. 조금 전 남자가 버린 맥주캔 곁에 있던 노끈이, 뱀처럼 남자의 목을 한 바퀴 휘감아 조르고 있었다. 노끈에 조인 남자의 얼굴이 순식간에 시뻘게졌다. 그렇게 몇십 초 후, 남자는 그대로 정신을 잃고 길바닥에 쓰러졌다. 남자는 쓰러졌지만, 노끈은 목을 조이는 것을 멈추지 않았다. 노끈은 남자가 완전히 숨이 끊어진 뒤에야, 스르르 풀려나와서는 본래 있던 자리인 종이박스 안으로 돌아갔다. 마치….

스스로 의지를 갖고 있기라도 하듯이….

07

오전 7시 경 / 언레코더블 수사본부

다음 날 아침. 한울은 언레코더블 수사본부 안에 마련된 자기 자리에 앉아 넋 나간 표정으로 모니터를 응시하고 있었다.

"…."

한울은 슬쩍 옆자리의 재우를 쳐다보았다. 재우 역시 한울만큼이나 피곤에 찌든 표정으로 모니터를 노려보고 있었다. 두 사람은 혜원공원 CCTV 영상파일을 손에 넣자마자 본부로 복귀했고, 절반씩 기록을 나누어 밤새 돌려보는 중이었다. 공원에 설치된 CCTV 카메라의 수는 총 25개. 재우는 한울에게 12개의 파일을 주고, 자신이 13개의 파일을 보고 있었.

"이거 뭐… 범죄자만 일반인이 아닌 거지. 수사 방법 자체는 별다를 것도 없네요…? 취조하고… 협조 구하고… CCTV

파고….”

한울이 갈라지는 목소리로 중얼거렸지만 재우는 말없이 CCTV 영상에만 집중했다.

"그나저나 25대나 되는 카메라가 있었는데…. 성폭행 사건도 그렇고, 성폭행하려던 놈들이 죽은 것도 그렇고…. 아무것도 찍힌 게 없다는 사실이 개탄스럽네요."

재우는 두 눈을 모니터에 고정한 채 말없이 고개를 끄덕였다. 한울의 말처럼 공원에 카메라의 사각지대가 없었다면, 성폭행 사건은 벌어지지 않았을지도 모른다. 수사 과정에서 밝혀진 바에 따르면, 죽은 양아치들은 계획적으로 여성을 공원의 사각지대로 데려간 것이 거의 확실했다. 다른 몇 대의 CCTV에는 놈들이 공원에 들어온 순간부터 조금의 망설임도 없이 사각지대로 여성을 끌고 가는 모습이 고스란히 찍혀 있었다.

"어휴, 눈깔 아파."

한울은 눈을 부비며 다음 카메라 영상 파일을 재생했다. 공원 입구가 저 멀리 보이는 각도로 설치된, 11번째 카메라였다.

"…어라?"

사건이 벌어진 시각에서부터 앞으로 영상을 감던 한울이 두 눈을 크게 끔뻑거렸다. 앞서 살펴본 10개의 다른 CCTV 파일에서는 보이지 않았던, 처음 보는 남성의 실루엣 하나가 나타난 것이다!

"뭐 찾았어?"

심상치 않은 한울의 반응에 벌떡 일어난 재우가 한울의 곁으로 다가왔다. 한울은 말없이 화면 속 의문의 남성을 가리켰다. 재우는 한울이 가리키고 있는 영상 속 남자를 날카롭게 노려보았다. 영상 속 실루엣의 주인인 남자는 공원 안까지 진입하진 않았지만, 공원 입구 즈음에 서서 사건 현장으로 추정되는 방향을 보고 서 있었다.

"앞으로 더 돌려봐. 저 남자가 처음 나타난 시점으로."

한울은 재우의 지시대로 남자가 영상에 나타나는 시점을 찾아 영상을 감았다. 잠시 후, 남자가 탄 차가 나타나는 시점을 찾은 한울이 영상을 재생시켰다. 재생된 영상 속, 검은색 승용차가 화면 안으로 들어오더니 천천히 공원 입구 근처에 멈춰 섰다. 잠시 후, 멈춘 차의 운전석에서 문제의 남자가 내렸다. 남자는 공원 입구로 걸어가더니 가만히 공원 안을 쳐다보았다. 남자의 시선이 보인 것은 아니었지만, 몸과 얼굴의 방향으로 보아 거의 확실했다. 재우는 영상이 촬영된 시각을 확인했다. 남자가 공원에 나타난 시각은, 죽은 세 명의 양아치들이 한창 범죄를 벌이고 있던 것으로 추정되는 바로 그 시각이었다.

"어? 저 사람, 뭐 하는 것 같은데요?"

재우와 한울은 눈을 크게 뜨고 뚫어져라 영상을 들여다보았다. 문제의 남성이, 두 손을 움직이기 시작한 것이다. 남자와 CCTV의 거리가 워낙 먼 탓에 정확히 무엇을 하는지는 알 수 없었지만, 남자는 분명 두 손을 살짝살짝 움직이고 있는 듯했다.

"괴뢰사… 라고 했지? 손을 대지 않고 물건을 움직일 수 있는…."

재우의 말에 한울 또한 재강의 말을 떠올렸다.

'어쩌면… 괴뢰사일지도 모르겠군.'

한울은 놀란 표정으로 모니터 가까이 얼굴을 들이밀었다. 화면 속 남자의 손놀림은, 정말로 무언가를 조종하는 손놀림처럼 보였다.

"선배님, 이거 설마…."

잠시 후, 알 수 없는 손짓을 하던 남자는 공원 입구를 벗어나 차를 끌고 화면 밖으로 사라져버렸다. 재우는 재빨리 영상을 되감아, 화면 속에 보이는 차량의 번호판을 최대한 클로즈업했다.

"차 번호 따. 바로 수배한다."

오후 4시 경 / 은성구 우회(雨懷)동 F 타운하우스 단지

뜨거운 한낮을 지나 저녁을 향해 달려가는 시각. 두 형사는 은성구 끝자락에 위치한 우회동의 한 타운하우스 단지를 걷고 있었다.

"25*하 7***…."

몇 시간 전, 두 형사는 현재 상황에서 가장 유력한 용의자라 생각되는 차량의 차주를 찾기 위해 WASS(수배차량 등 검색 시스템)을 이용해 차량 소유자의 인적사항을 획득했다. WASS는 경찰이 차량을 수배할 때 사용하는 시스템으로, 일반적으로는 수배 입력이 필요할 경우 부서장 승인이 필요하다. 하지만 재우와 한울은 '언레코더블 케이스' 소속인 덕분에 별도의 절차 없이 차량 소유자의 주소지를 손에 넣을 수 있었다.

"아직도 잠이 쏟아지네."

'25*하 7***' 차량의 소유자를 알아낸 직후, 재우와 한울은 쏟아지는 잠을 이기지 못하고 쓰러지듯 의자에서 잠이 들었다. 두 사람은 몇 시간 정도 눈을 붙인 뒤에야 겨우 정신을 차렸고, 그렇게 오후 3시 즈음이 되어서야 본부를 나설 수 있었다.

"은성구 우회동 14번지 345, 김재춘…. 선배님, 여깁니다!"

한울이 십여 미터 정도 떨어진 곳에 있는 재우를 향해 소리쳤다. 재우는 알았다는 듯 한쪽 손을 들어 올리며, 변함없는 걸음걸이로 한울이 있는 곳을 향해 걸었다.

"…없나?"

한울이 슬쩍 주택 마당을 들여다보며 중얼거렸다. 영상 속 차가 주차되어 있을까 들여다본 것이었지만, 기대와 달리 차는 보이지 않았다. 그 사이, 재우가 한울의 곁에 도착했다.

"아무래도… 집에 없는 모양인데요?"

재우는 건물을 한번 슥 훑어보더니 곧장 초인종을 눌렀다.

"…누구세요?"

재우가 연달아 두 번 정도 초인종을 누르자 인터폰 너머로 성인 여성의 목소리가 들려왔다.

"경찰입니다. 김재춘 씨 안에 계십니까?"

"네? 우리 남편인데…. 잠시만요."

잠시 후, 문이 열리며 목소리의 주인이 모습을 드러냈다. 단발머리의 중년 여인은 부엌에서 일을 보다 나온 듯, 앞치마에 고무장갑을 낀 상태로 두 남자를 경계하며 쳐다보았다. 그녀의 고무장갑에서는 물이 뚝뚝 떨어지고 있었다.

"우리 남편이 무슨 잘못이라도 했나요? 아직 퇴근 전이라 집에 없는데요."

여인은 몸을 반 정도만 문밖에 내민 채, 여전히 경계하는 말투로 물었다.

"심각한 일은 아닙니다. 김재춘 씨 차에 문제가 좀 생겨서요. 혹시 언제쯤 퇴근하실까요?"

재우는 일단 차와 관련된 일이라며 둘러댔다. 한울은 한 발 뒤로 떨어져 입을 가린 채(혹시라도 재우의 뻔뻔한 거짓말에 웃음이 터질 것을 대비하여) 흥미진진하게 재우의 수사를 구경하기 시작했다.

"좀 대중없긴 하지만 보통은 6시 전후로 집에 와요. 그런데… 남편 차에 무슨 문제가 있나요? 심각한 일인가요?"

"김재춘 씨, 제약회사 영업사원 맞습니까?"

"네, 맞아요."

재우는 슬쩍 휴대폰으로 시간을 확인했다. 오후 4시 15분이었다. 김 씨 아내의 말대로라면, 그는 한창 영업 중이거나 조금 이른 퇴근 중일 것이다. 재우는 한울과 잠시 눈길을 주고받았다. 여기서 기다릴 것이냐, 아니면 찾아 나설 것이냐 결정을 내려야 했다.

"일단은 기다려 보는 게…."

한울이 자신의 의견을 내려던 그때, 김 씨의 아내가 앞치마 주머니에서 휴대폰을 들었다.

"남편이에요!"

김 씨의 아내는 남편으로부터 문자가 왔다며, '오늘 회식이 있어 조금 늦을 예정'이라는 사실을 재우와 한울에게 알려주었다. 그녀의 두 눈은 '남편은 오늘 늦게 올 테니 이만 사라져 달라'라고 말하는 듯했다.

"남편분 회식 장소가 어딘지 물어봐 주시겠습니까?"

"물어볼 수는 있는데… 정말 뭐 때문에 이러시는지….'"

김 씨의 아내는 말꼬리를 흐렸다. 괜히 장소를 알려주었다가 남편에게 곤란한 일이 생기는 건 아닐까 걱정이 된 것이다. 재우가 그런 속내를 읽은 듯, 인상 좋게 웃으며 입을 열었다.

"큰 문제는 아니니 안심하셔도 됩니다. 원래는 전화로 연락드리려 했는데… 바쁘신 탓인지 늘 부재중이셔서 직접 방문한 거니까요. 김재춘 씨가 교통법규 위반 건이 상당히 많으시다는 거, 알고 계시죠? 이게… 어느 정도까지면 몰라도 그건이 상당해지면 큰 문제가 될 수 있거든요."

순간, 재우의 이야기를 들은 김 씨 아내의 얼굴이 붉게 달아올랐다. 실제로 남편 김재춘 씨에게 교통법규 위반 고지서가 심심치 않게 날아왔기 때문이다. 완전히 경계심을 풀어버린 김 씨의 아내는 황급히 남편에게 회식장소를 물어보았다.

"어휴, 이 인간을 정말…! 잠시, 잠시만 기다려주세요…."

재우는 속으로 회심의 미소를 지었다. 전날 밤, 그는 용의 차량의 소유자인 김재춘 씨의 인적사항을 확인하자마자 범죄이력이 없는지 살펴보았다. 그 결과, 김 씨가 무려 수십 건에 달하는 교통법규 위반자라는 사실을 알아냈다(김 씨는 자잘한 교통법규 위반이 굉장히 많았다). 재우는 그렇게 알아낸 정보를 상황에 맞게 능구렁이처럼 써먹은 것이다. 베테랑 형사다운 노련미가 빛을 발하는 순간이었다.

"마포 쪽에 있는 고깃집이래요. 대짜한우라고…."

"협조 감사합니다. 그럼 저희는 이만 가보겠습니다."

정중하게 인사하는 재우에게 김 씨 아내는 죄송하다며, 잘 좀 봐달라며 연신 허리 숙여 인사를 건넸다.

잠시 후, 김 씨의 집으로부터 어느 정도 멀어지자 잠자코 있던 한울이 불쑥 재우에게 물었다.

"선배님, 아까 아내분께 하신 얘기요. 틀린 말은 아니지만… 그렇게 막 거짓말하셔도 괜찮은 겁니까?"

"그럼, 아직 확실치도 않은 상황에서 '당신 남편을 살인 사건 용의자로 쫓고 있습니다'라고 할까? 부인은 아무것도 모르는 것 같던데…. 그리고 내가 틀린 말 한 것도 아니잖아?"

"그건 그렇지만…."

앞서 걸어가던 재우는 잠시 발걸음을 멈추고 한울을 쳐다보았다. 그러곤 찝찝한 표정으로 자신을 마주보는 한울에게 진중한 목소리로 입을 열었다.

"경찰이 하는 일은 범인을 잡는 거다. 언제든 우리가 해야 할 일, 가장 중요한 목적을 잊지 마라. 다른 사람에게 피해를 주지 않는 선에서라면, 손에 쥔 정보를 유연하게 활용해 길을 내고 판을 짤 줄도 알아야 한다는 얘기야."

한울은 잠시 재우의 말을 곱씹은 뒤, 천천히 고개를 끄덕였다. 그의 표정은 조금 전보다 한결 풀려 있었다.

"네, 알겠습니다."

재우는 짧게 웃으며 앞장서 걸음을 옮겼고, 한울은 그 뒤를 발맞춰 따랐다. 골목 끝으로 기울어가는 붉은 노을이 두 사람의 그림자를 길게 늘였다. 말없이 이어지는 발걸음 속에서, 한울은 알 수 없는 무게가 어깨에 조금 더 얹힌 것을 느꼈다.

※ ※ ※

밤 10시 경 / 마포, 대짜한우

한울의 윗니와 아랫니가 와드득- 단무지를 씹었다. 두 형사는 김 씨가 회식 중인 고깃집 근처에 세워둔 차 안에서 김밥으로 저녁을 때우고 있었다.

"범죄자일지도 모르는 누구는 한우를 씹고 있는데… 우리는…."

한울은 창밖으로 보이는 고깃집을 노려보며 우걱우걱 김밥을 뜯어 먹었다.

"그래도 넌 돈가스 김밥이잖아, 인마. 너도 고기 씹고 있으면서 뭐 그리 말이 많아?"

재우가 휴대폰으로 축구중계를 보며 말했다. 그는 두 눈을 휴대폰에 고정한 채, 참치김밥을 씹고 있었다.

"아니, 이 고기랑 저 고기가 같습니까? 그리고! 선배님도 돈가스 김밥 하시라고 제가 말씀드렸잖아요! 본인이 참치김밥 먹겠다고 하시구선!"

한울이 억울함 가득한 목소리로 재우를 보며 외쳤다. 재우는 그저 피식 웃을 뿐, 휴대폰에서 눈을 떼지 않았다.

"거, 입구나 잘 지켜봐라. 언제 나올지 모르니까."

한울은 소리 없이 구시렁거리며 다시 차창 밖으로 눈을 돌렸다. 혜원공원 CCTV를 통해 확인했던, 용의자로 추정되는 김 씨의 차가 고깃집 앞에 주차되어 있었다. 김 씨는 약 한 시간 전에 고깃집에 도착해 쭉 회식을 즐기는 중이었다.

"설마… 여기서 안 끝내고 2차, 3차까지 가는 건 아니겠죠? 저희 그거까지 따라가야 하는 건 아니죠?"

눈을 부릅뜨며 묻는 한울의 질문에, 재우는 휴대폰에 시선을 고정한 채 웃을 뿐이었다.

※ ※ ※

김 씨는 2시간이 더 지난 12시 즈음이 되어서야 음식점 밖으로 나왔다. 한울은 졸고 있던 재우를 팔꿈치로 깨웠다.

"선배님, 대리 부르는 것 같은데요?"

재우는 겨우 뜬 눈을 비비며 고깃집 쪽으로 시선을 던졌다. 한울의 말대로 김 씨를 포함한 일행들이 각자 휴대폰을 들고 누군가와 통화하고 있는 모습이 보였다.

"기다리다가 차가 움직이면 따라붙자. 대리기사가 내리고 김재춘 씨가 혼자 있게 되는 순간을 노린다."

잠시 후, 15분 정도가 지나자 대리기사로 추정되는 남자가 김 씨에게 다가갔다. 어벙한 표정에 190cm는 되어 보이는 큰 키를 가진, 멀대 같은 남자였다. 김 씨는 남자에게 차키를 넘겨주고 뒷좌석에 올랐다, 이내 '25*하 7***' 차량이 움직이기 시작했다.

"오케이, 움직이자."

재우가 자신의 렉서스에 시동을 걸며 중얼거렸다.

＊＊＊

"어? 갑자기 왜 저러지?"

조수석에 앉은 한울이 고개를 갸우뚱하며 중얼거렸다. 김 씨의 차가 F타운하우스 쪽으로 향하던 중 갑작스럽게 방향을 꺾은 것이다. 재우 또한 눈을 날카롭게 뜨며 김 씨의 차를 따라 핸들을 꺾었다.

"뭔가 이상하긴 하군…."

잠시 후, 김 씨의 차는 그대로 인적이 드문 갓길에 멈춰 섰다. 재우 역시 김 씨의 차와 50미터 정도의 거리를 두고 차를 세운 뒤, 상황을 지켜보았다.

"어? 내리는데요?"

한울이 김 씨의 차 뒷좌석이 열리는 것을 보며 말했다. 차에서 내린 김 씨는 운전석 쪽으로 걸어가더니 대리기사가 타고 있는 운전석 창문을 툭툭 주먹으로 두들겼다. 잠시 후, 운전석 문이 열리며 대리기사가 차에서 내렸다. 두 사람은 뭔가 말을 주고받더니, 김 씨를 선두로 갓길 아래 풀밭을 향해 걸음을 옮겼다. 재우가 운전석 문을 열며 명령했다.

"가자."

두 형사는 차에서 내려 김 씨와 대리기사가 있는 곳을 향해 다가갔다. 만약 김 씨가 그들이 쫓는 용의자라면, 대리기사가 위험한 상황에 처할지도 몰랐다.

풀밭으로 걸어간 두 형사의 눈에 두 남자의 모습이 들어왔다. 순간, 한울이 쏜살같이 내달렸다. 한 남자가 다른 남자를 풀밭에 쓰러뜨린 채 목을 조르고 있었던 것이다! 재우 또한 한울만큼은 아니었지만 그가 낼 수 있는 전속력으로 풀밭을 달렸다.

"그 손 놔라! 이 새끼야!"

한울이 순식간에 거리를 좁히며 소리치자 목을 조르던 남자가 놀라 고개를 돌렸다. 그가 고개를 돌리기 무섭게, 한울의 날아차기가 그의 가슴팍에 꽂혔다.

"으억!!"

한울의 발차기에 가슴을 강타당한 남자가 풀밭 위로 나동그라졌다. 한울은 나동그라진 남자의 위로 덤벼들어 재빨리 두 손을 뒤로 오게 만들어 수갑을 채웠다. 뒤이어 도착한 재우가 수갑이 채워지고 있는 남자를 향해 입을 열었다.

"김재춘 씨, 당신을 살인 및 살인미수 혐의로…?"

순간, 재우가 눈을 가늘게 뜨며 말끝을 흐렸다. 한울이 수갑을 채운 남자는, 김 씨가 아닌 대리기사였던 것이다!

"왜 그러세… 어?"

한울 또한 그제야 자신이 때려눕힌 사람이 누구인지 제대로 확인한 듯, 수갑을 찬 대리기사와 풀밭에 쓰러져 있는 김 씨를 황당하다는 표정으로 번갈아 보았다. 짙은 어둠이 깔린 풀밭인지라 상대가 누구인지도 확실히 모른 채 발차기를 날리고 본 것이다. 그때, 풀밭에 쓰러져 있던 남자가 기침을 터뜨렸다. 용의자라 생각하며 쫓았던, 김재춘 씨였다.

"케엑- 켁!"

"뭐야? 이게 어떻게 된 거야?"

재우가 기침을 쏟아내는 김 씨를 보며 말했다.

"아무래도… 아니었나 본데요?"

재우는 누가 봐도 피해자인 김 씨를 두고 수갑에 묶인 대리기사에게 다가갔다.

"너 이 새끼. 너 뭐 하는 새끼야?"

"이… 씨바…."

"저 새끼… 강도입니다, 강도. 갑자기 저보고 내리라고 하더니 이리로 끌고 와서는… 지갑을 내놓으라기에 그게 무슨 소리냐고 했더니 갑자기 제 목을…."

목이 졸렸던 김 씨가 욕만 내뱉는 대리기사 대신 상황을 설명했다. 재우와 한울은 그제야 어떻게 된 상황인지 알 수 있었다. 그들이 생각했던 것과 달리, 대리기사가 가해자였고 김 씨가 피해자였다.

"이거 아무래도… 제대로 헛다리 짚은 것 같은데…."

"이 새끼는 어떻게 할까요?"

재우가 허탈하게 중얼거리자 한울이 대리기사를 보며 물었다.

"112 신고해서 넘겨야지. 그리고…."

그때, 한울의 주머니에서 휴대폰이 울리기 시작했다. 휴대폰을 꺼낸 한울은 액정을 보더니 고개를 갸우뚱했다.

"뭐지? 모르는 번호인데?"

한울은 잠시 망설이다가 전화를 받았다. 그러자 전화기 너머로 젊은 여성의 목소리가 들려왔다.

"여보세요? 지한울 경장님?"

"누구… 시죠?"

"나예요. 은성데일리 이세미 기자!"

세미라는 말에 한울이 깜짝 놀란 표정으로 재우를 쳐다보았다.

"왜 그래? 누군데?"

"그 여자 기자님인데요?"

세미라는 말에 재우가 눈살을 찌푸렸다. 재우는 한울에게 뭐라 말하려 했지만 그보다 먼저 세미의 목소리가 다시 전화기 너머에서 터져 나왔다.

"지금 어디서 뭐 하고 있어요? 사건 터졌는데!"

"네? 사건이요?"

사건이라는 말에 재우가 한울의 곁으로 다가왔다. 대리기사와 김재춘 씨가 들을지 모른다는 생각에 스피커폰은 켜지 않은 채, 최대한 재우가 같이 들을 수 있게 자세를 잡은 채였다.

"그래요! 경찰이 또 죽었어요! 은성구 가기(家基)동에서요!"

재우와 한울은 말문이 막힌 채 커다래진 눈으로 서로를 바라보았다.

두 사람이 엉뚱한 용의자를 쫓고 있던 그 사이… 놈이 세 번째로 경찰을 죽였다.

08

새벽 3시 경 / 은성구 가기동 근처 차도

재우와 한울은 달리는 차 안에서 각자 생각에 잠긴 채 한 마디 대화도 나누지 않았다. 단서를 쫓아 추적하던 용의자는 범인이 아니었고, 그사이 진범은 또 다른 피해자를 만들었다는 사실이, 두 형사의 마음을 괴롭히고 있었다.

잠시 후, 재우의 렉서스가 어느 골목길 근처에 멈춰 섰다. 세미의 연락을 받고 도착한, 세 번째로 경찰이 살해당한 사건의 현장이었다. 재우와 한울은 차에서 내려 폴리스라인이 쳐져 있는 골목으로 걸어갔다. 현장에는 과수대와 담당 경찰들은 물론 현장을 지키고 있는 지구대원들도 보이지 않았다. 그들을 맞은 것은 그곳이 사건 현장임을 증명하듯 아직 철거되지 않은 폴리스라인과 스프레이 자국, 그리고 피해자의 것으로 보이는 혈흔이 전부였다.

　재우는 주변을 둘러보며 CCTV부터 찾았다. 그러나 주변 어디에도 CCTV 카메라는 설치되어 있지 않았다. 앞선 두 건의 경찰 살인사건과 동일범일 가능성을 높여주는 퍼즐조각이었다.

　"저희… 너무 늦게 온 거 같은데요."

　한울이 착잡한 표정으로 머리를 긁적이며 말했다. 세미로부터 이야기를 전해 들은 뒤, 두 사람은 김 씨를 죽이려 든 강도(대리기사)를 근처 지구대에 넘기고 가기동으로 출발했다. 당연히 그 과정에서 적지 않은 시간이 소요되었고, 결국 세미로부터 연락을 받은 지 두세 시간이 지나서야 현장에 도착하게 되었다. 그러나 재우는 고개를 가로저으며 입을 열었다.

　"어차피 우리는 공개적으로 이 사건을 맡을 수 없다. 그러니 다른 형사들이 있을 때 찾아와 괜한 의심을 사는 것보다 이편이 낫지. 조만간 김영수 씨를 통해서 담당 경찰들이 수사한 자료가 전달될 테니 자세한 사항들은 그때 확인하면 돼."

　재우의 말대로, 사건이 발생하면 우선적으로 사건발생 지역을 담당하는 경찰들이 일을 맡는다. 그러니 재우와 한울이 현장에 나타날 경우, 담당 경찰들의 눈에는 두 사람이 외부인으로 밖에는 생각되지 않을 수 있었다. 경찰들은 담당 구역에 대한 자부심과 책임감이 강하다. 그러니 지역 경찰도 아닌 두 사람이 현장에 나타난다면, 괜한 오해로 마찰이 생길지 몰랐다.

"일단은 현장이나 한번 살펴보자."

"이제 오면 어떡해요?!"

재우와 한울은 일제히 고개를 돌렸다. 세미가 조금 떨어진 거리에서 두 사람을 향해 달려오고 있었다.

"아, 안녕하세요…."

한울이 코앞까지 달려온 세미에게 인사를 건넸다. 그러나 그녀는 한울의 인사를 황당하다는 표정으로 넘겨버리곤 답답하다는 목소리로 재차 입을 열었다.

"지금 한가롭게 인사나 나눌 때예요? 담당 경찰들은 이미 진즉에 왔다 갔어요. 과수대도 마찬가지고요. 두 사람, 정말로 이 사건 담당하고 있는 형사들이 맞긴 한 거예요?"

"이 일에 더 이상 관심 갖지 말라고 했을 텐데요? 경찰 말이 우스운 겁니까?"

따져 묻는 세미를 향해 재우가 눈을 날카롭게 뜨며 반문했다. 그의 얼굴은 '내 경고를 무시하는 거냐?'라고 묻고 있었다. 그러나 세미는 마치 성난 불도그(Bulldog)처럼 눈을 치뜨며 재우를 향해 지지 않고 으르렁거렸다.

"이보세요, 형사님. 저 기자예요. 형사님이 저를 어떻게 보는지 모르겠지만, 난 내가 한번 물고 파기 시작한 건 끝장 보기 전까지 절대 놓지 않는다고요. 아시겠어요?"

생각지도 못한 세미의 강단에 재우가 허! 헛웃음을 터뜨렸다. 겨우 스물 후반 정도로 보이는 여기자로부터 이런 깡다구를 볼 줄은 몰랐다. 재우는 속으로 미소를 지으며 생각했다.

'…제법인데?'

재우는 청년 특유의 강단을 볼 때면 절로 미소가 지어지곤 했다. 처음에는 아무리 크게 불타오를지라도 어느 시기가 지나면 사그라질 수밖에 없는, 열정이라는 이름의 뜨거움을 다시 느낄 수 있는 시간은 오직 이런 순간뿐이었기에. 그러나 재우는 속마음과 달리 날카롭게 뜬 눈으로 세미를 쩌려보았다. 그녀가 보여주는 깡다구와 별개로, 그녀를 이 사건에 개입하게 놔둘 수는 없었다. 그는 경찰로서, 일반인인 그녀를 보호해야 했다.

"쓸데없는 말다툼할 시간 있으면 사건을 해결하기 위해 써야죠. 형사님들이 정말로 이 범인을 잡고자 한다면 그게 맞는 거 아닌가요? 더 이상의 피해자를 막고자 한다면, 무슨 수를 써서라도 잡아야 할 거 아니냐고요!"

순간, 재우의 눈썹이 꿈틀거렸다. 세미의 마지막 말, '피해자를 늘리지 않으려면'이라는 말이 그의 마음을 살짝 건드렸다.

"좋습니다. 그럼 어디 얘기나 들어봅시다. 우리보다 먼저 와 계셨으니, 뭔가 얘기해줄 거리가 있겠죠?"

"그전에 조건이 있어요."

세미의 '조건'이라는 말에 잠시 풀어졌던 재우의 표정에 다시 냉기가 찾아왔다. 그의 표정은 '그래, 아무리 이러쿵저러쿵

해도 너는 결국 기자구나.' 하고 말하는 듯했다. 마치 한겨울 동장군이 어린 듯한 목소리가 재우의 입에서 흘러나왔다.

"뭔지는 몰라도 조건부가 달린 정보라면 필요 없습니다."

재우는 딱 잘라 말하곤 차를 세워둔 곳으로 걸음을 옮기기 시작했다. 한올 또한 이게 무슨 일인가 싶은 얼굴로 앞서는 재우의 뒤를 따랐다.

"아니! 무슨 얘기인지 들어보지도 않고 그러기에요?!"

졸지에 홀로 남겨지게 생긴 세미가 크게 당황한 목소리로 소리쳤다. 그러나 재우는 정말로 이 이상 세미와 말을 섞지 않겠다는 듯, 그대로 렉서스 운전석에 올라 문을 닫아버렸다.

"죄송합니다. 그럼…."

한올은 뒤따라온 세미에게 재우 대신 사과를 건네며 조수석에 올랐다. 아니, 오르려고 했다.

"잠깐, 잠깐만요!"

세미가 닫히려는 한올의 조수석 문을 잡고 매달렸다. 그 순간, 재우의 호통이 벼락처럼 떨어져 내렸다.

"지금 이게 무슨 위험한 짓이야! 문 안 닫아?!"

호랑이 같은 재우의 일갈에, 세미와 한올의 몸이 무서운 어른에게 혼난 어린아이처럼 얼어붙었다. 몇 초 후…. 정신이 돌아온 세미는 원망스럽게 재우를 노려보더니 가방을 뒤적여 무언가를 꺼냈다. 그녀의 손에 들린 것은 얇은 종이뭉치였다.

"이거, 내가 취재해서 작성한 거예요. 아직 기사로 올리진 않았어요. 오늘 벌어진 사건이랑 관련 있는 거니까 꼭 읽어보세요."

한울은 선뜻 세미가 내민 종이뭉치를 받지 못하고 재우를 쳐다보았다. 그러다 재우가 살짝 고개를 끄덕이자 얼른 종이뭉치를 받아들었다.

"협조 감사합니다."

세미는 한울의 감사인사에 원망 가득하던 표정을 풀며 당부했다.

"내 연락 꼭 받아요. 알겠죠?"

세미는 그 말을 끝으로 재우의 렉서스를 놓아주었다. 멀어지는 그녀의 뒷모습을 보던 한울이 재우를 향해 물었다.

"선배님, 이렇게까지 냉정하게 해야 하는 겁니까? 공식적으로 수사할 수도 없는 마당에…. 저런 기자님이 도와주면 사건 해결이 한결 수월해지지 않을까요?"

한울의 말에는 일리가 있었다. 공적인 부서가 아닌 터라 동료 경찰들의 도움도 받을 수 없는 그들의 입장은, 그야말로 고양이 손이라도 빌려야 할 처지인 게 사실이었다. 하지만 재우는 단호하게 고개를 가로저었다.

"어쩌겠어…. 우리가 하는 일이 보통 사람들한테는 얘기할 수가 없는 일인데. 너 역시 앞으로 언레코더블 케이스를 쭉 담당할 형사라면 잘 알아둬. 이 감춰진 세계에, 함부로 일반인을 끌어들여서는 안 된다. 이 세계에 대해 알고 있는 사람, 이 세계와 어떤 식으로든 엮여버린 사람이 아니라면 무조건 거리를 둬야 해. 그렇지 않으면… 괜한 피해자만 늘리는 꼴이 될 수 있으니까."

한울은 살짝 놀란 표정으로 재우를 쳐다보았다. 재우의 얼굴에는 조금 전까지의 냉정함은 오간 데 없이, 그저 안타깝고 착잡한 표정만이 자리 잡고 있었다.

"그냥 정보만 주겠다는 거면 나도 들어주려 했지. 그런데 조건이 있다잖아. 그 조건이 뭐겠어? 분명 어떤 식으로든 우리와 함께 이 사건을 계속 추적하겠다는 걸 텐데…. 그렇게 위험한 일을 경찰인 우리가 허용해주면 되겠냔 말이다."

한울은 그제야 재우의 매몰찬 태도가 세미를 보호하기 위함이었다는 사실을 알고 고개를 끄덕였다.

"생각해봐. 초능력 범죄자가 자신의 능력을 알아버린 일반인을 가만둘 것 같아? 일반 범죄자들만 하더라도 자기가 저지른 범죄나 비밀을 들키게 되면 어떤 식으로든 그 비밀을 알게 된 사람에게 위해를 가하기 마련이야. 그런데 그게 보통 비밀도 아니고 초능력자의 비밀이라면? 잘못했다간 내일 우리가 받게 될 사건 자료에 저 기자의 사진이 첨부될 수도 있어."

한울은 천천히 고개를 끄덕이며 재우를 바라보았다. 한울의 눈에는 다시 한번 경찰 선배 재우에 대한 존경심이 묻어나고 있었다. '사건 해결'이라는 하나의 포인트만 생각하고 있던 자신과 달리, 선배인 재우는 가장 중요한 포인트를 놓치지 않고 있었다. 경찰은 범인을 잡는 것만큼이나, '무고한 희생자가 생기지 않도록 해야 한다'는 것을….

"그럼… 이건 어떻게 할까요?"

한울이 손에 들린 종이뭉치를 흔들며 물었다. 재우는 힐긋 종이뭉치를 쳐다보더니 잘 넣어두라는 듯 턱짓하며 입을 열었다.

"당연히 가져가서 잘 읽어봐야지. 보아하니 보통 성격이 아니던데…. 어쩌면 쓸 만한 단서를 건질 수 있을지도 모르겠다."

그때, 재우와 한울, 두 사람의 휴대폰이 동시에 진동했다.

"확인해봐."

재우의 물음에 한울은 휴대폰을 열었다. 전달된 것은 다름 아닌 메시지였다. 언레코더블 메신저앱으로부터 전달된….

"김영수 씨인데요. 국과수로 오래요. 죽은 경찰 부검이 막 끝났다고요."

***

새벽 4시 경 / 국립과학수사 연구원

주차장에 차를 댄 재우와 한울은 성큼성큼 국립과학수사 연구원 건물을 향해 걸어갔다. 입구로 걸어가자, 두 사람을 기다리고 있는 영수의 모습이 보였다.

"두 분, 고생 많으시죠? 이쪽입니다."

영수는 간단히 인사를 건네곤 앞장서서 국과수 건물 안으로 들어갔다. 그렇게 잠시 후, 영수와 재우, 한울은 한 부검실 앞에 도착했다.

"그럼 저는 먼저 가보겠습니다. 자세한 내용은 서 박사님께 들으시면 됩니다."

"네, 다음에 뵙죠."

자기 할 일은 다 마쳤다는 듯 멀어지는 영수를 뒤로하고 재우와 한울은 부검실 안으로 들어갔다. 눈이 부실 정도로 밝은 부검실 안에는 흰색 가운을 입은 부검의가 롤링 스툴 의자에 앉아 졸고 있었다.

"서 박사님!"

재우의 부름에 부검의가 화들짝 놀라며 잠에서 깨어났다. 재우는 그런 부검의에게 오른손을 내밀며 입을 열었다.

"고생 많으십니다."

"한 형사, 오랜만이야. 어휴, 내가 어쩌다 이놈의 부서랑 엮여선…. 근무시간도 아닌 시간에 이렇게 또 불려오고…"

부검의가 재우의 오른손을 맞잡으며 투덜거렸다. 재우는 그런 부검의를 향해 너털웃음을 치고는 한울을 소개했다.

"박사님, 이쪽은 새로 들어온 지한울 형사입니다. 지 형사, 이분은 우리 언레코더블 케이스 담당 부검의인 서원준 박사님이시다. 인사드려."

"안녕하십니까, 처음 뵙겠습니다. 지한울이라고 합니다."

서 박사는 깍듯이 인사하는 한울과 악수를 나누고는 침대로 다가가 사체를 덮은 천을 걷었다.

"…!"

"…그래, 그런 반응이 나올 줄 알았지."

서 박사가 놀란 표정의 두 형사를 보며 씁쓸하게 말했다. 온몸이 자상으로 가득한 사체에는, 있어야 할 것이 하나 없었다. 다름 아닌… 한쪽 다리가….

"사체의 손상 정도로 볼 때, 피해자는 예리한 날붙이로 사정없이 난도질을 당했어. 크기나 깊이로 봐서는 사시미칼 정도 되는 크기의 칼로 추정돼. 게다가 자상뿐만 아니라 타박상도 좀 있는데…. 이건 범인한테 맞아서 생긴 것 같진 않아."

"네? 그럼 어떻게 생긴 거죠?"

한울이 고개를 갸우뚱하며 묻자 서 박사가 턱을 문지르며 답했다.

"보면 알겠지만 타박상이 손과 팔, 그리고 발과 정강이 쪽에 집중되어 있잖아? 아무래도… 뭔가 단단한 것을 가격하다가 생긴 것 같아. 그게 뭔진 모르겠지만, 성인 남성이 힘을 다해 팔다리로 공격했음에도 오히려 상처가 생길 만한, 그런 물체가 아닐까 싶어."

재우와 한울은 생각에 잠긴 얼굴로 사체를 쳐다보았다. 몇 시간 전만 하더라도 분명 살아있었을, 이 경찰에게 어떤 일이 있었을까 생각하며.

※ ※ ※

약 5시간 전… / 은성구 서울 은성 경찰서

"들어가십쇼, 팀장님!"

이 씨는 부하 형사의 인사에 대충 손을 흔들어준 뒤 자신의 차가 있는 주차장으로 향했다.

"아잇, 깜짝이야."

품에서 담배를 꺼내던 이 씨는 갑자기 눈앞에 나타난 누군가로 인해 깜짝 놀라 소리쳤다. 그의 앞에 나타난 것은 은성 데일리 사회부 기자, 이세미였다.

"안녕하세요, 반장님. 잘 지내셨나요?"

"에이, 진짜…. 이봐, 이 기자. 내가 찾아오지 말라고 말하지 않았나? 나 지금 퇴근 중이야. 비켜."

이 씨는 귀찮다는 듯 세미에게 저리 가라는 제스처를 취하며 그녀를 지나치려 했다. 그러나 세미는 그런 그를 쫓으며, 자기 할 말을 떠들기 시작했다.

"반장님, 지난번에 제가 말씀드렸던 내구제 대출 사건이요. 정말 더 할 말 없으신 거예요? 피해자가 유서에다가 반장님 이름을….”

"…씨발, 진짜!"

세미를 외면하고 차로 걸어가던 이 씨가 못 들어주겠다는 듯 욕지거리를 내뱉었다.

"야, 이 기자. 그건 그 년이 나 물고 늘어진 거라고 몇 번을 말해? 사건 빨리 해결 안 되니까 괜히 담당 경찰이었던 나한테 덤터기 씌워놓고 자살한 거라고! 난 괜히 거기 엮여서 감봉까지 당했는데! 뭐가 어쩌고 어째?"

이 씨는 이 이상 말을 꺼내지 못하게 하려는 듯 세미를 향해 윽박질렀다. 하지만 그녀는 전혀 기죽지 않고 반박했다.

"하지만 분명 반장님이 피해자에게 함부로 언사를 하신 건 사실 아닌가요? 반장님의 무책임한 발언으로 인해 그 젊은 여성이 목숨을…!"

"꺼져! 꺼지라고! 아니다, 내가 꺼진다. 따라오지 마!"

이 씨는 자신의 차를 두고 경찰서 밖으로 도망치듯 걸었다. 세미는 잠시 그 뒤를 쫓을까 고민했지만, 이내 한숨과 함께 발걸음을 돌렸다.

"씨발년, 진짜 지겹게도 나타나서 지랄이네!"

경찰서를 도망치듯 빠져나와 어둑한 골목길로 들어선 이 씨는 뒤를 돌아보았다. 뒤따라오지 않는 발자국을 확인한 그의 얼굴에 세미를 향한 비웃음이 올라왔다. 이 씨는 미소를 지으며 어딘가로 전화를 걸었다.

"어이, 최 사장! 지난번에 술 사기로 한 거 까먹은 거 아니지? 지금 시간 괜찮으면 한잔하자고. …뭐? 이 씨발 새끼가! 내가 지난번에 너 신고하겠다고 온 직원 새끼 찍어 눌러서 무마해준 거 그새 까먹었어? 나오라면 나올 것이지 어딜 빼고 있어? 당장 튀어나와!"

전화를 마친 이 씨는 킬킬거리며 골목 더 깊숙이 걸음을 옮기기 시작했다. 최 사장을 부른 고급음식점으로 조금이라도 더 빨리 가기 위함이었다. 그때였다. 걸음을 옮기기 시작한 그의 뒤에서, 끼이익- 철이 긁히는 듯한 기분 나쁜 소리가 들려오기 시작한 것은….

"…뭐야?"

이 씨는 뒤를 돌아봤다. 그러나 그의 눈에 들어오는 것이라곤 희미한 가로등과 컴컴한 골목 끝자락뿐이었다. 그는 길바닥에 침을 탁 뱉고는 걸음을 재촉했다. 그러자 다시 끼이익 하는 기분 나쁜 소리가 작게 들려오기 시작했다. 기괴한 소리가, 이 씨의 뒤를 따라가고 있었다.

"…이 씨발, 뭐야!"

이 씨는 뒤를 보며 소리치듯 욕을 했다. 그러나 이번에도 보이는 것은 없었다. 식은땀을 흘리며 골목을 노려보던 이 씨는 몸을 앞으로 돌려 달아나기 시작했다. 그의 걸음이 빨라지자 뒤를 쫓는 기분 나쁜 소리 또한 빠르게 그의 뒤를 쫓았다. 이 씨는 뒤를 돌아볼 생각도 하지 못한 채 그저 도망칠 곳을 찾아 앞으로 나아갔다.

"으, 으으…!"

두려움에 떨며 달아나던 이 씨는 순간적으로 방향을 꺾어 어두운 골목으로 도망쳐 들어갔다. 어두운 골목 안에는 매립용 쓰레기통 두 개가 붙어 있었다. 그는 그 뒤로 기어들어가 몸을 웅크렸다. 끼— 소리가 가까워졌다. 골목 입구에 무언가가 서 있는 듯했다. 이 씨는 혹여 숨소리라도 들릴까 두 손으로 입을 막은 채, 더욱 몸을 웅크렸다. 손바닥에 고인 땀이 입과 손 사이로 새어나와 길바닥에 뚝뚝 떨어졌다.

얼마나 지났을까? 기분 나쁜 소리가 침묵을 깨더니 조금씩 골목으로부터 멀어지기 시작했다. 그렇게 잠시 후, 섬뜩한 그 소리는 골목으로부터 완전히 사라졌다.

"씨, 씨발…!"

이 씨는 소리가 사라졌다는 생각이 들자 얼른 웅크리고 있던 몸을 일으켰다. 그 무언가가 혹시라도 돌아오기 전에 도망치기 위함이었다. 하지만 그는 자리에서 몸을 떼려다, 그대로 얼어붙고 말았다.

"…!!!"

골목 입구에 머리가 있었다. 사람의 두상처럼 매끈한, 민머리의 둥근 형체가…. 코도 입도 없는 그것은 골목 안쪽의 이 씨를 똑바로 바라보고 있었다.

"으아아아아아…!!!"

이 씨의 비명이 치솟았다. 그는 골목 입구 반대편으로 달렸다. 막다른 벽이 이 씨 앞을 가로막았다. 기분 나쁜 소리가 골목을 긁으며 이 씨에게로 다가가기 시작했다. 끼이이— 끼이이익— 형체 없는 얼굴을 가진 무언가의 몸통이 어두운 골목 안으로 미끄러져 들어왔다. 그것은, 쇼윈도에서 빠져나온 듯한 성인 크기의 마네킹이었다. 마네킹은 사람이 걷듯 움직이지 않았다. 한 번에 한 관절씩, 어깨… 팔꿈치… 그리고 손목 순으로 움직였다. 사람처럼 자연스럽게 흐르는 동작이 아닌, 마치 보이지 않는 실에 의해 당겨진 다음에야 반응하는 것 같은 움직임이었다. 끼이- 마네킹은 철 소리를 내며 이 씨에게 다가갔다. 그러나 이 씨는 한 발짝도 움직일 수 없었다. 아무것도 없는 머리통의 빈 면이, 정확하게 자신을 쳐다보며 다가오고 있다고 느꼈기에….

마네킹이 오른손을 들어올렸다. 그것의 오른손에는 반짝이는 무언가가 들려있었다. 툭- 줄이 끊어지듯, 마네킹의 오른손이 이 씨를 향해 떨어져 내렸다.

※ ※ ※

"범인은 왜 자꾸 몸의 일부를 가져가는 걸까요?"

조수석에 앉은 한울이 혼잣말처럼 중얼거렸다. 두 사람은 국과수를 떠나 수사본부로 돌아가는 길이었다.

"…글쎄다."

"무슨 드라마나 영화도 아니고… 사람 죽이는 것까지는 몰라도 신체 일부를 절단해가는 건 좀…. 범인이 식인이라도 하는 걸까요? 아니면 살해하는 데에 다리가 방해가 됐나?"

재우는 도무지 모르겠다는 표정으로 이런저런 추리를 하는 한울을 보며 피식 웃음을 지었다. 범인이 왜 다리를 절단한 것인지, 현재로서는 그 이유를 알 수 없었다. 그러니 지금 그들이 집중해야 할 것은 주어진 단서들을 깊이 파고 들어가 놈의 꼬리를 어떻게든 잡는 일이었다.

"어이, 지한울이. 그거 잘 갖고 있지?"

"네?"

"아까 이세미 기자가 준 거."

"아, 예."

한울이 뒷좌석에 놓아두었던 종이뭉치를 집어 들자 재우는 고개를 끄덕이며 입을 열었다.

"그거 잘 챙겨 놔라. 가서 한숨 자고, 바로 살펴봐야 할 것 같으니까.

✤✤✤

그 시각 / 은성구의 어느 작업실…

그림을 그리던 아름다운 손이 작업실 한쪽에 위치한 터치패드를 두들겼다. 손의 주인이 방문을 열자, 얼굴 없는 인형들이 주인을 반겼다. 방 안으로 들어온 손의 주인은 다른 손에 들고 있던 골프가방을 테이블 위로 올렸다. 골프가방은 마치 비라도 맞은 듯, 뚝뚝 굵은 물방울을 흘려대고 있었다.

쿵- 가방이 테이블 위에 떨어지며 묵직한 소리를 냈다. 남자의 손이 골프가방을 열자, 녹아버린 아이스팩들과 그 사이에 놓여 있던 무언가가 모습을 드러냈다.

정교하게 절단된… 건장한 성인 남성의 것으로 보이는 한쪽 다리가….

✤✤✤

오전 8시 경 / 언레코더블 수사본부

다음 날 아침, 재우와 한울은 잠에서 깨어나자마자 세미의 가(假)기사를 통해 알아낸 정보를 바탕으로 자료를 찾아보기 시작했다. 세미의 기사는 세 번째로 살해당한 경찰과 그 경찰이 크게 관련되었던 한 사건에 대한 내용을 담고 있었다.

[피해자를 죽음으로 몬 경찰 A 씨, 피살되어 발견…!
하늘의 심판인가? 아니면 정체를 알 수 없는 기상천외한 범인의 연쇄살인인가?]

X월 X일, 은성구 가기동 G골목에서 피살된 A씨가 현직 경찰이라는 사실이 밝혀져 충격을 주고 있다. A씨는 서울 은성경찰서에 재직 중이던 형사로, 최근 '내구제 대출' 사기단을 검거한 공으로 특별승진 했다. 그러나 겉으로 보이는 것과 달리, A씨는 사건을 해결하는 과정에서 피해자들에게 경찰답지 못한 언행을 보였다는 사실이 드러나 파문을 일으켰다.

사건이 신고 접수되었던 초기, A씨는 피해자 김모 양을 비롯한 3인에게 '밥값도 못하는 어린 새끼들이 멍청하기까지 하니 이런 사기를 당하는 것이 아니냐'는 등 망발에 가까운 언사와 사기에 대한 책임을 피해자들에게 돌리는 언행으로 큰 정신적 피해를 준 것으로 언론에 오르내렸다. 해당 사실이 밝혀지게 된 것은 피해자 김모 양이 투신자살하며 남긴 유서 덕분이었다. 김모 양은 A씨가 사건을 수사하며 피해자들에게 했던 언행에 대해 낱낱이 적은 내용의 유서를 남겼고, 이로 인해 A씨는 언론에 큰 질타를 받으며 감봉 1개월

등의 징계를 받고 사건 수사에서 물러났다. 하지만 약 1년여의 시간이 지난 뒤, 언론이 잠잠해지자 다시 수사 일선으로 복귀한 그는 저지른 잘못에 대한 언급은 일언반구도 없이 '내구제 대출 사기단 일망타진'으로 특별승진이라는 포상을 받았다.

'내구제 대출'이란 '내가 나를 구제한다'는 뜻을 가진 변종 금융사기로, 금융기관 대출이 어려운 경제적 취약계층(신용불량자, 사회초년생 등)을 대상으로 이뤄지는 사기방식을 말한다. 대출희망자가 '휴대전화 개통이나 렌탈 계약으로 취득한 제품을 제3자에게 매도해 돈을 얻는 방식'의 불법 사금융인 것이다. 피해자는 일시에 얼마 정도의 돈을 손에 쥘 수는 있지만, 손에 쥐게 되는 그 금액은 물건 값보다 훨씬 적은 액수일 뿐만 아니라 할부금과 사용료까지 지불해야 하는 상황에 처하게 되어 결과적으로 더 큰 손해를 보게 된다. 또한 해당 범죄의 연루자로 취급되므로, 경찰에 발각될 시 징역 또는 벌금형에 처해진다.

내구제 대출 사기의 대표적인 방식은 '휴대폰깡'으로, 해당 사기방식은 무려 2000년대 초기부터 시작되었다. '휴대전화를 넘기면 급전을 빌려주는' 휴대폰깡은, 피해자들에게 수백만 원에 이르는 소액결제 및 통신요금을 부담하게 하고, 그들의 명의로 수 대 이상의 대포폰을 만드는 등 큰 피해를 입히는 사기방식이다. 결국 피해자들은 범죄에 이용당할 뿐만 아니라 1년 이하의 징역 또는 5000

만 원 이하의 벌금형에 처해지게 된다. 이렇게 휴대폰깡으로 시작된 내구제 대출은, 현재 유령회사를 설립해 가전제품 명의를 넘기는 방식으로까지 진화했다. '가전구독' 서비스를 통해, 피해자에게 할부매매 계약을 체결하게 하고 지급된 가전제품을 회수·판매하는 방식으로 돈을 편취하는 것이다.

사망한 경찰 A씨가 검거한 사기단은 무려 7년 동안 해당 사기를 일삼아온 일당으로, 정수기나 안마의자 등 값비싼 가구들을 피해자에게 가입구매 하게 한 뒤, 물건을 회수하여 판매하는 방식으로 큰 이득을 챙겼다. 25명에 달하는 이 일당들은 임대한 물건들을 중고 거래 사이트에 정상가의 절반 수준으로 되팔아 이득을 취하였고, 이러한 방식으로 무려 30억 원에 달하는 금액을 편취했다.

문제는 이러한 내구제 대출의 피해자인 청년들이 피해 사실 신고 자체를 꺼려 한다는 것이다. 본인들이 사기행각에 이용되었다는 사실을 알게 된 피해자들은, 공범으로 낙인찍힐 것이 두려워 신고를 하지 못하는 것이다.

실제로 2020년에 한 지역에서 밝혀진 '내구제 대출 피해 사실을 신고한 청년'의 수는 고작 2명으로, 이는 전체 피해자의 약 5%에 불과했다. 투신자살한 피해자 김모 양 또한 이 5%의 청년 중 하나였다. 그녀는 수개월의 고민 끝에 겨우 용기를 내어 신고하였지만, 담당 형사의 무자비한 언사로 인해 스스로 목숨을 끊고 만 것이다.

 김모 양의 죽음에 대한 책임은 누구에게 있을까? 또한, 그녀를 간접적으로나마 죽음에 내몬 경찰의 죽음을 우리는 과연 어떻게 받아들여야 할까? 무엇보다 눈길이 가는 부분은, 경찰 A씨를 살해한 용의자를 추정할 단서가 하나도 없다는 것이다. A씨가 살해당한 은성구 가기동의 골목은 CCTV가 없을 뿐만 아니라, 그를 살해한 것이 확실한 흉기로부터 어떤 흔적도 발견하지 못했다는 과학수사대원의 증언이 의문에 의문을 더하고 있다.

 최근, 은성구 일대에는 범인의 흔적을 털끝만큼도 찾아볼 수 없는 사건이 연달아 벌어지고 있다. 본 기자는 십수 건에 달하는 사건들로부터 '용의자를 추정할 만한 단서가 단 하나도 발견되지 않았다'는 공통점과 더불어, '피해자는 모두 범법자'라는 공통점을 발견하여 지속적으로 이를 추적 중이다.

 A씨의 죽음은 하늘이 내린 권선징악일까? 아니면 희대의 기상천외한 연쇄살인범의 삐뚤어진 정의일까? 본 기자는 이 질문에 대한 답을 얻기 위해, 끝까지 추적을 계속할 예정이다.

은성데일리,

이세미 기자 semilee@eun***.co.kr

재우와 한울은 세미의 기사를 통해 죽은 경찰 A에 대한 조사에 착수했다. 그리고 조사 끝에, 기사의 내용대로 그가 피해자들에게 옳지 못한 언행을 서슴지 않고 행하는 경찰이었을 뿐만 아니라, 위아래로 뇌물을 주고받는 비리경찰이었다는 사실까지 알 수 있었다.

"날림 수사, 불성실 수사, 뇌물증여에 청탁… 피해자에 대한 폭언까지…. 아주 그냥 경찰 망신이란 망신은 골라서 시키는 인간이었네요."

재우는 말없이 고개를 끄덕였다.

"이런 말은 좀 그렇지만… 이런 인간은 솔직히 죽어도 싸다는 생각이 드는 것도 사실이에요. 선배님은 안 그러십니까? 피해자를 죽음으로 내모는 경찰이, 경찰이라고 할 수는 없는 거잖아요."

"넌 그런 적 없다고 자신할 수 있어?"

한울이 부아가 치밀어 오르는 목소리로 말하자, 재우가 착잡한 표정으로 물었다.

"…예? 뭐가 말입니까?"

한울이 그게 대체 무슨 소리냐는 표정으로 되물었다.

"경찰 일 하면서, 피해자들에게 단 한 번도 부적절한 말이나 행동을 한 적이 없다고 자신할 수 있냔 말이다."

한울은 순간 울컥하는 표정을 지었다가 잠시 자신의 지난날을 되돌아보듯 눈알을 굴렸다. 그리고 잠시 후, 당당한 표정으로 다시 입을 열었다.

"네, 전 아직 그런 적이 없습니다. 그런 일로 피해자들로부터 민원신고 받아 본 적도 없고요."

재우는 세상 당당한 한울을 보며, 피식 웃는 얼굴로 고개를 끄덕였다. 한울이 그런 재우를 향해 따지듯 물었다.

"아니, 그런 건 갑자기 왜 물으시는 건데요? 뭐, 제가 그럴 인간이라고 생각하신 겁니까? 아니면 설마… 선배님이 혹시 그러신 적 있으세요?"

한울의 질문에 재우는 침묵으로 답을 대신했다. 재우의 묵묵부답에 오히려 당황한 사람은 한울이었다. '그럴 리가 있겠냐'라는 답이 돌아올 줄 알고 농담으로 던진 질문에, 재우가 아무 답도 하지 않을 것이라고는 생각지 못했다.

"설마… 에이, 진짜로요?"

한울이 '부디 아니라고 해주세요'라는 표정으로 묻자, 재우는 옅은 미소를 띠며 입을 열었다.

"모르지. 그걸 누가 알겠어? 아무리 경찰로서 매 순간 피해자들에게 최선을 다한다고 하더라도… 그중 누군가는 내가 순간적으로 내뱉은 말이나 행동에 상처받았을지. 어쩌면 너무 솔직한 얘기일지도 모르지만… 나는 20년이라는 세월 동안 경찰 일을 해오면서, 결코 그렇게 살아오지 않았다고 자신 있게 말하지는 못할 것 같다. 물론 매 순간 최선을 다하기 위해 노력했지만…"

재우는 작게 한숨을 쉬며 모니터로 고개를 돌렸다. 마치 은퇴를 앞둔 노병이 지난날 자신의 과오에 대해 회한하듯이…. 그러나 한울은 그런 재우를 어처구니없다는 표정으로 쳐다보며 목소리를 높였다.

"모르시는 말씀 마세요! 그렇게 생각하신다면, 정말로 선배님은 누구보다 올곧은 삶을 살아왔다 말씀하셔도 되는 겁니다. 부끄럽게 살아온 인간들이야말로 나는 하늘을 우러러 한 점 부끄럼이 없다고 말하는 거죠! 자기들이 무슨 짓을 한지도 모르는 인간들이나 그렇게 세상 부끄러운 줄 모르고 떠들어대니까요."

한울의 위로 아닌 위로에 재우가 피식 웃으며 그를 쳐다보았다.

"너처럼 말이야? 너도 그런 적 없다고 아주 당당하게 얘기하던데?"

"저야 이제 겨우 반년 차를 겨우 넘긴 파릇파릇한 새싹이니까요. 제 나쁘지 않은 기억력으로 샅샅이 떠올려 보았지만, 아직 피해자분들께 그런 언행을 보인 적은 단 한 번도 없다고 자신 있게 말할 수 있습니다!"

재우가 크게 웃음을 터뜨리자 한울 또한 그런 재우를 보며 활짝 미소 지었다. 재우가 웃는 자세한 이유는 알 수 없었지만, 그 웃음이 자신을 향한 비웃음은 아님을 알 수 있었다. 한참 기분 좋게 웃던 재우는 한울에게 다가오더니 머리를 헝클어뜨리듯 쓰다듬었다.

"그래, 그대로만 쭉 커라."

한울의 생각대로, 재우는 20년 전 순경 시절의 한재우가 떠올랐다. 당당하게 선한 시민들을 돕고자 하는 열정으로 가득했던 그 시절…. 나쁜 놈을 잡기 위해서라면 칼에 맞는 한이 있더라도 두려움을 무릅쓰고 몸을 던지던 그 시절의 자신.

"이쪽으로 와봐."

재우는 한울에게 따라오라 손짓하며 자신의 컴퓨터 앞으로 돌아갔다. 재우를 따라간 한울의 눈에, 먼저 죽은 다른 두 경찰의 인적사항과 자료가 보였다.

"이세미 기자의 정보를 토대로 죽은 두 경찰의 행적을 조사해봤다. 그리고… 이전까지는 생각지 못했던 부분을 찾아냈지."

"그게 뭔데요?"

재우는 잠시 말을 멈추었다가 쫏- 혀를 차며 말했다.

"다른 두 경찰도… 세 번째로 죽은 경찰과 마찬가지로 경찰답지 못한 경찰이었어."

한울은 설마 하는 표정으로 재우의 컴퓨터 마우스를 집어 자료를 뒤지기 시작했다. 잠시 후, 재우의 말대로 다른 두 경찰 또한 죽은 이 씨와 마찬가지로 사건 수사 중 피해자들로부터 부적절한 언행을 했다는 민원신고를 적지 않게 받던 경찰들이라는 사실을 알 수 있었다.

"아니, 그러니까… 이 미친놈이 목표물로 삼는 경찰이 '피해자한테 함부로 하는 경찰'이라는 겁니까?"

"아무래도 지금까지의 행적으로 추론해 보자면, 놈은 범법자들과 부패경찰들을 목표물로 삼는다고 봐야 할 것 같다."

한울은 기가 막힌다는 표정으로 크게 한숨을 내쉬다가 무언가 떠오른 듯 자신을 가리켰다.

"그럼 저는요? 저는 왜 죽이려고 한 거죠? 전 아직 피해자들로부터 이런 민원접수가 들어온 적도 없는데요?"

뜬금없이 터진 한울의 예리함에 재우 또한 벙찐 표정이 되어 한울을 쳐다보았다.

한울의 말대로, 한울은 죽은 다른 경찰들과 달리 피해자들로부터 부적절한 언사나 행동과 관련된 민원신고를 당한 적이 없었다. 문제는 초능력 탐지기와도 같은 재강이 '한울을 찌른 칼의 주인과 다른 두 경찰을 살해한 범인은 동일범'이라는 사실을 검증해주었다는 것이다.

"너 혹시… 뭐 나쁜 짓 하고 다닌 거 있어?"

"아니, 얘기가 왜 그렇게 되는 겁니까? 저는 어디까지나 아픈 어머니 위해서 열심히 돈 벌러 뛰어다닌 죄 말고는 없다고요!"

잠시 한울을 날카롭게 쳐다보던 재우도 눈을 풀었다. 그가 보기에도 한울은 부패경찰과는 거리가 멀었다. 아직 알아내지 못한, 범인이 살해목표물을 정하는 또 다른 기준이 있다고 보는 것이 좀 더 설득력 있을 듯했다.

"그래…. 목표물로 삼는 기준에 아직 우리가 알지 못하는 다른 조건이 더 있을지도 모르지. 그럼 책상머리에 앉아 얘기하는 건 이쯤 하고, 각자 찢어져서 움직이기로 하자."

한울이 그건 또 무슨 뜬금없는 소리냐는 듯 물었다.

"엥? 갑자기요? 어디로 말입니까?"

"나는 우리가 용의자로 쫓다가 구해준 김재춘 씨를 만나볼 생각이다. 그사이 너는 네가 습격당했던 날, 현장 주변 CCTV들을 모조리 모아오도록 해. 혜원공원 때 겪어서 알겠지만, 거리가 꽤 떨어진 위치에 있는 카메라일지라도 현장 근처를 담았다면 모조리 긁어 와. 만약 거기서 혜원공원에 찍힌 사람과 동일범으로 보이는 인물을 발견할 수 있다면… 적어도 놈의 그림자 정도는 잡았다고 생각해도 되겠지."

※ ※ ※

차창 너머로 스산한 가로등 불빛이 이어졌다. 운전대를 잡은 한울의 손에 힘이 들어갔다. 잠시 전 재우의 말이 머릿속을 맴돌았다.

"넌 그런 적 없다고 자신할 수 있어?"

그 순간, 마음 한구석이 서늘하게 움찔거렸다. 자신은 늘 떳떳하다고 생각했지만, 과연 그럴까. 스스로에게 던져진 질문이었기에 더욱 도망칠 수 없었다. 그때, 한울에게 며칠 전 일이 떠올랐다.

회식 자리에서 해철의 전화를 받고 바에 갔던 날. 한울은 해철이 테이블 위로 던진 돈뭉치를 집어 들었었다. 그리고 해철을 불렀다.

"밖에서 얘기하자."

룸 밖으로 나온 한울은 해철과 함께 다른 룸으로 들어갔다. 힘겨운 듯 자리에 앉은 해철과 달리 한울은 옅은 조명 하나만 켜고는 선 채로 해철을 쳐다보았다. 그리고 아까 받았던 봉투를 해철 앞에 다시 던지듯 놓았다.

"이건 내가 받을 돈이 아냐."

해철의 표정이 굳었다. 한울은 단호한 눈빛으로 그를 바라봤다.

"그래, 나 돈 필요해. 하지만 아무리 돈이 궁해도 이런 돈은 받지 않는다. 네가 건네는 건 그냥 더럽기만 한 돈이 아니라, 앞으로 날 망칠 족쇄가 될 테니까. 지금까진 친구로서 널 도운 거였지만, 더는 그런 일 없을 거야. 오늘, 지금 이 순간부터 우린 끝이니까. 그리고 마지막으로 충고하는데…"

한울은 억지로 분노를 삭이며 단호한 목소리로 해철을 향해 말했다.

"선 넘지 마. 나한테도, 또 너 자신에게도."

해철은 얼굴이 붉어지며 이를 악물었다.

"너까지 설교냐? 결국 다들 똑같아. 네가 뭔데 날 가르치려 들어?"

"간다. 내가 구급차를 부르지 않는 건, 너에게 기회를 주는 거야. 물론, 넌 네 인생을 바로잡을 마지막 기회조차 날려버릴 테지만."

그 말과 함께 한울은 문을 박차고 나왔다. 발소리는 차갑게 복도를 울렸고, 한울이 나가고 난 후에도 해철은 방에서 한동안 나오지 않았다.

그날의 일을 떠올린 한울의 운전대를 잡은 손이 다시금 굳어졌다. 한울은 씁쓸하게 숨을 내쉬었다. 앞으로 어떤 길이 펼쳐질지 알 수는 없지만, 결정적인 순간, 적어도 의도적으로는 해선 안 되는 선택 앞에 굴복하지 않겠다고 다짐하면서.

그 순간, 생각의 끝자락에서 한울의 머릿속에 아차 싶게 스치는 장면이 있었다. 그날 바에서 방을 나서던 순간, 스쳐 지나간 한 남자의 옆모습. 어디선가 본 듯한 얼굴이었다는 게 떠오른 것이다.

'누구였지.'

한울은 짧게 고개를 갸웃거렸다. 어쩐지, 알 수 없는 기시

감이 등에 서늘하게 맺혔다.

* * *

오후 2시 경 / 은성구 우회(雨懷)동 어느 카페

 재우는 김재춘 씨의 동네에 있는 카페에 자리를 잡고 앉았다. 재우가 김 씨에게 '몇 가지 물어볼 것이 있어 만나고자 한다'며 연락을 취하자, 그는 반색하며 '기꺼이 응하겠다' 답한 것이다. 다만 김 씨는 '점심시간까지는 일정이 잡혀 시간이 안 되니 2시쯤 우리 동네에 있는 카페에서 만나면 좋겠다'며 재우에게 찾아와주기를 부탁했다.
 "형사님!"
 잠시 후, 카페 안으로 들어온 김 씨가 활짝 웃으며 재우를 향해 다가왔다.
 "늦어서 죄송합니다, 형사님."
 "아닙니다, 저도 지금 왔습니다."
 김 씨는 일단 주문부터 하자며, 재우에게 메뉴를 물었다.
 "제가 사겠습니다. 제가 만나 뵙고 싶다고 부탁드린 거니까요."
 "어휴, 무슨 말씀이십니까! 그날 형사님들 아니었으면 저는 지금 이 자리에 없었을지도 모르는데요. 생명의 은인께 겨우 차 한 잔 대접하는 거니 편히 받아주십쇼."

재우는 극구 자신이 사겠다는 김 씨를 이기지 못하고 따뜻한 아메리카노를 부탁했다. 잠시 후, 김 씨는 주문한 음료와 커다란 호두파이 하나를 들고 자리로 돌아왔다.

"아, 혹시 견과류 알레르기 같은 거 있으신 건 아니죠? 여기 호두파이가 정말 맛있어서 맛보여 드리고 싶은 마음에 시켰는데…."

김 씨가 뒤늦게 떠올랐다는 표정으로 묻자, 재우는 씩 미소 지으며 고개를 가로저었다.

"그런 거 없습니다. 잘 먹겠습니다."

재우는 김 씨가 사온 호두파이를 한 입 먹은 뒤 본격적으로 질문을 시작했다.

"평소 회식이 좀 잦으신 편입니까?"

"아, 예. 아무래도 하는 일이 영업직이다 보니… 이래저래 알게 된 사람들과도 자주 하고 같은 영업사원들끼리도 자주 하고 그럽니다."

김 씨가 민망하다는 듯 머리를 긁적이며 답했다.

"혹시 얼마 전, 혜원공원에 들르신 적 있으신가요?"

"네? 혜원공원이요? 그게 어디 있는 공원이죠?"

"은성구 대익동에 있는 공원입니다."

김 씨는 기억을 떠올려보려는 듯, 인상을 찌푸리며 잠시 재우의 말을 곱씹었다.

"시간은 밤 11시 즈음이었습니다. 기억 안 나십니까?"

"…죄송하지만 정말로 기억이 안 납니다. 제가 그날 그 공원에 간 게 확실한가요?"

재우는 전혀 기억이 나지 않는다는 김 씨를 위해 준비한 영상을 휴대폰으로 보여주었다. 재우와 한울이 공원 CCTV를 통해 찾아낸, 김 씨의 차와 의문의 사내가 찍힌 공원 입구 영상이었다.

"어? 이 차는 제 차가 맞는데요?"

김 씨는 자신의 차가 영상에 나타나자 크게 놀라 소리쳤다. 재우는 그런 김 씨를 보며, 영상에 찍힌 누군가가 적어도 차의 주인인 김재춘 씨는 아님을 확신할 수 있었다.

"그럼 혹시, 최근에 차를 빌려주었거나 도난당하신 적 있으십니까?"

"아뇨, 그런 적 없…. 어? 이 사람…!"

재우의 질문에 아니라고 답하던 김 씨가 운전석에서 내린 남자를 향해 손가락질을 했다.

"이 사람, 이날 불렀던 대리기사인 것 같은데요?"

"대리기사요?"

"네, 영상을 보니 어렴풋이 기억이 납니다. 이날도 회식이 있어서 대리를 불렀어요. 정말 많이 취해서 집에 도착한 뒤에야 겨우 정신이 들었는데…. 아니, 왜 혜원공원을 들렀다가 간 거지? 이 사람, 대체 뭐 하는 사람입니까?"

김 씨는 자기도 모르는 사이 대리기사가 차를 끌고 공원에 갔단 사실을 알게 되자 격분했다. 재우는 그런 김 씨를 진정시키며, 다시 질문을 이어갔다.

"이 대리기사에 대해 뭔가 생각나는 건 없으신가요? 혹시 대리 비용을 계좌로 넣어줬다던가…."

"정말, 정말 죄송합니다. 진짜 제가 어지간해서는 그 정도로 취하지 않는데…. 정말 저 날은 돈을 제대로 주기는 했는지조차 기억이 안 납니다. 그나저나 이 새끼 웃기는 새끼네? 아, 어쩐지! 다음 날 기름통이 텅텅 비어 있더라니…!"

저녁 7시 경 / 언레코더블 수사본부

재우는 생각에 잠긴 채 책상 앞에 앉아 볼펜을 딸깍거리고 있었다. 그때, 비밀번호 누르는 소리가 들리고 한울이 본부 안으로 들어왔다.

"다녀왔습니다."

"잘 찾아왔어?"

"네! 어휴, 기록 받아내는 것보다 카메라 찾는 게 더 힘들었습니다. 제가 당한 골목을 촬영한 CCTV가 몇 대 없더라고요. 안 되겠다 싶어서 그 시간에 근처에 찍힌 차량들은 모조리 찾아 블랙박스 영상들까지 싹 긁어왔습니다."

묵직한 가방을 자랑스럽게 내미는 한울을 본 재우가 장하다는 듯 어깨를 토닥였다.

"고생했다. 밥 먹으면서 뒤져보자."

재우와 한울은 편의점 도시락을 먹으며 영상물들을 나눠 보기 시작했다. 한울이 긁어온 영상물은 총 12개로 CCTV가 4개, 차량 블랙박스가 8개였다.

"너, 이 블랙박스 영상들은 어떻게 가져왔어? 뭐라고 하고 협조받았어?"

"거기 골목에서 도망친 소매치기 잡는 중이라고요. 혹시 영상에 찍힌 걸로 잡게 되면 포상금 주겠다고 하고 받아왔습니다."

한울의 말을 들은 재우는 푸하하! 웃음을 터뜨렸다. 불과 며칠 만에 능청스러움을 한 단계 업그레이드시킨 후배가 기특했다.

"짜식이, 어디서 안 좋은 것만 배워선."

한울은 재우의 농담에 싱긋 얄미운 미소를 짓는 것으로 답을 대신하고 다시 CCTV에 집중했다. 영상을 살피는 데에는 그리 오랜 시간이 걸리지 않았다. 영상의 개수도 혜원공원 때에 비하면 절반 수준이었을 뿐만 아니라, 살펴볼 구간 역시 한울이 습격을 당한 시각 위주로만 보면 되었기 때문이다.

"…어?!"

"뭐야, 찾았어?"

이번에도 뭔가를 찾아낸 사람은 한울이었다. 한울은 자신이 습격당한 골목 근처를 찍은 블랙박스 영상 속에서, 인적이 드문 길가에 세워져 있던 택시 한 대를 찾아낸 것이다. 한울이 찾아낸 영상 속에는 한울이 습격당한 골목 앞에 서 있던 한 남자가 길가에 세워둔 택시 운전석에 올라 사라지는 모습이 고스란히 담겨 있었다. 상당한 거리를 두고 찍힌 것이긴 했지만, 두 형사는 본능적으로 영상 속 남자가 혜원공원의 그놈과 동일인이라는 느낌을 받았다. 영상 속 남자는, 혜원공원에서 찍힌 남자가 보인 것과 매우 유사한 손동작을 보이고 있었다. 왼손으로 오른손을 잡고, 가슴으로 올렸다가 내리는 동작을….

"이거, 좀 더 확대할 수는 없는 거야? 차량번호가 제대로 안 보이는데?"

"거리가 상당해서…. 아무래도 이 상태로 번호 식별하기는 쉽지 않을 것 같은데요."

영상에는 길가를 떠나는 택시의 뒷모습이 찍히긴 했지만, 워낙 먼 거리에서 찍힌 영상이라 택시의 번호를 제대로 알아보기가 어려웠다. 한울이 어떻게든 번호를 알아내고자 영상을 이렇게 저렇게 만져보던 그때, 재우가 자리에서 일어나 외투를 챙겨들었다.

"일어나. 잠깐 바람 쐴 겸 나갔다 오자."

"네? 갑자기 어딜요?"

"어디긴 어디야? 이런 건 전문가한테 가져가야지."

※ ※ ※

저녁 9시경 / 재우의 단골 수리점 '픽스픽스'

차에서 내린 재우와 한울은 컴퓨터 수리점을 향해 걸어갔다. 일전의 '상포동 성곽마을' 사건으로 찾아왔던, '픽스픽스'였다. 한울이 불이 꺼진 가게 안을 쳐다보며 말했다.

"퇴근하신 것 같은데요?"

그때, 재우가 가게 문 앞으로 다가가더니 바위 같은 주먹을 들어올렸다. 그러곤 한울이 말릴 새도 없이 쿵쿵 가게 문을 두들기기 시작했다.

"선배님! 왜 이러세요!"

놀란 한울이 말렸지만, 재우는 주먹질을 멈추지 않았다.

"선배님!"

놀란 한울이 재우에게 소리치던 그때, 거짓말처럼 불 꺼진 가게의 문이 열리더니 누군가 모습을 드러냈다. 스크래치를 넣은 반삭 머리에 검은색 뿔테안경을 쓴, 픽스픽스의 사장이었다.

"새끼가. 안에 있으면서 왜 안 나와?"

눈을 부라리며 말하는 재우를 본 사장이 크게 한숨을 내쉬었다. 재우는 그런 사장을 지나쳐 가게 안으로 들어가더니 꺼진 불을 켰다.

"형사님. 아무리 제가 누구 밑에서 일하지 않는 자영업자고, 또 전에 형사님께 신세 진 것도 있다지만…."

가게 문을 닫은 사장이 재우를 보며 말했다. 그러나 재우는 사장의 말을 잘라버리며 USB를 내밀었다.

"응, 맞아. 그래서 너 지금 이러고 있는 거야. 그러니까 잔말 말고 얼른 이리 와, 인마."

"아니, 아무리 그래도 그렇지. 밤 9시에 연락도 없이 찾아와서 다짜고짜 일거리 들이미시는 건 아니죠! 저도 엄연히 생활이라는 게 있는데…."

사장이 재우를 째려보며 항변하자 순간 재우의 얼굴이 호랑이처럼 일그러졌다.

"그 생활, 누구 덕에 누리고 있는데? 나 아니었으면 아직도 감방 안에서 몇 년이나 남았는지 세고 있었을 놈이. 지금이라도 다시 그렇게 만들어 줄까?"

재우의 묵직한 일격에 사장의 표정이 얼음처럼 굳었다. 그는 '눈앞의 한재우 형사는 정말로 그럴 수 있는 사람이다'라는 데에 생각이 미친 듯, 허둥지둥 테이블 위 초코바 두 개를 집어 더없이 공손한 자세로 재우에게 내밀었다.

"형사님. 바쁘실 텐데 여기까지 오시게 만들어 죄송합니다. 이거라도 좀 드시면서 기다리시죠. 최대한 빨리 해결해

드리겠습니다."

※ ※ ※

잠시 후, 픽스픽스 사장으로부터 택시 번호를 받아낸 재우와 한울은 가벼운 발걸음으로 가게를 빠져나왔다.

"저 사장님하고는 또 무슨 인연이신 겁니까? 무슨 죄로 감방 안에 있으셔야 했기에 저렇게 돌변해요?"

"얘기하자면 길다. 그 썰은 나중에 풀기로 하고…. 번호 다시 얘기해 봐."

한울은 은근슬쩍 넘어가는 재우를 '쳇' 하는 얼굴로 보고는 손에 쥔 종이쪽지에 적힌 번호를 읊었다.

"서울 4*아47**'이요."

"개인택시라…. 이거 원, 또 주소지로 찾아가야 하나…"

쯧- 혀를 차며 중얼거리는 재우의 말에 한울이 눈을 휘둥그레 뜨며 물었다.

"엥? 그걸 어떻게 아세요? 번호만 보고 개인택시인지 법인택시인지 알 수 있는 겁니까?"

"몰랐어? 1000번대부터 3000번대까지의 번호는 법인택시, 4000번대 이후 번호대는 개인택시가 사용한다는 거."

한울은 별것도 아니라는 듯 말하는 재우를 보며 기가 막힌다는 표정을 지었다.

"택시기사로 부업이라도 하셨나…. 진짜 별걸 다 아시네요."

재우는 고개를 절레절레 흔드는 한울에게 몇 마디를 더 덧붙였다.

"그럼 알아두는 김에 이것도 알아둬라. 택시번호판 한글기호에는 딱 네 글자, '아' '바' '사' '자'만 들어간다는 거. 번호판 색이 아무리 영업용 택시를 뜻하는 노란색일지라도, 만약 '아바사자' 중 하나가 아니라 다른 한글 기호가 들어가 있다면 그건 가짜 택시야. 그래서 한때 가짜 택시를 조심하기 위해 '아빠사자'를 외우자는 유행이 돌기도 했지. 나중에 애인이라도 생기면 꼭 알려줘라."

오전 10시경 / 서울시 화곡동 어느 빌라촌

다음 날, 재우와 한울은 '4*아47**' 택시 운전사인 박상철 씨를 만나기 위해 연락을 취했다. 50대인 택시기사 박 씨는 형사들의 연락에 '몸 상태가 좋지 않아 일을 쉬는 중'이라며, 물어볼 것이 있다면 거주지로 찾아와달라 요청했다. 그가 사는 곳은 화곡동의 어느 빌라촌에 있는 오래된 연식의 빌라였다.

"확실하군."

빌라 건물 아래 도착한 재우가 중얼거렸다. 빌라의 주차장에는 블랙박스 영상에서 확인된 '4*아47**' 택시가 보란 듯이 주차되어 있었다.

"이 사람이 정말 절 찌른 용의자일까요?"

한울이 머리를 긁적이며 물었다. 아무리 생각해도 50대 남성인 박 씨가 혜원공원 CCTV와 돈왕궁 근처 블랙박스 속 남자와 동일인일 것이라는 생각이 들지 않았기 때문이다.

"의심은 해봐야지. 아직 범인이 아니라고 확신할 수는 없으니까."

두 형사는 건물 안으로 들어가 박 씨의 호수로 향했다. 잠시 후, 박 씨의 집 문을 두드리자 빼빼 마른 몸을 가진 50대 남성이 모습을 드러냈다.

"안녕하세요, 전화 드렸던 서울경찰청 한재우 경위입니다."

"같은 소속, 지한울 경사입니다."

"아, 예…. 안으로 들어오시죠."

박 씨는 떨떠름한 얼굴로 두 형사를 맞이했다. 재우는 그를 따라 들어가며 찬찬히 집 안을 살펴보았다. 여성과 관련된 옷가지나 용품이 하나도 보이지 않는 것으로 보아, 박 씨는 결혼을 하지 않았거나 했더라도 별거 혹은 이혼한 듯했다.

"제 택시에 대해 물어보실 게 있다고 하셨는데…. 뭐가 궁

금하신 건지…?"

박 씨가 플라스틱 잔 두 개에 오렌지주스를 담아오며 물었다. 재우는 주스가 든 컵을 받아들며 고개를 끄덕이는 것으로 감사를 표한 뒤, 박 씨의 질문에 답했다.

"네, 몇 가지 알아봐야 할 것이 있어 이렇게 찾아뵙게 됐습니다. 편찮아 보이시니 빨리 여쭤보고 가도록 하죠. 일주일 전인 지난 ○월 ○일 밤, 택시 운행을 하셨습니까?"

"○월 ○일이요? 아뇨, 못했습니다만…. 왜 그러십니까?"

"어떻게 그렇게 즉답하시죠? 아무리 일주일 전이라곤 해도 근무 스케줄 정도는 확인해보셔야 하는 것 아닌가요?"

한울이 달력 한 번 보지 않고 바로 답하는 박 씨를 노려보며 물었다. 아무래도 칼에 찔린 장본인이다 보니 저도 모르게 예민함이 묻어나오는 듯했다.

"그야… 제가 2주째 일을 쉬고 있으니까요."

"…으에?"

생각지도 못한 답에 살짝 당황한 듯, 한울의 입에서 정체불명의 말이 튀어나왔다.

"그럼 지난 2주일 동안 전혀 택시운행을 못 했다는 말씀이십니까?"

"네, 이놈의 감기가 얼마나 독한지…. 걸린 지 한 달이 다 되어가는 데도 낫지를 않아요. 나 같은 택시기사들은 무조건 일을 나가야 하는데…."

박 씨는 낫지 않는 병세가 답답한 듯 깊은 한숨을 내쉬었다.

"정 안 되면 약 드시고 나가면 되는 거 아닌가요?"

한울이 식탁 위에 놓인 약봉지를 보며 물었다. 그러자 재우와 박 씨가 동시에 한울을 빤히 쳐다보았다.

"왜 그러세요?"

"너… 경찰 맞아?"

"이보세요, 젊은 형사님. 경찰 맞으십니까?"

한울은 황당하다는 얼굴로 묻는 두 어른의 질문에 당황해 얼굴이 새빨개졌다.

"아니, 왜요? 약 먹고 운전하면! 뭐?! 안 되는 겁니까?"

한울은 '내가 뭘 잘못 말했냐'는 듯 붉어진 얼굴로 반문했다. 그리고 이내, 얼굴에 불이라도 붙은 듯한 느낌을 받으며 입을 꾹 다물었다.

"아니, 경찰이라는 양반이 정말 그걸 모른단 말이요?"

"지 경사. 택시기사들은 감기약을 복용하면 운전을 할 수 없어. 감기약이 음주운전이랑 동일하게 취급되거든. 뭐 교통계가 아니라 강력계니 모를 수도 있긴 하다만…."

재우는 박 씨를 대신해서 '택시기사가 감기약을 먹고 운전을 할 수 없는 이유'를 알려준 뒤, 박 씨에게 미안하다는 듯 고개를 살짝 숙였다.

"죄송합니다. 이 친구가 아직 미숙한 부분이 좀 있습니다.

그럼 다시 원래 얘기로 돌아가서…. 그날은 감기로 고생 중이던 때라 택시 운전을 전혀 못 하셨다는 얘기죠?"

"맞습니다."

"잠시… 이 영상 좀 봐주시겠습니까?"

재우는 김재춘 씨 때와 마찬가지로, 박 씨의 택시가 찍힌 영상을 휴대폰으로 보여주었다.

"어? 이거 내 택시인데? 이게 어딥니까?"

"말씀드렸던 그 날, 마포구 돈왕궁이라는 고깃집 근처에서 찍힌 겁니다."

"말도 안 됩니다…! 어떻게…?"

박 씨는 퍼뜩 뭔가가 떠오른 듯 탁! 하고 자신의 무릎을 때렸다.

"그러고 보니… 얼마 전에 택시 스페어 키가 사라졌네요!"

"뭐라고요…?"

재우와 한울은 기가 찬다는 얼굴로 박 씨를 쳐다보았다. 그의 말이 사실이라면 용의자는 김재춘 씨의 차를 몰고 범죄를 저질렀듯, 다른 사람의 차를 훔쳐 타고 다니며 살인을 저지르고 다닌다는 얘기였다.

"늘 두던 곳에 안 보이기에 어디서 잊어버렸나 보다 했는데…. 그게 도둑놈이 훔쳐 간 모양입니다. 그렇지 않고서야 제 택시가 저기서 찍힐 리 없어요! 떠올려 보니 보여주신 영상 속 그날은 제가 약에 취해 집에서 온종일 곯아떨어졌던 날입니다. 병원에서 처방받은 일주일 치 약을 다 먹었는데도 낫지를 않아서 더 독한 약을 새로 받아온 날이었어요. 이 도둑놈이 그날 제 택시를 훔쳐서는 타고 다녔나 봅니다!"

박 씨는 분한 듯, 재우가 보여준 영상을 다시 돌려보았다.

"그런데 이놈, 뭐 하는 겁니까? 손을 왜 저렇게 올렸다 내렸다 하는 거예요?"

"죄송합니다만… 저희도 아직 그것까진 모르겠습니다."

순간, 박 씨를 따라 영상을 보던 재우가 눈살을 찌푸렸다. 이상하게도 영상 속 남자의 행동이, 그가 알고 있는 행동 같았기 때문이다.

"왜 그러세요?"

떠오르지 않는 기억을 긁어대던 재우는 한울의 질문에 고개를 돌렸다.

"아, 아니야. 그럼 저희는 이만 일어나 보겠습니다. 뭐라도 나오게 되면 연락드리겠습니다. 협조해주셔서 감사합니다."

※ ※ ※

재우와 한울은 박 씨의 증언을 토대로 혹시나 정체불명의 용의자가 '4*아47**' 택시에 올라 빌라촌을 빠져나가는 장면이 있진 않을까 동네 CCTV를 찾아다녔다. 그러나 해당 빌라촌에 있는 CCTV들 중 절반은 작동하지 않는 장식용이었고, 나머지 절반 중 대부분은 박 씨의 빌라가 아닌 다른 길목들에 배치되어 있었다. 몇 시간 동안 발품을 판 끝에 두 형사가 건진 영상이라곤, 저 멀리 박 씨가 거주 중인 빌라 건물 근처에서 '4*아47**' 택시가 동네를 떠나는 뒷모습이 찍힌 것이 전부였다.

"어찌 됐든… 한 가지는 확실해졌군. 놈은 다른 사람의 차를 타고 다니면서 범법자와 경찰들을 죽이고 다닌다는 거야."

"대체 기준이 뭘까요? 범법자들이나 부패경찰이야 그렇다 치고. 대체 저는 왜…?"

한울은 여전히 자신을 죽이려 든 것이 이해가 되지 않는다는 듯, 신경질적으로 머리를 벅벅 긁어대며 말했다. 잠시 운전석 너머를 지그시 노려보던 재우가 생각에 잠긴 얼굴로 입을 열었다.

"…어이, 지한울이. 경찰이란 어떤 사람이어야 한다고 생각해?"

"그건 갑자기 뭔 소리세요? 뭐, 이번 기회에 우리 스스로를 한번 되돌아보자! 그런 질문이세요?"

한울은 아무것도 없는 허공을 노려보는 재우를 향해 '뭔 소크라테스 같은 소리냐'는 표정으로 되물었다. 재우는 그런 한울을 쳐다보며 한숨을 내쉰 뒤, 자신의 질문을 조금 더 풀어 다시 전달했다.

"인마. 내 말은 경찰 입장에서가 아니라, 일반인들의 입장에서 '경찰은 어떤 사람이어야겠냐'는 거야. 일반인들이 생각하기에 경찰은, 어떤 사람이어야 할까?"

한울은 눈알을 굴리며, 떠오르는 대로 답을 읊기 시작했다.

"음… 시민들을 위해 뛰어다니고, 봉사하고 희생하며…."

"세 개 다 비슷한 소리 아니야? 좀 더 구체적으로 읊어봐."

"음… 신고하면 바로 뛰어오고…. 위험한 순간에는 시민들 대신 몸 던져 보호해주고…. 게으르지 않고…. 친절하고…. 돈 같은 거 밝히지 않고…."

순간, 한울은 자신이 말해놓고 무언가를 깨달은 듯 커다래진 눈으로 재우를 쳐다보았다. 재우 또한 그런 한울을 마주 보며 같은 생각을 떠올렸다. 두 사람이 처음 만났던 날, 아무렇지 않게 스스로를 돈미새(돈에 미친새끼)라 얘기하던 한울을….

"설마 너… 돈 때문에 경찰한다는 얘기 같은 거 여기저기서 떠벌리고 다닌 건 아니지?"

재우의 질문에 한울은 입을 오므렸다. 강력계로 오기 전부터 별생각 없이 '나는 돈 벌려고 경찰하는 거다'라는 이야기를 하고 다닌 게 사실이었다. 재우는 혀를 차며 유구무언인 한울을 향해 입을 열었다.

"찾았네. 네놈이 칼 맞은 이유."

재우는 고개를 절레절레 흔들며 렉서스를 출발시켰다. 잠시 후, 입에 자물쇠를 채우고 있던 한울이 억울하다는 표정으로 허벅지를 내리치며 소리쳤다.

"아니! 경찰은 사람도 아닙니까? 세상에 자기 생각은 하나도 안 하고 그저 올바르기만 한 경찰이 어디 있겠냐고요, 안 그래요?"

"어이, 지 경사. 네 말은 지금 그렇지 않은 경찰들을 깎아내리는 소리다. 싸잡아서 싸구려로 만들지 마."

재우는 억울하다는 듯 역정을 내는 한울을 힐긋 쳐다보며 말했다. 그러나 한울은 여전히 자신의 주장을 굽히지 않고 소리쳤다.

"아니, 그렇잖아요! 선배님은 뭐 안 그러셨습니까? 경찰 시작한 순간부터 지금까지 쭉 정의롭고 올바르기만 하셨어요? 오직 피해자만을 위해 모든 걸 바치는, 그런 경찰로 살아오셨냐고요!"

한울을 꾸짖으려던 재우의 머릿속에 무언가 스쳐지나갔다. 한울의 이야기처럼 정의롭고 올바르기만 했던, 오직 피해자를 위해서라면 칼 앞에도 일말의 망설임 없이 몸을 던지던 경찰이 떠오른 것이다! 그건 바로, 20년 전의 한재우 순경이었다. 그리고 그 순간, 조금 전까지만 하더라도 전혀 떠오르지 않던 기억이 그의 머릿속에 떠올랐다. 다름 아닌….

영상 속 남자가 보여준 의문의 손동작에 대한 기억이….

09

오후 4시 경 / 은성구 대익역 근처

 "왜 아까부터 아무 말씀이 없으세요? 뭔가 잡히는 게 있으신 겁니까?"

 한울은 답답하다는 얼굴로 재우를 향해 다그쳤다. 화곡동을 떠난 지 얼마 되지 않은 시점부터 재우는 뭔가 골몰하게 생각에 잠긴 듯 말이 없었다. 잠시 후, 재우는 대익역 근처에서 차를 세우고 한울을 쳐다보았다.

 "내려. 여기서부턴 각자 움직이자."

 "…예?"

 한울이 명령하듯 말하는 재우를 어벙한 얼굴로 마주 보며 되물었다.

 "내리라고. 난 어디 좀 다녀와야겠다."

"아니, 어딘진 몰라도 같이 가시면 되죠. 저는 못 갈 곳에라도 가시는 겁니까?"

한울이 굳이 자신을 떼어놓고 갈 필요가 있냐고 반박했지만, 재우는 단호한 표정으로 재차 명령을 내렸다.

"지 형사, 넌 지금부터 이세미 기자에 대해 알아본다. 아무래도 그 여자, 위험한 짓 하고 다닐 것 같거든. 단순히 신상만 파악할 게 아니라, 그 여자가 썼던 기사들도 찾아보면서 눈이 가는 게 있으면 긁어모아 보고하도록 해."

재우는 그 말을 끝으로 한울을 차에서 내몰듯 내리게 했다. 한울은 도무지 그런 재우가 이해되지 않는다는 표정으로 조수석 창문에 얼굴을 집어넣었다.

"함부로 우리 일에 엮이게 하면 안 된다 그러시고선 갑자기요? 선배님은 대체 어딜 다녀오시려고 이러시는 건데요?"

"나는…."

재우는 잠시 말끝을 흐리며, 운전대를 잡고 있는 왼손의 흉터를 노려보았다. 화곡동 빌라촌을 떠난 뒤 한울과 이야기를 나누지 못한 이유도 이 때문이었다. 초짜 순경 한재우가 강도로부터 어린아이를 구해주었던… 20년 전 그날의 기억이 새벽안개처럼 피어올라 머릿속을 가득 채우고 있었다.

'설마… 아니야, 하지만 그건 분명히….'

순간, 짝! 하고 들려온 박수 소리에 재우는 안개 속을 빠져나왔다. 한울이 조수석 안으로 몸을 반쯤 집어넣은 채, 재우의 곁에서 크게 박수를 친 것이다.

"선배님. 아니, 한재우 경위님."

재우는 정신을 차리고 고개를 돌렸다. 한울이 '이건 아니지 않습니까?' 하는 얼굴로 그를 쳐다보고 있었다.

"저요. 한 경위님 파트너 아닙니까? 이 사건 담당 형사라곤 우리 둘밖에 없는데. 계속 그렇게 아무것도 공유 안 하고 명령만 하실 거냐고요. 이러려고 저 여기 부서로 데려오신 겁니까? 경찰은 기본이 2인 1조인데, 그런 기본 원칙까지 깨면서 이러시는 데에는 뭔가 이유가 있을 거 아닙니까. 그럼 당연히 저한테도 공유를 해주셔야 제가 납득을 하죠. 안 그렇습니까?"

재우의 얼굴에 옅은 미소가 떠올랐다. 파트너의 지극히 합당한 분노를 통해 그는 자신이 혼자가 아니라는 사실을, 결코 기록될 수 없는 이면의 세계에 함께 걸을 동료가 있다는 사실을 실감할 수 있었다. 재우는 정중하게, 파트너 대 파트너로서 한울에게 사과를 건넸다.

"미안하다. 내가 생각이 너무 멀리 가서 제대로 된 얘기를 못 해준 게 사실이야. 사과하마."

즉시 잘못을 인정하고 사과하는 재우의 모습에 한울은 얼른 표정을 풀었다.

"진작 그러실 것이지. 자, 그럼 얼른 얘기해주세요. 대체 뭐가 선배님 생각을 저 멀리 목성까지 날아가게 만든 겁니까?"

"자세한 얘기는 나중에 본부에서 해주마. 일단은… 아무래도 확인을 좀 해봐야 할 것 같다."

한울은 사과만 했을 뿐 달라진 건 하나도 없는 재우의 말에 어처구니없다는 표정을 지었다.

"…네? 아니, 그게 대체 무슨!"

재우는 단호히 핸들을 꺾어 인도로부터 차를 떼어냈다. 조금 전 한울에게 이야기했듯 우선은 확인이 필요했다. 그저 우연히 떠오른 것이길 바라는 이 직감이, 사실이든 아니든 확실해져야만 이야기할 수 있을 것 같았다. 재우는 한울을 두고 떠나며 차창 밖을 향해 소리쳤다.

"나중에 다 얘기해주마! 그럼 이따 본부에서 보자!"

* * *

오후 5시 경 / 언레코더블 수사본부

재우는 한울과 헤어진 뒤, 곧장 본부로 돌아와 컴퓨터 자판을 두들기고 있었다. 그는 경찰 데이터베이스와 인터넷을 통해 누군가에 대한 정보를 찾는 데에 몰두하는 중이었다. 바로 20년 전 그가 구해주었던 그 아이, 윤혁에 대해서…. 잠시 후, 그는 원하던 정보를 찾은 듯 손을 멈추고 모니터를 뚫어져라 쳐다보았다.

[작가들과 독자들이 뽑은 올해의 삽화가 윤혁... 생애 첫 팬미팅 진행!]

올해 스릴러 장르 부문 최대 매출을 기록한 소설, '검은 늪의 개구리' 표지 디자인과 삽화를 맡은 윤혁 작가가 생애 첫 팬미팅을 개최한다. 삽화가로서는 대한민국 출판계에서 이례적일 정도로 두터운 팬덤을 가지고 있는 윤 작가는, 일찍부터 다양한 분야에서 뛰어난 디자인과 삽화를 선보인 것으로 유명하다.

윤 작가의 그림이 특히 빛을 발한 장르는 스릴러로, 첫 작업물이었던 스릴러 '192X 경성, 피바람의 시대'를 시작으로 작업한 작품마다 예술적이면서도 섬뜩한 그림을 선보여 두터운 팬층을 확보했다.

독자들은 윤 작가의 삽화를 보며 '글자가 생생하게 살아 움직여 이미지를 토해내는 듯한 느낌'을 받는다고 말하곤 한다. '검은 그림, 그 깊은 곳에 보이지 않는 검은 심장이 뛰고 있는 것 같다'는 감상평과 함께 '○○문고 올해의 삽화가'에 선정된 윤혁 작가. 그는 수만 명에 달하는 팬들의 요청에 답하고자, 다가오는 X월 X일 강원도의 한 북카페에서 팬미팅을 열 예정이다. 다만 첫 미팅인 만큼 참가 인원의 수는 극히 제한적인 스무 명으로, 팬미팅에 참여할 수 있는 팬의 수는 차츰 늘려갈 예정이라 밝혔다.

✱✱✱

다음 날, 오전 11시 경 / 강원도 양양군, 북카페 제8요일

 2층에 달하는 높이로 천장까지 닿을 만큼 커다란 책장과 책으로 가득한 북카페, '제8요일'에는 30명 정도의 사람들이 무리를 이뤄 크게 한 자리를 차지한 채 떠들어대고 있었다. 작가 윤혁을 기다리는 팬들과 사회자였다. 그들은 외벽이 통짜 유리로 이루어진 카페 밖을 수시로 돌아보며, 이 자리의 주인공이 나타나기를 애타게 기다리고 있었다. 그리고 그런 그들을, 누군가 지켜보고 있었다.

 호로록-

 카페 구석자리에 앉아 무리를 지켜보던 재우는 앞에 놓인 아메리카노를 한 모금 마시고 내려놓았다. 기사대로라면 조만간 녀석이 나타날 터였다. 이 카페에서 이루어질 팬미팅의 주인공이자, 20년 전 강도살인 사건에서 목숨을 건졌던 피해자 윤혁이…. 그때, 재우의 코트 속 핸드폰이 진동했다.

 [선배님, 어디십니까? 밤에 왔더니 본부에 안 계시던데요?]
 [선배님, 제 문자 무시하시면 저 진짜 위치 추적해서 갑니다?]
 [선배님! 어디서 또 노숙하고 계신 거 아니죠?]

재우는 우다다 몰아붙이는 한울의 메시지를 보다 피식 웃었다. 명령만 내리고 떠나버린 선배가 본부에서도 보이지 않으니 걱정된 모양이었다.

[이따 보자. 연락할게.]

재우는 한울에게 짧은 메시지를 보낸 뒤, 휴대폰을 품에 넣었다. 그때 누군가 깜짝 놀란 목소리로 소리쳤다.
"…어? 저분, 작가님 아니세요?"
카페 문 근처로 기다란 그림자가 보였다. 그 순간, 재우의 가슴 깊숙한 곳으로부터 둥-둥- 북소리가 울리기 시작했다. 그림자의 주인이 카페와 가까워질수록, 재우의 속에서 들려오는 북소리도 더 빨라지기 시작했다.
남자는 카페 앞에 멈춰서더니 왼손으로 오른손목을 감싸 쥐었다. 그러곤 두 손을 가슴 중앙까지 올렸다. 하나… 둘…. 남자의 두 손이 아래로 떨어지듯 내려왔다.

"그렇지. 그렇게 숨을 짧게 참았다가 손을 풀지 않고 그대로 내리는 거야."

재우의 머릿속에, 20년 전 재우의 목소리가 들려왔다. 카페 밖에 서있던 남자가 문을 밀었다. 카페 안으로 들어온 남자는 자신을 기다리는 인파를 보더니, 다시 왼손으로 오른손 목을 잡았다. 그리고 하나… 둘… 후….

재우는 저도 모르게 왼손을 힘껏 움켜쥐었다. 당장이라도 피가 뿜어오를 듯 꿈틀거리는 흉터가, 지금 나타난 저 남자가 20년 전 그 아이라 외쳐대고 있었다. 20년 전 그가 직접 구해준 아이…. 눈앞의 저 동작을 직접 가르쳐준, 그 아이라고….

※ ※ ※

작가 윤혁의 팬미팅은 남성 사회자의 주도하에 순조롭게 진행되었다. 혁을 중심으로 둘러앉은 팬들은 사회자의 진행에 따라 연신 웃고 떠들며 즐거운 시간을 보내고 있었다.

"네, 그럼 다음 질문 한 번 받아볼까요? 거기 학생. 보니까 중학생이나 고등학생 같은데 어떻게 여기까지 왔어요? 학교가 이 근처인가요?"

"아뇨, 저 서울 사는데요. 학교에 아프다고 거짓말하고 버스 타고 왔어요."

학생의 말에 사회자와 팬들이 크게 웃음을 터뜨렸다. 혁 역시 학생을 보며 빙그레 미소 지었다.

"네, 그럼 질문 받아보도록 하겠습니다."

사회자로부터 발언권을 얻은 학생은 잠시 우물쭈물하더니 조심스럽게 입을 열었다.

"…작가님께서는 어린 시절에 큰 트라우마를 겪으셨다고 들었는데요."

순간, 웃음기 가득하던 팬들과 사회자의 얼굴이 일제히 얼어붙었다. 질문을 받은 혁의 얼굴에서도 미소가 사라져 있었다. 그러나 학생은 이런 분위기를 전혀 알아차리지 못한 듯, 악의라곤 없는 표정으로 자신의 질문을 이어갔다.

"어떤 트라우마가 있으셨는지…. 그리고 그걸 또 어떻게 이겨내셨기에 이렇게 훌륭한 작가님이 되실 수 있었는지 궁금합니다…."

질문을 마친 학생은 그제야 이상한 분위기를 감지한 듯, 살짝 말꼬리를 흐렸다. 마치 찬물을 끼얹은 듯 가라앉은 분위기에 안절부절못하던 사회자가 얼른 입을 열었다.

"아무래도 이런 질문은 작가님께서 쉽게 답하기에는 좀 그러실 것 같습니다. 그럼 다음 분으로…."

그때, 혁이 손을 들어 사회자의 말을 제지했다. 그는 미소 띤 얼굴로 학생을 똑바로 쳐다보며 천천히 입을 열었다.

"열 살 무렵, 부모님께서 두 분 다 강도에게 살해당하셨습니다. 그 트라우마로… 꽤 오랜 시간 정신과를 다니며 상담치료를 받아야 했죠."

혁의 말에 사회자와 팬들 모두 가슴 아프다는 표정으로 그의 말을 경청하기 시작했다. 누구라도 쉽게 얘기하기 어려울 트라우마와 관련된 이야기를, 솔직하게 꺼내는 그 모습이 팬들의 입장에서는 큰 감동인 듯했다.

"어린 시절… 제가 그린 그림은 의사들에게 있어 트라우마의 표출로만 보였던 것 같습니다. 그들은 제게 뭔가를 그리라며 얘기했죠. 지금 제 가슴속에 있는 모든 것들을 그림으로 그려내라고…. 전부 꺼내버리라고요. 글쎄요, 그게 트라우마를 이겨내는 데에 얼마나 도움이 됐는지는 사실 잘 모르겠습니다. 저는 아직도 가끔 그날이 꿈으로 찾아오곤 하거든요."

학생은 괜한 질문을 했다는 생각이 든 듯, 소리 없이 혁을 향해 꾸벅 고개를 숙였다. 그러나 혁은 괜찮다는 듯, 미소 띤 얼굴로 고개를 가로저은 뒤 다시 말을 이었다.

"미안해할 것 없어요. 저는 그저 모든 것을 인정했을 뿐입니다. 제 부모님은, 결코 용서받아서는 안 될 범죄자에게 살해당하셨습니다. 그리고 저는 살아남았습니다. 죽지 않고 살아남은 이상, 살아야 한다는 사실을 인정했을 뿐이에요. 그리고 제가 그렇게 살아남을 수 있었던 건, 어떤 훌륭한 경찰 덕분이었죠. 지금의 저는 그분 덕에 존재한다 해도 과언이 아닙니다."

"그… 경찰분이 누구신가요?"

용기를 얻은 학생이 다시 조심스레 질문을 던졌다. 질문을 받은 혁은 잠시 말을 멈추더니 어딘가로 시선을 던졌다. 혁의 시선을 따라 사회자를 비롯한 팬들 역시 고개를 돌렸다. 그들이 돌아본 곳에는, 트렌치코트를 입은 중년의 남자가 서 있었다.

"바로 저분, 한재우 경찰님이십니다. 20년 전에 제 목숨을 구해주신, 그야말로 경찰의 교과서라 할 수 있는 '경찰다운 경찰'의 표본이시죠."

※ ※ ※

무표정하게 창밖을 보고 있던 재우는 인기척에 고개를 돌렸다. 카페 밖까지 팬들과 사회자를 배웅한 혁이 그가 있는 자리로 걸어오고 있었다.

"오래 기다리셨죠?"

혁은 세상 따뜻한 미소를 지으며 자리에 앉았다.

"오랜만이다."

재우 또한 그런 혁을 향해 마주 미소 지으며 인사를 건넸다. 20년이라는 세월이 흘러 장성한 어른이 되었지만, 재우의 눈에 혁은 여전히 그가 구했던 열 살짜리 소년으로 보이는 듯했다.

"네, 순경님. 정말 오랜만이네요. 아니, 세월이 세월인 만큼 지금은 순경이 아니시겠네요? 아니면 혹시… 경찰이 아니라 다른 일 하시나요?"

"그냥 편하게 아저씨라고 불러라. 하는 일은 여전히 경찰이야. 직급은… 말한다고 알지는 모르겠지만 경위이고. 이제 몇 년 뒤면 은퇴할 노땅 경찰이지."

"말씀은 그렇게 하셔도 여전해 보이시는데요? 그나저나 이런 데서 다시 뵙게 될 줄은 상상도 못 했어요. 여기서 제가 팬미팅 하는 거 알고 일부러 찾아오신 거예요? 아, 저 작가 된 건 어떻게 아셨어요?"

혁은 마치 어린아이처럼 재우를 향해 질문을 쏟아내었다. 재우는 그런 혁을 가만히 바라보다가 천천히 입을 열었다.

"그냥, 문득 생각이 나서 혹시나 하고 찾아봤는데…. 이렇게 훌륭한 작가가 되어 있을 줄은 꿈에도 몰랐다. 건강하게 잘 지내는 듯 보여 다행이야."

"…글쎄요, 잘 지내는 걸까요? 아시잖아요, 남겨진 아이들에게 괜찮은 삶이란 있을 수 없다는 거."

순간, 재우의 눈이 날카롭게 찢어졌다. 그의 말에 혁이 의도적으로 반박하고 있다는 것을 느꼈다. 혁은 그런 재우의 마음을 아는지 모르는지 슬픈 미소를 지은 채 이야기를 계속했다.

"전 아직도 그날의 기억이 악몽이 되어 계속 찾아와요. 아까 팬들에게는 가끔이라고 했지만, 실제로는 매일 밤 그날이 반복되고 있어요."

재우는 날카롭게 떴던 눈을 풀고 안쓰러운 표정을 지었다. 아무렴, 하루아침에 양친을 강도에게 잃은 아이가 어찌 그날을 잊고 살 수 있을까. 10년, 20년, 30년이 지난다 한들… 그 참극을 잊을 수는 없을 것이다. 하지만 인간적인 면에서의 안

타까움과 별개로, 눈앞의 혁이 보이는 모습은 형사 한재우의 감각을 자극하고 있었다.

　재우는 20년이 넘는 시간을 경찰로 살며, 현실과 상식 사이에는 엄청난 거리가 있을 뿐만 아니라, 말로 설명할 수 없는 예리한 직감이 범인을 잡는 데에 강력한 힘을 발휘한다는 사실을 익히 경험했다. 그가 지금 이곳에 있는 이유도 마찬가지였다. 이성적인 논리로는 설명할 수 없는 형사로서의 직감이, 잊고 살던 혁을 찾아오게 만들었다.

　화곡동 빌라에서 한울이 "그런 교과서 같은 경찰이 세상에 어디 있겠냐"고 말했을 때, 재우의 머릿속에는 지금껏 살해된 경찰들의 모습이 스쳐 지나갔다. 그들은 모두 피해자를 존중하기는커녕, 오히려 상처를 덧내던 사람들이었다. 그리고 이상하게도, 그 대비는 재우 자신의 젊은 날과 겹쳐졌다. 피해자의 눈물을 외면하지 않겠다던 순경 시절의 자신, 칼끝 앞에서도 몸을 던졌던 그 시절의 신념 말이다.

　그 순간, 잊고 있던 얼굴 하나가 떠올랐다. 그 신념으로 지켜냈던 피해자. 이름은 혁이었다. 어쩌면 단순한 연상이었을지 모른다. 하지만 기억 속의 혁은, 지금 이 사건이 가리키는 무언가와 묘하게 닮아 있었다.

　재우는 주저하지 않았다. 자신의 직감은 근거 없는 망상이 아니라, 오랜 경험 속에서 길러진 감각이었다. 그리고 혁을 마주한 순간, 그 직감은 설명할 수 없는 힘으로 확신으로 변했다. 마치 오랫동안 어둠 속에 숨어 있던 실루엣이, 불빛에 드러난 것처럼.

"아 참, 그거 아세요? 그 인간, 죽었어요."
"…뭐?"
"저희 부모님 죽인 강도요. 출소한 날 죽었대요. 누군가에게… 살해당했대요."
재우는 믿기지 않는다는 표정으로 혁을 쳐다보았다. 그가 지금 놀란 이유는 강도가 죽었다는 이야기 때문만이 아니었다. 지금 이 아이가 보여주고 있는….

의미를 알 수 없는 저 미소는, 대체 뭐란 말인가?

※ ※ ※

혁의 묘한 표정을 뚫어져라 쳐다보던 재우는 진동하는 휴대폰을 품에서 꺼냈다. 휴대폰 액정 위에는 '지한울'이라는 이름 석 자가 떠 있었다. 재우는 슬쩍 전화가 걸려온 휴대폰을 혁에게 보여주었다.
"미안하지만 오늘은 먼저 일어나야겠다. 경찰 일이란 게 참…."
일을 핑계대긴 했지만, 그가 지금 자리에서 일어나려는 이유는 확실했다. 그가 모르는 혁의 행적들에 대해 조금이라도 빨리 알아보기 위함이었다.

"같이 일하시는 경찰인가 봐요? 파트너예요?"

혁이 재우의 핸드폰을 보며 물었다. 재우는 거짓 미소를 지으며 고개를 끄덕였다.

"그래. 얼마 안 된 신참이라 아직 갈 길이 먼 놈인데…. 싹수는 있어 보여."

순간, 혁의 눈을 본 재우는 다시 한번 알 수 없는 섬뜩함을 느꼈다. 경찰로 일하며 그는 범죄를 저지른 이들을 수없이 보아왔다. 그 오랜 경험을 통해 한 가지 확실히 알게 된 것은, 살인 같은 강력범죄를 저지른 인간들은 모두 완전히 다른 두 얼굴을 가지고 있었다는 사실이다. 야누스의 두 얼굴처럼. 그리고 지금, 지한울이라는 이름을 보는 혁의 얼굴이 그러했다. 직전까지 대화를 나누고 있을 때만 해도 전혀 보인 적 없던, 생소한 얼굴의 혁이 그의 곁에 서 있었다. 마치… 저 깊이 숨어 있는 악마가 슬쩍 꼬리를 보인 것 같은 얼굴이….

"그럼 다음에 꼭 다시 봬요. 그때까지 몸조심하시고요."

혁이 아무것도 모르는, 순진한 어린아이처럼 천진한 미소를 띠며 말했다. 악마의 끄트머리가 삐져나온 듯했던 얼굴은 언제 그랬냐는 듯 사라지고 없었다.

"그래, 다음에 또 보자."

재우 또한 혁이 자신의 속마음을 눈치 채지 못하도록 미소 띤 얼굴로 고개를 끄덕였다. 그러곤 곧장 걸음을 옮겨 카페 밖으로 나왔다.

"아저씨!"

재우는 자신을 부르는 목소리에 뒤를 돌아보았다. 혁이 몇 권의 책을 들고 그를 향해 달려오고 있었다.

"이거, 제 그림 들어간 책들이에요. 선물로 드릴게요."

"고맙다. 잘 읽을게."

"아, 그리고…."

운전석에 오르던 재우가 다시 혁을 돌아보았다.

"파트너분도 몸조심하시라고. 전해주세요."

재우는 카페를 떠나며 힐긋 사이드미러를 쳐다보았다. 그리고 다시 한번 등골에서부터 올라오는 소름을 느끼며 힘껏 가속페달을 밟았다.

조금 전 지한울의 이름을 노려보던 악마가, 멀어지는 재우를 향해 손을 흔들고 있었다.

※ ※ ※

고속도로를 달리던 재우는 가장 먼저 나타난 휴게소로 렉서스를 몰고 들어갔다. 잠시 후, 주차장에 차를 세운 재우는 조수석에 놓아두었던 책 중 한 권을 집어 들었다. 책을 손에 들고 몇 분도 지나지 않아, 그의 손이 미세하게 떨리기 시작했다.

"너… 대체…."

재우는 펼쳐진 책 속 흑색 삽화를 복잡한 눈으로 노려보았다. 그는 이 그림이 무엇을 의미하는지 보자마자 알 수 있었다. 펼쳐진 페이지에 그려져 있는 것은… 죽어 있는 세 마리의 쥐와 그 쥐들을 마치 처형인처럼 내려다보고 있는 소녀상이었다. 그랬다, 혁이 건네준 삽화는, 그야말로 혜원공원 살인사건 현장을 고스란히 담아낸 그림이었다.

재우는 들고 있던 책을 덮고 다른 책을 집어 들었다. 혁이 가장 최근에 작업했다는, 곧 나올 예정이라는 신작이었다. 거칠게 책장을 넘기던 재우의 손이 책에 실린 마지막 삽화에서 멈추었다. 삽화에는 어두운 숲속 오솔길에 독수리로 보이는 새 한 마리가 죽어 있었다. 그림 속 오솔길과 뒤 페이지에 적힌 짧은 시(詩)가, 삽화 속 죽은 새가 얼마 전 살해당한 세 번째 경찰임을 알려주고 있었다.

하늘을 날며 땅을 지켜야 할 참수리 한 마리
더러운 별에 취해 지켜야 할 토끼를 죽였네

참수리는 아무도 모를 줄 알았지
시간이 지나면 다 잊힐 줄 알았지

하지만 권선징악은 반드시 이루어지는 법

하늘은 참수리가 지은 죄를 낱낱이 보았고
땅은 억울하게 죽은 토끼의 피를 마셨으니

응당 그 죄에 대한 심판을 받을 수밖에
그 죄에 대한 벌로 죽음을 받을 수밖에

※ ※ ※

오후 2시 경 / 언레코더블 수사본부

"선배님!"

재우가 본부 안으로 발을 들이기 무섭게 한울의 목소리가 그를 반겼다.

"…어, 그래."

"아니, 제대로 말도 안 해주시고 어딜 그렇게…!"

억울함 가득한 얼굴로 재우에게 걸어오던 한울이 하던 말을 멈추었다. 재우의 얼굴에서 이제껏 보지 못한 표정을 마주했기 때문이다. 재우는 마치 넋이 반쯤 나간 사람처럼 허공을 보며, 뭔지 모를 생각에 잠식되어 있었다.

"…은 …셨어요?"

"…뭐?"

생각에 잠겨 있던 재우가 한울을 쳐다보며 물었다.

"밥은 드셨냐고요."

재우는 잠시 멍하니 있더니 고개를 가로저었다. 한울은 그러면 그렇지 하는 표정으로 재우에게 달라붙더니 두 손으로 그의 양 어깨를 잡고 본부 밖으로 밀기 시작했다.

"여태 밥도 안 드시고 뭐하셨어요? 가요, 밥 먹으러."

"뭐야? 그러는 넌 먹었어? 아니면 먹었는데 또 먹겠다는 거야?"

재우가 반강제적으로 끌려나오며 묻자 한울이 씩 웃으며 입을 열었다.

"저야 선배님이 이렇게 굶고 오셨을 것 같아서 안 먹고 기다렸죠."

개구지게 웃는 한울을 본 재우의 얼굴에 그제야 미소가 돌아왔다. 재우는 마치 조카 녀석을 귀여워하듯 한울의 머리를 마구 헝클어뜨리고는 앞장서서 자신의 렉서스에 올랐다.

"먹고 싶은 거 있어? 오늘은 이 선배님이 쏜다."

"오, 진심이시죠? 좋습니다, 그러면…."

※ ※ ※

식사를 마치고 복귀한 재우와 한울은 각자의 테이블에 앉아 혁에 대한 이야기를 나누고 있었다. 한울은 재우로부터 20년 전 사건에 대한 이야기를 들은 뒤, 기가 막힌다는 표정으로 입을 열었다.

"…그러니까 결론은, 선배님이 과거에 구해주었던 아이가 우리가 쫓는 범인인 것 같단 말씀이시죠?"

재우는 받아들이고 싶지 않지만 어쩔 수 없다는 듯 무겁게 고개를 끄덕였다.

한울은 한숨을 내쉬며 자신의 모니터에 보이는 사건파일을 노려보았다. 모니터에 뜬 것은 다름 아닌 혁의 부모를 죽인 범인, '장건우'의 사건파일이었다. 약 1년 전, 강도살인으로 23년 형을 받은 그가 교도소를 나오게 된 그날…. 누군가에 의해 살해당했다는 사건파일….

※ ※ ※

오후 4시 경 / 강원도 양양군, 북카페 제8요일

혁은 재우와 헤어진 뒤, 다시 자리로 돌아와 몇 시간째 움직이지 않았다. 두 눈은 창밖을 향하고 있었지만, 정신은 저편의 어둠 속을 떠돌고 있었다.

'드디어… 날 찾아왔군요.'

입술 끝에 스스로도 알아차리기 힘든 미소가 번졌다. 자신이 벌여온 일들을, 마침내 누군가가 알아차렸다는 사실이 기묘하게 달콤했다. 지난 1년, 그는 부모를 죽인 강도를 시작으로 현행범들과 썩은 경찰들을 차례로 지워왔다. 법의 판결이 아니라, 자신의 판결로.

그 동기의 뿌리는 단순했다. 어린 시절, 세상이 그에게 내린 잔혹한 교훈 두 가지. 하나, 피해자는 누구든 될 수 있다는 것. 둘, 경찰이라 불리는 자들 중에도 피해자를 더 깊은 수렁으로 떠미는 자가 있다는 것.

혁은 부모가 살해당한 뒤, 단 한순간도 평범한 삶을 가져본 적이 없었다. 처음엔 자신을 돌봐줄 만한 곳들을 여기저기 전전하다가, 결국 혼자 남겨진 채 작은 집에서 지내게 되었다. 후견인이 형식적으로 돌봐주긴 했지만, 대부분의 시간은 혼자였다. 가장 견디기 힘들었던 것은 사건의 진실이 아니라, 세상의 무심함이었다. 피해자는 언제나 기록 속 숫자로만 남았고, 그날의 참혹함은 어린아이 혼자 짊어지고 살아가야 했다.

사람들은 흔히 "어린애니까 곧 잊을 거다."라고 말했다. 하지만 혁은 알았다. 아이일수록 더 오래, 더 깊게 각인된다는 것을. 어른들의 말 한마디, 태도의 미세한 모멸이 평생의 흉터가 되어 남는다는 사실을.

그가 자라며 세상에 품은 결론은 단순했다. 범죄자는 반드시 다시 같은 짓을 저지른다. 그리고 그들을 제지해야 할 경찰조차 때로는 또 다른 가해자가 된다. 자신처럼, 두 번 다시 치유되지 않을 아이들을 남겨놓으며. 그래서 혁은 언젠가부터 믿었다. 법도 제도도 그 상처를 막지 못한다면, 누군가는 직접 칼을 들어야 한다고. 그 누군가가 자신일 수밖에 없다고.

혁은 의자에 몸을 깊숙이 기대며 느릿하게 눈을 감았다. 오랜 세월 쌓인 고독과 분노가, 더는 피할 수 없는 사명처럼 가슴 한가운데 남아 있었다. 그의 삶은 이미 돌이킬 수 없는 궤도로 접어들어 있었고… 오직 자신이 내린 정의만이 남아 있을 뿐이었다.

* * *

약 1년 전… 공주 교도소

교도소 밖으로 나온 장건우는 크게 숨을 들이마셨다가 내쉬었다. 무려 20년 하고도 1년 만에 다시 마시는, 교도소 밖 사회의 공기였다.

"…씨발, 그깟 강도질이 뭐라고 사람을 20년이나 썩게 해? 개 같은 새끼들."

장 씨는 밖으로 나오자마자 담배를 꺼내 물며 욕지거리를 내뱉었다. 무려 20년이라는 시간을 교도소에서 보냈지만, 그의 마음에 지난날에 대한 반성이란 없었다. 그저 '재수 없게 걸린 탓에 잡혔다'는 생각과, '겨우 그따위 일로 사람을 20년이나 감옥에 보냈다'는 분노가 전부였다.

담배를 한 모금 빨아들인 장 씨는 휴대폰을 꺼내 어딘가로 전화를 걸었다. 그리고 상대방이 전화를 받기 무섭게 욕을 사발로 쏟아대기 시작했다.

"이 개새끼야! 내가 30분 전에 미리 와서 기다리라고 했어, 안 했어?!"

장 씨가 내뱉는 말의 내용으로 보아, 아마도 교도소 앞에 미리 나와 있기로 한 누군가가 약속을 어긴 듯했다.

"이 씨발새끼가 만날 말로만 죄송하다지…! 기다리는 동안 밥 먹고 있을 거니까 오면 바로 연락해라. 알겠냐?!"

통화를 마친 장 씨는 다시 담배를 빨며 주위를 두리번거렸다. 어디로 가야 식당가가 나오는지 찾는 듯했다. 잠시 이리저리 고개를 돌리던 그는 방향을 정해 걸음을 옮겼다. 그리고 그 뒤를… 누군가 10여 미터 정도의 거리를 두고 뒤따랐다.

잠시 후, 골목길로 접어든 장 씨는 이상한 느낌에 뒤를 돌아보았다. 그가 막 지나온 어둑한 골목길 저편에 사람 하나가 서 있었다. 검은 모자에 검은 후드티를 입은, 정체불명의 남자였다.

"너, 나 알아? 왜 따라와?"

장 씨가 거칠게 물었지만 검은 모자는 그 자리에 서 있기만 할 뿐, 아무 말이 없었다.

"이 씨발놈이. 사람이 물으면 대답을 해야 할 거 아니야!"

장 씨의 욕설을 들은 검은 모자는 왼손으로 오른손목을 잡더니 천천히 들어 올렸다가 풀어버리듯 두 손을 내렸다. 그러곤 말없이, 천천히 발걸음을 옮겨 골목 밖으로 사라졌다. 장 씨는 남자가 사라진 골목 끝을 향해 비웃음을 날리곤 다시 몸을 돌려 걷기 시작했다. 그 순간, 무언가가 푹- 장 씨의 몸을 찔렀다.

"이… 뭐…?"

장 씨는 들고 있던 가방을 떨어뜨리며 경악스러운 얼굴로 배를 내려다보았다. 기다란 사시미칼의 칼끝이, 그의 등에서부터 배를 뚫고 1센티미터 정도 튀어나와 있었다.

"이… 씨… 어떤 새…!"

장 씨는 울컥- 목구멍에서 피가 올라오는 것을 느끼며 힘겹게 몸을 돌렸다. 뒤로 돌아선 그의 눈에 조금 전 검은 모자의 남자가 보였다. 문제는, 그가 서 있는 곳이 장 씨가 있는 곳과 10여 미터나 떨어진 골목의 입구였다는 것이다. 그때, 장 씨의 배를 뚫고 나온 칼끝이 무언가에 당겨지듯 움직이기 시작했다.

"…!"

장 씨의 배를 뚫고 나온 칼날은 천천히 움직이며 그의 몸을 관통하기 시작했다. 마치… 보이지 않는 실로 칼끝이 잡아당겨지는 것처럼….

"으, 으아…!"

장 씨가 참을 수 없는 고통에 비명을 터뜨리려던 순간, 무언가가 날아와 그의 입을 틀어막았다. 벌어지는 장 씨의 입을 틀어막은 것은 다름 아닌 패트병이었다. 골목길 바닥에 떨어져 있던 더러운 생수병이, 장 씨의 입 안 깊숙이 들어와 그의 비명을 차단한 것이다.

"…!!"

장 씨는 길바닥에 쓰러진 채 소리 없는 비명을 지르며 고통과 두려움에 몸부림쳤다. 그 모양을 보던 검은 모자의 입이 쿡- 웃는가 싶더니 장 씨의 몸에 꽂힌 사시미칼이 쿡- 쿡- 장난스럽게 움직이며 그의 몸을 유린하기 시작했다. 칼이 장 씨의 배 속으로 들어갔다 나올 때마다 새빨간 피가 분수처럼 솟아오르며 더러운 길바닥을 붉게 물들였다.

잠시 후, 고통에 몸부림치던 장 씨의 몸에서 움직임이 사라졌다. 그렇게 그는 벌레처럼, 더러운 길바닥에서 반성할 줄 모르던 추악한 피를 쏟아내며 목숨을 잃었다.

다음 날, 취객의 신고로 수사를 나온 경찰은 난관에 봉착하고 말았다. 처음에는 죽은 장 씨의 몸에 흉기(사시미칼)가 그대로 꽂혀 있어 범인을 금방 찾을 수 있으리라 생각했다. 그러나 이는 오판이었다. 흉기로 사용된 칼에서는 누구의 지문도 나오지 않았고, 사건현장인 골목 또한 워낙 낙후되어 CCTV 한 대조차 찾을 수 없었다. 약 일주일 후, 수사를 맡았던 지역 경찰은 '범인에 대해 일말의 흔적도 찾을 수 없다'는 결론을 내리고 사건을 잠재적으로 중단했다.

* * *

약 22년 전… 열 살 시절 혁의 집

혁은 소파에 앉아 캐럴이 흘러나오는 TV를 보며 서럽게 울고 있었다. 잠시 후, TV 속에 커다란 크리스마스트리가 나타나자 혁은 더 크게 울음을 터뜨렸다. 그러나 집 안 어디에도 혁을 위로해줄 사람은 없었다.

정확히 1년 전, 혁이 앉아 있는 소파 옆에는 공들여 치장한 크리스마스트리가 반짝거리며 빛을 발했고, 그 아래에는 커다란 선물상자들이 쌓여 혁의 손길을 기다리고 있었다. 식탁에는 수제 빵집에서 특별 주문해온 케이크가 있었고, 혁이 좋아하는 순살 파닭과 탕수육이 먹음직스럽게 차려져 있었다. 그리고… 엄마 아빠가 함께하고 있었다. 그러나 지금 혁의 곁에 두 사람은 없었다. 단 한 번도 사라지리라 생각해본 적 없던, 부모라는 이름의 따뜻함은 이제 과거의 유물이 되어버렸다. 예고 없이 찾아온 며칠 전의 잔인한 하루로 인해, 혁은 부모라는 세상을 빼앗기고 홀로 크리스마스를 맞이해야 했다. 지금 그의 곁을 지키고 있는 것은 부모님이 작년 크리스마스 때 선물로 주었던 커다란 곰인형뿐이었다.

"엄마… 아빠….”

혁은 부모님을 생각하며 세상 누구보다 서럽게 울었다. 엉엉 울던 혁은 몸을 웅크린 채 스스로를 두 팔로 더 꽉 끌어안았다. 지금 이 순간, 그에게는 엄마의 품에서만 느낄 수 있는 따스한 온기와 아빠로부터만 느낄 수 있는 든든한 두 팔이 절실했다. 그러나 혁은 그것이 불가능하다는 사실을 누구보다 잘 알고 있었다. 강도에 의해 돌아가신 부모님을 두 눈으로 똑똑히 보았기 때문만은 아니었다. 부정하고 싶은 그날 이후, 혼자가 된 그는 일련의 일을 겪은 끝에 한 가지 결정을 내려야만 하는 상황에 처하게 되었다. 보육원으로 갈 것인지, 아니면 의탁할 양육자를 찾을 것인지에 대한 결정을…. 그리고 그것은 곧, 죽은 부모님이 결코 돌아올 수 없다는 사실을 확실하게 인지하게 되는 계기가 되었다.

"엄마….”

한참을 울던 혁은 웅크리고 있던 몸을 풀고 곰인형을 향해 기어갔다. 무엇이든 안고 싶었다. 아니, 안기고 싶었다. 부모님이 선물해주신 인형을 통해서라도 그 부드러움과 향기를 티끌만큼이라도 느끼고 싶었다. 그렇게 혁은 곰인형을 끌어안고 울며 빌었다.

'제발… 누구라도 좋으니 나 좀 안아줘….'

그 순간, 혁은 낯선 감각에 사로잡혔다. 차갑고 딱딱하던 인형의 몸이 서서히 온기를 띠는 듯했고, 마치 누군가가 등을 토닥이며 안아주는 것처럼 가슴이 따뜻해졌다. 놀라움에 눈을 떴지만, 곰인형은 여전히 그 자리에 있었다. 꿈인지 착각인지 분간할 수 없었지만, 그 감촉만은 너무도 선명했다.

그리고 그때였다. 인형의 팔과 자신의 손끝 사이에서 가느다란 빛이 일렁였다. 황금빛 실. 공기 속에 떠 있는 듯 반짝이며 이어진 그 선은, 혁에게 낯설고도 기묘한 확신을 심어주었다. 누군가가 자신을 붙들어주고 있다는, 처음으로 느껴보는 감각이었다.

'이게… 뭐지?'

혁은 금빛 실이 붙어 있는 자신의 손을 움직여보았다. 그러자 곰인형의 팔이 그의 손에 맞추어 까딱거렸다. 혁은 믿기지 않는다는 표정으로 인형을 이리저리 움직이기 시작했다. 혁의 손끝과 금빛 실로 이어진 곰인형은 혁의 손에 맞추어 소파를 뛰어내리고, 우스꽝스럽게 춤을 추었다. 혁은 그런 곰인형을 보며 까르르 웃음을 터뜨렸다. 부모님을 잃은 뒤 처음으로 터져 나온 웃음이었다. 그러나 잠시 후, 틱- 금빛 실이 곰인형과 끊어지더니 사라졌다. 곰인형이 털썩 바닥에 쓰러졌다.

"…어?"

깔깔대던 혁은 쓰러져버린 곰인형을 보자 당황한 표정으로 다시 손을 움직였다. 그러나 사라져버린 실은 다시 나타나지 않았다. 실과 연결되지 않은 곰인형은 다시 움직이지 않았다. 혁은 쓰러진 곰인형에게 달려들었다. 그러곤 마치 죽은 사람을 깨우려는 것처럼, 곰인형을 때려대기 시작했다.

"일어나, 일어나, 일어나…!"

한참을 울부짖으며 곰인형을 두들기던 혁은 인형을 놓고 주방으로 걸어갔다. 그러곤 광기에 물든 눈으로, 엄마가 살아 있을 땐 절대 만질 수 없었던 물건을 집어 들고 돌아왔다.

"일어나-!!"

혁은 손에 쥔 칼을 곰인형을 향해 휘둘렀다. 어설픈 손놀림으로 휘둘러진 칼은 인형을 제대로 찌르지 못하고 아이의 손을 떠나 바닥을 굴렀다. 칼을 놓친 혁은 다시 알 수 없는 소리로 울부짖으며 칼을 집고자 몸을 돌렸다. 그리고 그 순간, 혁은 자신의 손끝에 이어져 있는 금빛 실을 다시 발견했다. 실은, 바닥에 떨어진 칼과 이어져 있었다.

혁이 손을 움직이자, 그 손과 이어진 금빛 실을 따라 바닥에 떨어져 있던 칼이 거짓말처럼 공중으로 떠올랐다. 혁은 실을 조종해 들어 올린 칼로 곰인형을 찔렀다. 푹- 직접 했을 때와 달리 칼이 제대로 곰인형의 배를 찔러 들어갔다. 아이의 얼굴에 다시 웃음이 돌아왔다. 그러나 그것은 조금 전의 웃음과 달랐다. 그것은… 광소(狂笑)였다.

혁은 깔깔거리며 칼로 인형을 마구 난도질하기 시작했다. 마치 부모를 죽인 강도에게 못 했던 복수를 하듯이…, 자기만 홀로 남겨두고 죽어버린 부모를 원망하듯이…, 조금 더 일찍 강도를 막으러 오지 못한 경찰을 저주하듯이…. 정신병자처럼 깔깔거리는 아이의 웃음소리와 찢어발겨진 인형으로부터 터져 나온 솜이 집 안을 가득 채웠다. 그때, 현관문이 열렸다. 문을 열고 들어온 이는, 왼손에 붕대를 칭칭 감은 채 한 손에 커다란 봉투를 든 한재우 순경이었다.

"…!"

며칠 전 사건 이후, 재우는 시간이 날 때마다 혁을 챙기러 찾아오고 있었다. 하지만 이 순간, 그는 충격으로 얼어붙고 말았다. 찢긴 배에서 솜을 토해내는 곰인형과 아이의 곁에 떨어져 있는 식칼, 그리고 섬뜩한 웃음소리에….

"아저씨…?"

깔깔거리며 웃던 혁이 재우를 발견하고 중얼거렸다. 정신을 차린 재우는 얼른 들고 있던 봉투를 두고 혁에게 다가갔다. 그러곤 천천히, 아이의 앞에서 보란 듯이 자신의 오른손으로 왼손목을 잡았다.

"자, 따라 해봐. 아저씨는 지금 다쳐서 왼손을 잡는 거니까. 넌 왼손으로 오른손목을 잡으면 돼."

혁은 이해가 되지 않는 표정을 지으면서도 재우의 말을 따랐다. 재우는 아이가 손목을 잡자, 두 손을 가슴 중앙까지 올린 뒤 짧게 숨을 참았다. 혁 또한 그런 재우를 보며, 두 손을 가슴 중앙까지 올리고는 숨을 참았다.

"그렇지. 그렇게 숨을 짧게 참았다가 손을 풀지 않고 그대로 내리는 거야. 그리고 진정이 되면, 그때 손목을 놓아주면 돼."

재우는 다시 한 번 천천히, 조금 전 행동을 보여주었다. 그러곤 한결 진정된 듯한 혁에게 나직이 말했다.

"다시 화가 올라오는 순간이 오면, 이렇게 너 스스로를 진정시켜보는 거야 알겠니?"

재우가 혁에게 가르쳐준 것은 감정 코칭의 일종으로, 아이들에게 특정 감정이 올라올 때 알려주는 대처기술이었다. 그리고 다행히 눈앞의 혁에게는, 재우가 가르쳐준 대처술이 효과가 있는 듯했다. 아이는 광기라곤 한 점도 찾아볼 수 없는 순수한 얼굴로 고개를 끄덕였다.

"네, 아저씨."

재우는 미소 띤 얼굴로 혁의 머리를 쓰다듬어주었다.

"혁아."

혁은 자신을 부르는 재우의 목소리에 왈칵 눈물이 차올랐다. 부모님을 잃은 뒤 처음 느끼는, 어른의 따스함이 담긴 목소리였다.

"배 안 고파? 뭐라도 좀 먹자."

재우는 자신이 가져온 봉투에서 간단한 즉석요리들을 꺼내 조리하기 시작했다. 재우가 부엌에서 식사 준비를 하는 동안, 혁은 자신을 위해 요리하는 재우의 등을 하염없이 쳐다보았다.

"자, 먹자."

두 사람은 식탁에 앉아 간단한 요리를 먹기 시작했다. 혁은 식사를 하면서도, 연신 자신의 왼손으로 오른손목을 잡고 들어 올렸다가 내리기를 반복했다. 오직 재우의 따뜻한 목소리로 칭찬을 받기 위해….

"그래, 그렇게 하면 돼. 잘했어."

재우는 몇 번이고 그런 혁을 칭찬해주었다. 그 순간 혁은 생각했다. 언제까지고 이 사람에게 칭찬받고 싶다. 이 사람에게… 인정받고, 사랑받고 싶다.

"내일 또 들를게."

식사를 마친 재우는 조금 더 혁과 함께 있어 주다 집을 떠났다. 재우가 집을 떠나기 직전, 혁은 또다시 왼손으로 오른손목을 잡고 들어 올렸다가 내리는 동작을 했다. 재우는 그런 혁에게 따스한 미소로 답을 대신했다.

이후, 두 사람은 다시 만나지 못했다. 재우가 특진하게 되면서, 근무지가 바뀌어 버렸기에…. 그렇게 어른에게 아이는 과거의 기억으로 희미해진 반면, 아이에게 어른은 그리움과 애정의 대상으로 짙은 그림자가 되었다.

※ ● ●

기억의 배에서 내린 혁은 자리에서 일어나 카페 밖으로 나섰다. 그의 가슴속에는 불이 타오르고 있었다. 어린아이가 사랑하는 어른으로부터 칭찬받고 인정받고 싶어 하는, 뜨거운 불길이….

'순경님은… 나를 인정하시게 될 거야.'

세상에서 유일하게 인정받고 싶은 단 한 사람, 한재우 순경이 그의 행적을 제대로 보기 시작했다. 얼마나 이 순간을 바랐던가? 자신이 펼치는 이 멋진 공연을, 작품을, 그가 알아주기를 얼마나 원했던가.

카페를 나온 혁은 자신의 차에 올라 시동을 걸었다. 부르릉거리는 차 소리를 들으며, 그는 빙긋 미소 지었다. 그토록 바랐던 단 한 사람의 관객이 마침내 자리를 잡았다. 이제 막 (幕)은 올랐고, 처형인으로서의 무대가 시작됐다. 이제 시작일 뿐. 범죄자와 부패경찰들을 차례로 무너뜨리는 그 길 위에서, 나는 당신에게 보여주리라.

"내가 살아가는 이 삶이, 누구도 부정할 수 없는 가장 합당한 정의임을."

10

오후 8시 경 / 은성구 금개(金鎧)동 누리네 무한대패

재우와 한울, 그리고 재강은 지글거리는 대패삼겹살을 가운데 두고 앉아 있었다. 재강은 아무 말 없이 앉아 있는 재우를 고기 연기 너머로 노려보다가 입을 열었다.

"너, 나 술 사주는 게 목적이 아니지? 그냥 네가 술 먹고 싶어서 약속 지킨다는 핑계로 나 부른 거지?"

재우는 피식 웃으며 재강의 잔에 소주를 따랐다. 술을 받은 재강이 재우에게 술을 따라주려고 병을 들자, 한울이 얼른 재강의 손에서 병을 가져와 재우의 잔에 소주를 채웠다. 세 남자는 말없이 술잔을 부딪친 뒤 내용물을 목구멍으로 넘겼다.

"자, 목도 축였겠다. 이제 그놈의 입 좀 열어봐. 아니면, 뭐, 고기로 기름칠까지 해주랴?"

재강이 고기 한 점을 들며 묻자 재우가 씁쓸한 미소를 지은 채 고개를 가로저었다.

"아니야, 괜찮아."

"대체 뭔 얘기기에 이렇게 뜸을 들여?"

"저… 그게 말이죠…."

보다 못한 한울이 입을 열었지만 재우는 손을 들어 그런 한울을 막았다.

"범인이 아무래도… 내가 구해줬던 아이인 것 같아."

"…뭐?"

"형님, 그 아이 기억해? 내가 예전에 얘기했던…. 순경 된 지 얼마 안 되었을 때 구해줬다던 아이. 양친이 다 강도 손에 죽은…."

잠시 고개를 갸웃거리던 재강은 퍼뜩 생각이 났다는 듯 재우의 왼손을 가리키며 입을 열었다.

"네 왼손에 흉터 만든 놈. 그놈한테서 구해줬다던 그 애?"

재우는 고개를 끄덕이는 것으로 답을 대신하고 다시 재강의 잔에 술을 따랐다. 재강은 재우가 따라준 술잔을 들며 어처구니없다는 표정으로 한숨을 내쉬었다.

"어째 또 일이 그렇게 된다냐…. 내가 생각을 해봤는데 말이다. 너도 뭐 있는 거 아니냐?"

"그건 또 무슨 소리야?"

"걔 구해준 건 벌써 20년도 더 된 일 아냐? 그러면 네가 나

같은 인간들 잡는 부서에 가기도 전인데…. 어떻게 그때 구해 준 애가 나 같은 놈이냐고. 안 그러냐?"

이상하게 일리 있어 보이는 재강의 말에 한울이 동그래진 눈으로 재우를 쳐다보았다. '그러고 보니 그렇네?' 하는 표정으로….

"그러게… 진짜 형님 같은 인간들이 꼬이는 팔자인가…."

재우는 헛웃음을 지으며 술을 입안으로 털어 넣었다. 한울이 진지한 표정으로 재우를 향해 물었다.

"선배님, 그 애 말입니다. 선배님이 구해주셨을 때는 정말 초능력자가 아니었던 게 확실합니까?"

"그래. 걔가 초능력자였다면… 제 부모가 그렇게 죽어가는 동안 가만히 보고만 있진 않았겠지."

"아니, 초능력자는 타고나는 거라면서요. 그러면 태어난 순간부터 그렇게 되는 거 아니에요?"

"인마, 너 내가 해준 얘기는 귓구멍이 아니라 콧구멍으로 들었냐? 초능력이 발현되는 건 타고나야 하는 건 맞지만 그 시기는 제각각이야. 여기 이 형님은 스무 살이 넘은 뒤에야 초능력자가 된 인간이라고."

한울이 '정말요?' 하는 얼굴로 쳐다보자, 재강이 긍정의 의미로 고개를 끄덕였다. 그렇게 잠시, 세 사람은 말없이 고기와 술을 먹고 마시며 각자의 생각에 잠겼다. 십여 분 정도의 시간이 지난 뒤, 이번에도 재강이 먼저 말문을 열었다.

"재우야, 너… 할 수 있겠냐?"

재우는 대답하지 않았다. 그는 재강이 묻는 것이 무엇인지 잘 알고 있었다. 재강은 재우에게 '네 손으로 구한 그 아이를, 네가 잡을 수 있겠냐'고 묻고 있었다.

"힘줄까지 다쳐가면서, 정말 목숨 걸고 구해냈던 아이 아니냐. …그래, 꼭 네가 잡을 필요는 없는 거잖아? 지금이라도 다른 경찰들한테 넘기면 되지. 정 안 되면 여기 이 친구한테 잡게 하든지."

"아니, 사장님! 그게 무슨 말씀이세요? 저 이제 막 온 신참인데. 제가 그런 인간을 혼자 어떻게 잡습니까? 평범한 인간도 아니고 초능력자를요!"

자신도 모르게 언성을 높인 한울을, 재강이 저지하며 주변을 살폈다. 한울은 그제야 상황을 인지하고 목소리를 완전히 낮췄다. 재강과 한울이 옥신각신하는 사이, 재우는 말없이 자신의 술잔을 연거푸 비웠다. 그렇게 그는 대여섯 잔 정도를 비운 뒤, 탁- 술잔을 내려놓으며 입을 열었다.

"잡아야지."

툭탁거리던 재강과 한울이 동시에 재우를 쳐다보았다.

"나는 경찰이고… 녀석은 범죄자니까. 그 아이가 아무리 지난날 내가 구한 피해자였다 할지라도…. 지금은 내가 잡아야 할 범죄자일 뿐이야. 나는 아직, 경찰이니까."

재강이 씁쓸한 얼굴로 고개를 끄덕였다. 그런 두 사람을 보던 한울이 복잡한 표정으로 입을 열었다.

"선배님, 힘드시면 꼭 그러시지 않아도 돼요. 방법이 있겠죠. 제가… 다른 경찰이랑 같이 움직여서라도 어떻게든…."

"지한울 경사."

재우가 정확하게 관등성명을 읊자, 한울은 번쩍 정신을 차린 얼굴로 허리를 세웠다.

"네, 한재우 경위님."

"지금 내가 하는 얘기는 경찰로서 하는 가장 중요한 조언이니 잘 들어라."

한울은 침을 꿀꺽 삼키며 고개를 끄덕였다.

"경찰은, 무고한 시민을 보호하고 범죄자를 잡기 위해 존재하는 사람이다. 경찰 배지를 달고 있는 한, 다른 건 다 잊더라도 이것만큼은 반드시 기억하라고. 알겠어?"

* * *

"대리 부르셨죠?"

한울은 마스크를 쓴 대리기사에게 렉서스 차키를 넘겨주었다. 대리기사가 차에 오르는 사이, 재우와 재강은 말없이 포옹을 나누고 떨어졌다. 피는 섞이지 않았지만 마치 친형제 같은 그 모습에, 한울의 입가에도 절로 미소가 걸렸다.

"조심히 가라. 너무 복잡하게 살지 말고."

"형님도 잘 들어가요."

"들어가십쇼, 사장님!"

한울의 인사를 끝으로 두 형사는 렉서스에 올랐다. 각각 재우는 뒷좌석, 한울은 조수석이었다.

"출발하겠습니다."

재우는 차창 밖에서 움직이는 도시를 멍하니 바라보았다. 도시는 별일 없이 평화로워 보였다. 하지만 재우는 알고 있었다. 겉으로 보이는 모습과 달리, 지금 이 순간에도 보이지 않는 어딘가에서 누군가는 범죄를 저지르고 있을 것이고 누군가는 피해를 입고 있을 것이란 사실을….

'…녀석은 지금 뭘 하고 있을까?'

재우는 술기운이 담긴 한숨을 내쉬며 혁을 떠올렸다. 혁이 유력한 용의자라는 사실을 알게 된 뒤, 그의 마음속에서는 알 수 없는 무언가가 그를 계속해서 찔러댔다. 짐작컨대, 아마도 그것은 죄책감일 것이다. 그 끔찍한 참상에서 아이를 구한 당사자로서, 참상 이후에 대해서는 책임을 지지 못했다는… 어른으로서의 죄책감….

"아 참, 이세미 기자님 말인데요."

조수석에 앉은 한울이 말을 걸었지만 재우는 답하지 않았다. 한울은 힐긋 고개를 돌려 재우를 쳐다보았다. 재우는 살며시 뜬 눈으로 그를 쳐다보며, 계속 얘기하라는 듯 고개를 끄덕였다.

"명령하신 대로 알아봤는데⋯ 여느 기자들 같지 않더라고요."

"무슨 소리야?"

"인터넷 기자들 사이에서는 유별난 걸로 유명하답니다. 조회 수도 잘 안 올라가는 사회문제들을 열심히 기사로 내보내는 기자로요. 민감한 문제도 자주 건드리나 봐요, 그래서 강제로 기사가 내려가는 경우도 적지 않다는데⋯. 아, 별명이 불독이래요."

"불독?"

"네, 한 번 문 건 끝까지 안 놓는다고요."

재우는 작게 웃었다. 듣고 보니 묘하게 어울리는 별명이었다. 그녀는 두 번이나, 그것도 경찰로부터 강하게 주의를 받았음에도 강단을 굽히지 않는 모습을 보여주지 않았던가. 그야말로 불독이라는 별명이 딱 어울리는 모습이었다.

한울은 본부에 도착할 때까지 세미에 대한 이런저런 이야기를 떠들어댔다. 주된 내용은 그녀가 어떤 기사들을 써왔는지에 대해서였다. 그녀는 사회문제뿐만 아니라 정치인들의 비리, 그리고 연예인들의 성폭행이나 마약 등 극히 민감한 문제들까지 거침없이 기사로 써내려오고 있었다. 그야말로 국민의 '알 권리'를 위해 일하는 기자라 할 만한 행보였다.

"저희가 맡은 사건도 진즉부터 취재해온 모양이더라고요. 건네준 파일처럼⋯."

그 순간, 재우가 묵직한 목소리로 경고를 날렸다.

"거기까지."

한울은 그제야 일반인(대리기사)이 옆에 있음을 잊고 너무 많이 떠들었음을 자각한 듯, 입에 자물쇠를 채웠다. 재우는 한울이 이야기를 멈추자 늘 입고 다니는 코트 깊숙이 목을 집어넣고 졸기 시작했다. 렉서스는 약 15분 정도를 더 달린 뒤 멈춰 섰다.

"목적지 도착했습니다. 여기가… 맞는 거죠?"

마스크를 쓴 대리기사가 불빛이라곤 없는 휑한 벌판을 보며 물었다. 재우와 한울이 본부와 조금 떨어진 곳으로 목적지를 정한 탓이었다. 한울은 살짝 민망한 표정으로 고개를 끄덕였다.

"네, 맞습니다."

한울은 뒷좌석에서 졸고 있는 재우를 힐긋 확인한 뒤 얼른 대리기사를 따라 내렸다.

"5만 원, 맞죠?"

"네, 맞습니다. 그런데 말씀 나누시는 거 들어보니… 형사님들이신가 봐요?"

마스크를 쓴 대리기사가 싱긋 눈웃음을 지으며 물었다. 한울은 쑥스럽다는 듯 마주 웃으며 지갑에서 5만 원짜리 지폐를 꺼내 건넸다.

"아, 예. 맞습니다. 여기 5만 원이요."

"감사합니다. 그럼… 몸조심하세요. 아, 차키는 운전석에 뒀습니다."

한울은 대리기사에게 조심히 가시라 인사를 건넨 뒤 그를 가만히 지켜보았다. 혹시나 본부의 위치를 들킬 것을 대비하기 위해, 그가 완전히 떠나기를 기다리기 위함이었다. 대리기사는 한울에게 꾸벅 고개를 숙이고는 술집에 왔을 때부터 들고 있던 접이식 전동킥보드를 펼쳤다. 잠시 후, 그는 가로등이 깔린 도로를 달려 저 멀리 사라졌다.

"선배님, 안에 들어가서 주무세요."

한울이 렉서스 뒷문을 열며 소리쳤다. 그러나 재우는 귓구멍만 한 번 후빌 뿐, 코트 속으로 집어넣은 머리를 꺼내지 않았다.

"어휴."

한울은 뒷좌석 문을 닫고 운전석으로 향했다. 본부 앞으로 차를 대기 위함이었다. 재우나 재강과 달리 과음하지 않은 덕분에 술은 진작 깬 상태였다.

"…?"

운전석에 올라 차키를 확인하던 한울이 고개를 갸우뚱했다. 차키 아래에 작은 종이 쪼가리 하나가 놓여 있었다.

"…선배님!"

종이 조각을 확인한 한울이 다급한 목소리로 재우를 깨웠다. 그 목소리에 담긴 심각성을 감지한 재우의 머리가 쑥- 껍

질 밖으로 나왔다.
"왜 그래?"
"큰일 난 것 같습니다…!"
한울은 재우의 눈앞에 종이 조각을 내밀었다. 그의 손에 들린 것은 명함이었다.

[은성데일리 사회부 이세미 기자]

명함에는 이세미의 이름이 선명하게 인쇄되어 있었고, 누구의 것인지 모를, 핏자국 같은 붉은 액체가 묻어 있었다.
"이게… 무슨…?"
그 순간, 재우의 품속에 잠들어 있던 휴대폰이 진동했다. 전송된 것은 문자였다. 발신번호 표시제한으로 온 문자…. 재우가 문자를 확인하는 사이, 한울은 차에서 뛰어내려 대리기사가 사라진 도로로 내달렸다. 드문드문 빛나는 가로등만이 펼쳐져 있을 뿐, 당연하게도 대리기사의 모습은 전혀 보이지 않았다. 완전히 당한 것이다. 범인이 대리기사로 위장해 범죄를 저지르고 다닌다는 것을 알고 있었음에도, 설마하니 두 사람의 곁에 버젓이 나타나 범죄를 예고하는 종이 쪼가리를 두고 사라질 것이라고는…!
"뭐라고 적혀 있습니까?"
차로 돌아온 한울이 재우에게 물었다. 재우는 그런 한울에게 문자 내용을 보여주었다. 전송된 문자는 예고장이었다. 그들이 쫓고 있는 범인이 보낸… 살인 예고장….

[30분 뒤, 기자와 경찰 중 한 사람이 죽을 겁니다.
기자를 구하러 간다면 부패경찰이 죽습니다.
부패경찰을 구하러 간다면 죄 없는 기자가 죽습니다.
선택은 형사님의 몫입니다.]

문자에는 경고장과 함께 두 장소의 위치가 적혀 있었다. 추측컨대, 범인은 선택지로 제시된 두 사람을 납치해 어딘가 가둬둔 것 같았다. 그렇지 않고서야 이 정도로 정확하게 위치를 제시할 순 없을 테니…. 한울이 초조한 표정으로 재우를 쳐다보았다.
"선배님, 30분이면 얼마 안 남았습니다…!"
재우는 뿌득- 이를 갈았다. 사실 문자를 받은 사람이 재우가 아닌 보통 사람이었다면, 고민할 필요도 없는 선택지였을 것이다. 아무 죄 없는 기자와 벌 받을 만한 짓을 했을 부패경찰. 누가 봐도 전자를 구하는 것이 정답이라 생각하리라. 그러나 지금 이 선택지를 받은 사람은 다름 아닌 '경찰' 한재우였다.
경찰은 범죄자를 잡는 사람이지 심판하는 사람이 아니다. 설령 후자인 부패경찰이 중형을 받을 만한 죄를 지은 사람일지라도, 그것을 벌하는 건 경찰인 재우가 판단할 몫이 아니었다. 그가 해야 할 일은 어디까지나 범죄자가 저지르려는 범죄를 막고, 체포하여 사법기관으로 넘기는 것이니까.

"제기랄…!"

재우는 스마트폰을 움켜쥐며 욕설을 내뱉었다. 그런 재우를 향해 한울이 입을 열었다.

"길게 고민할 시간이 없습니다. 답은 하나뿐인 거, 알고 계시잖아요? 한 사람은 이세미 기자님을 구하러, 또 한 사람은 경찰을 구하러 가야 합니다!"

"너 혼자서 놈을 상대할 수 있다고 생각하는 거냐? 그놈이 어디 보통 범죄자인 줄 알아? 아니, 보통 범죄자라 할지라도 경찰은 2인 1조가 기본인 거 몰라?"

"그렇다고 둘 다 내버려 둘 수는 없잖아요! 제 생각이긴 하지만, 지금까지 놈이 저질러온 행보로 보아 이세미 기자님을 죽이진 않을 겁니다. 아마도 부패경찰을 죽일 확률이 더 높겠죠. 확실한 건, 두 사람을 다 구하기 위해서는 두 가지 선택지를 다 선택해야 한다는 겁니다."

재우는 질끈 눈을 감았다. 한울의 말에는 분명 일리가 있었다. 범인… 그러니까 혁이 저질러온 범죄행각을 통해 유추해 보자면 죽을 확률이 높은 건 부패경찰이었다. 지금 그가 보낸 이 문자 또한, 부패경찰을 죽이는 것을 방해받지 않고자 재우를 세미 쪽으로 보내려는 것이리라.

'하지만….'

하지만… 무언가 찜찜한 구석이 있는 것도 사실이었다. 녀석은 왜, 이제까지 한 적 없던 예고장을 보낸 것일까? 오늘 같은 날, 자신을 잡으려는 형사들이 술에 취해 움직이지 않을 것을 뻔히 알면서…. 굳이 예고장을 보낸 이유가 무엇일까?

"결정은 선배님이 내리세요. 저는 어디든 가라고 명령하시는 곳으로 가겠습니다."

잠시 고민하던 재우는 마음을 굳힌 듯 한울을 마주 보았다. 어쨌든 예고장의 살인을 막기 위해서는 당장 움직여야 했다. 그리고 혁이 나타날 확률이 높은 곳은, 분명 부패경찰 쪽일 것이다. 그렇다면….

"내가 부패경찰 쪽으로 간다. 넌 이세미 기자가 있을 곳으로 가."

재우의 말에 한울이 고개를 끄덕였다.

"기자님이 무사하신 것만 확인하면 바로 넘어가겠습니다. 그럼 먼저 움직일게요!"

한울은 렉서스에서 내려 본부가 있는 방향으로 달려갔다. 윗선에서 지급한 예비용 차량을 타기 위해서였다. 재우 역시 뒷좌석에서 내려 렉서스의 운전석으로 이동했다. 그사이 예비 차량을 탄 한울이 먼저 본부를 떠나 도로로 진입했다.

재우는 핸들을 잡으며 깊이 숨을 들이마셨다가 내쉬었다. 순식간에 벌어진 위급상황에 조금 전까지 느껴지던 취기와

졸림은 거짓말처럼 증발해버리고 없었다. 차를 출발시키려던 재우는 문득 뒷좌석으로 시선을 던졌다. 혁이 선물한 책들이 아무렇게나 놓여 있었다. 어쩌면 지금까지 그가 벌여온, 범죄의 기록물이라고도 볼 수 있는 증거들이⋯.

'대체⋯ 왜 이렇게까지 하는 거냐?'

재우는 마치 혁에게 묻듯 책을 향해 중얼거리다가 전방으로 시선을 돌렸다. 혁이 왜 이러는지, 지금 그 이유는 중요하지 않았다. 당장 중요한 것은 그가 저지를 범죄를 막는 일이었다. 재우는 문자 속 장소를 다시 한번 확인한 뒤 렉서스를 출발시켰다. 렉서스는 주인의 무거운 마음을 날려버리려는 듯, 빠르게 어둠을 가르며 내달렸다.

※ ※ ※

재우는 약 20분 정도를 달린 끝에 문자 속 장소에 다다랐다. 장소는 재개발 예정인 아파트단지로, 철거가 진행 중인 듯 보였다.

'녀석은 잘 도착했나?'

재우는 아파트단지 가까이 차를 이동시키며 휴대폰을 꺼내들었다. 한울의 휴대폰으로 전화를 걸었지만, 통화는 연결되지 않았다. 재우는 휴대폰을 품에 넣고 철거 중인 아파트 건물들을 살폈다. 음산한 기운만 물씬 풍길 뿐, 그 어디서도 불빛 하나 보이지 않았다.

　재우는 차를 세우고 운전석에서 빠져나왔다. 그러곤 슬쩍 출입금지라 적힌 바리게이트를 넘어 안으로 들어갔다. 건물들 사이를 걷던 재우는 눈살을 찌푸렸다. 도무지 흔적을 찾을 수가 없었다. 보통 이런 예고장이 날아올 경우, 범인은 어떤 식으로든 예고장을 받은 사람이 현장을 찾을 수 있게끔 힌트 아닌 힌트를 던져주곤 한다. 그러나 아파트 단지의 어떤 건물에서도 그러한 힌트는 보이지 않았다.

　'내가 현장으로 찾아오길 바란 게 아니라면…. 대체 무엇을 위해 위치를 보냈을까?'

　재우는 다시 스마트폰을 꺼내 한울에게 전화를 걸었다. 그는 길게 이어지는 신호음을 들으며, 단지 안 건물들을 주의 깊게 살폈다. 긴 신호음 끝에 부재중 안내 멘트가 흘러나왔다.

　'설마… 무슨 일이 생긴 건 아니겠지?'

　재우는 코트 안주머니에서 한울로부터 건네받은 세미의 명함을 꺼내들었다. 한울이 연락을 받지 않으니 세미에게라도 연락을 취해보기 위해서였다. 그때, 재우의 머릿속에 어떤 생각 하나가 번쩍 스쳐지나갔다.

　'이세미 기자는 죽을 이유가 없어…. 그래, 왜 뻔히 알면서도 생각하지 못한 거지? 녀석에게 있어 죽일 만한 이유가 있는 사람은 세미가 아니야. 죽을 이유가 있는 사람은…!'

　그 순간, 재우의 휴대폰에 전화가 걸려왔다. 액정에 뜬 전화번호는… 그의 손에 들린 명함 속, 이세미 기자의 전화번호였다.

"형사님! 지금 어디세요?"

재우는 세미의 명함을 품에 집어넣으며 입을 열었다.

"○○아파트 단지입니다. 그러는 기자님은 어딥니까? 지한울… 그러니까 내 파트너하고는 만났습니까?"

"네? 그게 무슨? 잠깐만요, ○○아파트시라고요? …형사님! 이쪽! 여기요!"

재우는 이리저리 고개를 움직였다. 약 30미터 정도 떨어진 곳에서 번쩍이는 휴대폰을 들고 있는 여성이 보였다. 이세미였다.

"형사님! 그게 대체 무슨 말씀이세요? 제가 왜 그 형사님이랑 같이…!"

세미가 재우를 향해 달려오며 휴대폰으로 물었다. 멀쩡한 모습의 세미를 본 재우의 얼굴에 어둠이 드리웠다. 세미의 등장은 곧, 재우의 머릿속에 떠오른 생각이 맞다는 반증이었기 때문이다. 혁이 노린 것은….

세미가 아니라, 바로 '지한울'이었다는 사실이….

11

같은 시각 / 은성구 ○○동 ○○대학교

한울은 조심스럽게 문을 열고 거대한 공간으로 들어갔다. 재우에게 전달된 예고장에서 이세미 기자의 위치로 적혀 있던 곳은 ○○대학교의 실내체육관이었다.

체육관은 생각했던 것 이상으로 컸다. 프로 농구선수들이 경기를 해도 될 정도의 크기를 가진 경기장에는 높다란 농구대가 양 끝을 지키며 서 있었고, 커다란 체육관 창문들을 통해 들어오는 달빛에 비추인 공간 곳곳에는 체육 관련 용품들이 비치되어 있었다.

"어우 씨, 이거 불 켜는 건 어디 있는 거야?"

한울은 전등 스위치를 찾지 못한 채 휴대폰 플래시를 켜고 탐색을 시작했다. 달빛이 비추지 못하는 공간에 세미가 잡혀 있을지도 모른다는 생각 때문이었다. 그렇게 한울은 천천히 체육관 가장자리로 걸어 들어갔다. 잠시 후, 한울의 등 뒤에서 열려 있던 체육관 문이 끼익- 소리를 내며 닫혔다.

제멋대로 닫혀버린 문에 놀란 한울은 재빨리 뒤로 돌아 달렸다. 그리고 닫힌 문고리를 움켜쥐기 무섭게 힘껏 돌렸다.

"씨발…."

한울의 입에서 거친 욕설이 튀어나왔다. 문은 밖에서 단단히 잠겨 있었다. 체육관 밖에서 문을 잠근 혁은 다른 문을 통해 체육관 관중석으로 올라왔다. 그는 자신이 설치한 덫 안으로 들어온 한울을 가만히 노려보았다.

'이번에는 안 놓친다.'

혁은 한울을 죽이려다 실패했던 그날을 떠올렸다.

***

한울이 습격당했던 그날… / 돈왕궁(豚王宮) 그리고 S바

하하하-!

요란한 웃음소리에 고깃집 안 손님들이 일제히 고개를 돌렸다. 손님들이 쳐다본 곳에는 다섯 명의 남자들이 신나게 회식을 즐기고 있었다. 한울과 철수를 비롯한 형기대 3팀 형사들이었다.

"어휴, 누가 보면 자기들이 전세 낸 줄 알겠네."
"그러게 말이에요. 작가님, 지금이라도 장소 옮길까요?"
"아니에요, 전 괜찮습니다. 고기나 좀 더 시킬까요?"
혁이 출판사 직원들에게 묻는 순간, 또다시 와하하하- 하는 큰 웃음소리가 터져 나왔다. '어우!' 하며 노려보는 일행과 달리 혁은 피식 웃으며 고기를 집어 먹었다. 그러나 잠시 후, 혁의 눈이 날카롭게 찢어졌다. 그의 귀에 용납할 수 없는 이야기가 흘러들어왔기 때문이다.
"이거 진짜 웃기는 놈이네! 내가 살다 살다 돈 벌려고 형기대 왔다는 놈은 처음 본다!"
"웃기는 놈이 아니고 멍청한 놈이지. 인마, 돈 벌고 싶으면 차라리 구청이나 시청 공무원을 해야지. 뭣 하러 경찰을 하냐? 경찰 월급 쥐꼬리인 거 모르는 사람이 누가 있다고…."
"그러게 말입니다. 뭐, 어쩌겠습니까? 이왕 이쪽으로 잘못 잡아버린 거…. 여기서라도 최대한 많이 벌 수 있는 길을 찾는 수밖에요. 그러니 앞으로 잘 부탁드립니다, 선배님들!"
윤혁은 자신의 자리에 집중하려 했지만, 한울이 있는 테이블에서 새어나온 술기운 묻은 웃음소리가 여전히 귓가에 남아 있었다. 돈 벌려고 형사가 됐다는 말은 아무리 떠들썩한 회식 자리라 해도 그냥 넘어가지지 않았다. 그 말이 입 밖으로 흘러나온 순간부터, 윤혁의 눈길은 그 젊은 형사를 벗어나지 못했다.

그때, 낮게 울리는 휴대전화 벨소리에 시선이 멈췄다. 한울의 것이었다. 윤혁이 먼저 일어나 밖으로 나갔다. 아니나 다를까 한울은 급히 자리에서 일어나 밖으로 나왔다. 서 있던 윤혁 곁에서 전화를 받더니, 얼굴을 굳힌 채 짧게 대답했다.
"…지금? S바? 알았어. 근처야. 파하는 대로 갈게."
윤혁은 한울이 전화를 다 끝내기 전에 먼저 안으로 들어가 마지막 잔을 나누었다.
"먼저 가봐야 할 것 같습니다. 오늘 모두 고생하셨어요."
아쉬운 작별인사를 하는 출판사 직원들을 뒤로 한 채 윤혁은 S바를 향했다. 다급한 기색이 묻어나는 한울의 전화였고, 그런 순간의 흔들림에는 언제나 틈이 생긴다는 걸 그는 알고 있었다.

S바. 좁은 복도 끝 방 안에 작은 카메라 하나가 자리 잡았다. 윤혁은 휴대폰 들여다보며 자신이 원하는 장면이 시작되길 기다렸다. 그리고 얼마쯤 흘렀을까, 한울이 급하게 들어와 방으로 향했다. 휴대폰 화면 속에서, 해철이라는 사내가 테이블 위로 봉투를 올렸고, 한울의 손이 그 봉투 위에 멈췄다. 갈등의 그림자가 스쳤지만, 결국 그는 봉투를 집어 들고 방을 나왔다.
윤혁은 화면 너머 그 모습을 지켜보며 미묘하게 입꼬리를 올렸다.

'그럼 그렇지.'

결국 그 말과 행동은 다르지 않았다. 돈을 위해 형사가 되었다던 자가, 지금 또다시 돈을 손에 쥐고 나오는 모습. 모든 것이 어울려 있었다. 윤혁은 휴대폰을 닫고 고개를 들었다. 바 안은 적막했지만, 그의 안에서는 서늘한 결심이 단단히 굳어지고 있었다. 더 이상 물러날 이유도, 기다릴 이유도 없었다.

바에서 나온 혁은 근처에 세워두었던 택시로 돌아갔다. 독감에 시달리느라 일을 쉬는 중인 택시기사로부터 훔쳐낸, 미리 준비해둔 차량이었다.

혁은 약 한 달 전, 집에 돌아가는 길에 택시를 이용하면서 택시기사 박상철을 알게 되었다. 그리고 그와 이런저런 이야기를 나누며, 그가 감기 증상으로 곧 병원을 찾아갈 예정이라는 것과 택시기사는 감기약을 복용할 시 운행할 수 없다는 사실을 알게 되었다. 그렇게 혁은 한 달 동안 박상철 씨를 관찰했고, 그가 나아지지 않는 독감을 이기고자 더 강한 약을 받아온 날을 노려 스페어 키를 훔쳤다. 그것이 바로 오늘이었다.

혁은 운전석에 앉아 옷매무새를 고쳐 입으며 고깃집을 노려보았다. 본래는 택시를 몰고 거리를 돌며 사냥감을 찾을 생각이었지만, 더 이상 그럴 필요는 없었다. 이미 저 안에, 결코 용납할 수 없는 자가 있었다. '돈을 벌기 위해' 경찰이 되었다는 말. 경찰이라는 이름이 가져야 할 무게를 가장 가볍게 만

들어버린, 치명적인 고백이었다.

　검은 모자와 마스크를 착용한 혁은 조금 전 고깃집에서 몰래 챙긴 칼을 꺼내들었다. 날은 제법 서 있었지만, 단번에 숨통을 끊을 만큼 예리하진 않았다. 그러나 그것으로 충분했다. 오히려 더 적당했다. 고통이 길게 남는 편이, 이런 부류에게는 어울리니까. 무엇보다 오늘 겨냥한 이 인간은, '경찰'이라는 옷을 걸친 채 스스로 그 이름을 더럽힌 자였다.

　혁은 휘적거리며 대로변을 걸어가는 한울을 보았다.
　'지금이야.'
　혁은 택시에서 내려 조용히 그 뒤를 따라갔다. 그리고 괴뢰사의 능력을 이용해 손을 대지 않고 식칼을 움직여 그의 배에 꽂았다. 그런데⋯.

　운이 나빴다. 경찰은 생각보다 힘이 셌고, 칼은 생각했던 것보다 무뎠으며, 예상보다 훨씬 빨리 누군가 녀석을 구하기 위해 달려왔다.

　혁은 한울을 구하고자 나타난 누군가를 피해 골목에서 몸을 돌렸다. 그러나 그 순간, 혁은 다시 골목 저편으로 고개를 돌렸다. 그가 고개를 돌린 이유는 한울을 구하기 위해 나타난 사람 때문이었다. 죽어 마땅한 쓰레기를 구하러 나타난 사람이⋯ 다름 아닌 한재우 순경이었다! 나이가 들어 외모가 달라지긴 했지만, 생명의 은인인 그를 못 알아볼 수는 없었다. 혁은 그렇게, 잠시 멍하니 골목 저편의 재우와 한울을 보다가 택시로 돌아갔다.

그날 이후, 혁은 재우에 대해 알아보기 시작했다. 그리고 '돈을 벌기 위해 경찰을 한다는 쓰레기'가 재우의 파트너로 함께 하고 있다는 사실과 재우가 혁이 벌인 일들에 대해 수사하고 있다는 사실을 알게 되었다. 이런 사실들을 알아내는 것은 어렵지 않았다. 재우를 멀찍이서 관찰하는 것만으로 충분했다(그가 함께 다니는 파트너는 한울뿐이었고, 그가 다니는 현장들 또한 자신이 벌인 사건현장들이었다). 재우가 쫓고 있는 범죄들을 벌인 당사자, 즉 혁의 입장에서는 너무나도 쉽게 알아차릴 수 있는 일이었다.

이후, 혁의 내면에는 두 가지 감정이 교차하기 시작했다. 자신이 행하는 정의를 다른 누구도 아닌 한재우가 알게 되었다는 것에 대한 기쁨과, 그런 한재우의 곁에 돈을 벌고자 경찰을 한다는 쓰레기가 함께 한다는 것에 대한 분노였다. 그의 곁에, 저런 형사가 서 있다는 사실이 역겨웠다.

혁은 스스로에게 맹세했다. 재우가 조금이라도 더 빨리 자신의 행적을 알아차릴 수 있도록, 보다 적극적으로 흔적을 남기겠다고. 그렇게 당신이 구한 아이가, 얼마나 정의로운 인간으로 성장했는지 보여주겠다고. 또한 그의 인생의 구원자인 한재우 순경의 곁에 있는 저 쓰레기를, 반드시 죽이겠다고도 맹세했다. 세상 그 어떤 경찰보다 경찰다운 당신의 곁에, 결코 있어서는 안 될 저 쓰레기를 반드시 치워버리겠다고….

※ ※ ※

휴대폰 플래시로 이곳저곳을 비추던 한울은 뭔지 모를 소리에 휙 몸을 돌렸다. 체육관 한 구석, 어두운 곳에서 무언가가 천천히 그를 향해 다가오고 있었다.
"…이세미 기자님?"
한울은 사람 그림자처럼 보이는 그것을 향해 조심스럽게 물었다. 그러나 그는 이내 그것이 세미가 아님을 알 수 있었다. 그것은 분명 사람의 형상을 띠고 있긴 했지만, 세미라 보기에는 훨씬 크고 거대했다. 그리고… 사람도 아니었다.

※ ※ ※

약 30분 뒤…

쾅—! 잠금핀이 튕기며 문짝이 안쪽으로 찢겨 나갔다. 진압방패를 앞세운 재우가 어둠 속 체육관으로 박차고 들어섰다. 뒤이어 세미가 따라붙었다. 순간, 그녀가 재우의 어깨를 두드렸다.

"형사님…!"

재우가 시선을 돌린 구석에는, 사람 크기의 마네킹이 서 있었다. 쇼윈도에서 빠져나온 듯한 표정 없는 얼굴, 오른손에는 칼, 왼팔에는 축 늘어진 한울의 몸. 인형의 팔에 붙잡힌 한울은 정신을 잃은 듯 고개가 옆으로 기울어 있었다.

그때였다. 고요를 가르듯 휴대폰 벨소리가 체육관 안에 울려 퍼졌다. 재우의 주머니. 낯선 번호였다. 그는 서둘러 귀에 대었다.

"…형사님."

차갑고 낮은 목소리가 휴대폰 너머에서 흘러나왔다.

"왜 저런 자를 구하려 합니까. 스스로 더럽힌 이름을 가진 자를."

재우의 손이 미세하게 떨렸다. 그러나 그는 곧 세미를 향해 턱짓으로 출입문을 가리켰다. 세미는 두 손으로 입을 막은 채, 황급히 체육관을 빠져나갔다. 다시 이어지는 목소리는 나지막했지만, 더욱 선명했다.

"대답해 보십시오. 당신이 구하려는 게 정말 경찰입니까. 아니면, 이름만 빌린 또 다른 가해자입니까."

마네킹의 칼끝이 한울의 목덜미로 바짝 다가갔다. 숨결조차 멈춘 듯한 순간, 재우가 낮게 응수했다.

"…그건 네가 정할 일이 아니야."

정적이 흘렀다. 이어폰 너머에서 묘하게 웃음 섞인 숨소리가 번졌다. 그리고 곧, 짧은 잡음과 함께 통화는 끊겼다. 동시에 마네킹이 움찔이며 움직였다. 칼날이 한울의 피부를 스치려는 순간, 체육관 전체가 암전되었다. 사방의 창이 동시에 닫히며 어둠이 떨어졌다.

인형은 시력을 잃은 듯 허공을 마구 휘둘렀다. 그 사이 재우는 몸을 날려 한울을 끌어내고, 방패를 크게 휘둘렀다.

쾅! 마네킹의 어깨 소켓이 튀어나갔다. 칼날은 허공에서 허망하게 궤를 잃고, 기괴한 마네킹의 팔다리가 제멋대로 헛돌았다. 순간 빛이 번쩍 하고 스쳤다가 사라졌다. 마치 누군가 끊어낸 줄처럼.

잠시 후, LED 전등 불빛이 체육관을 밝혔다. 부서진 마네킹 조각들이 바닥에 널브러져 있었다. 기괴한 각도로 꺾인 다리, 분절선이 벌어진 팔들이 마치 버려진 인형극의 소품처럼, 의미 없는 자세로 땅바닥에 흩어져 있었다.

세미가 열쇠뭉치를 손에 쥔 채 뛰어 들어왔다.

"형사님! 범인은요?"

재우는 잠시 숨을 고르며 고개를 저었다. 그는 알았다.

혁은 이미 이곳을 떠나 사라졌다는 사실을.

12

다음 날, 오전 10시 경 / 언레코더블 수사본부

한울은 눈꺼풀을 찔러대는 뜨거운 햇살을 이기지 못하고 잠에서 깨어났다. 그는 정신이 들기 무섭게 벌떡 일어나 주변을 살폈다.

"후… 후….'"

한울은 자신이 있는 곳이 집과도 같은 본부의 라꾸라꾸 침대임을 확인하자 그제야 긴장을 풀고 안도의 숨을 내쉬었다. 그러나 몇 초 후, 안도의 숨을 내쉰 것이 무색하게 그의 두 손이 덜덜 떨리기 시작했다. 정신을 잃기 직전에 처했던 공포스러운 기억이 떠오르기 시작한 것이다. 굳게 잠긴 체육관… 어둠 속에서 나타난 정체 모를 인형….

한울은 떨리는 오른손으로 머리를 짚었다. 그것은 태어나 처음 마주해본 공포였다. 그의 앞에 나타난 인형은 단 한 번도 그런 존재를 맞닥뜨려본 적 없던 한울에게, 뭐라 표현하기 어려운 불쾌감과 공포감을 동시에 안겨줌으로써 그를 충격에 빠뜨렸다. 인간을 닮았으나 인간이 아닌 것으로부터 느껴지는 그 불쾌감…. 결코 움직여서는 안 될 것이 악의를 가득 담은 채 자신을 노리고 다가오는 것에 대한 공포…. 한울은 그야말로 '한 발짝도 움직일 수 없다'는 말이 무엇인지를 글자 그대로 체험했다. 한울은 충격과 공포로 아무 저항도 못한 채 당해버렸던 스스로를 자책했다.

'경찰이라는 새끼가 한심하게…. 그러고 보니, 기자님은…?'

한울은 눈을 덮고 있던 손을 떼어냈다. 본래 목적이었던 '이세미 기자의 안전'이 불현듯 떠오른 것이다. 한울은 황급히 침대에서 일어나고자 몸을 돌렸다. 그때, 본부 출입문이 열리며 누군가 안으로 들어왔다.

"어? 깨어났네? 좀 괜찮아요?"

침대에서 일어나려던 한울은 털썩- 다시 침대에 주저앉았다. 본부 안으로 들어온 사람은 다름 아닌 세미와 재우였다. 두 사람은 깨어난 한울을 보자 다행이라는 표정을 지으며 라꾸라꾸 침대로 다가왔다. 재우가 한울의 안색을 살피며 물었다.

"좀 어떠냐? 보아하니 클로로포름에 당한 것 같던데…."

"…클로로포름이요?"

한울이 인상을 찌푸리며 되묻자 세미가 아는 척을 했다.

"영화나 드라마에 많이 나오는 마취제 말이죠?"

"맞습니다. 다만 영화나 드라마처럼 그렇게 순식간에 기절시킬 수 있는 건 아니에요. 심지어 개인차가 있어서 기절하지 않는 경우도 있고 말입니다."

재우의 말을 듣던 한울이 스스로 한심하다는 듯 머리를 벅벅 긁었다.

"죄송합니다… 제가 너무 크게 당황해서…. 아무것도 못하고 그냥 당해버린 모양이에요…. 마취제가 아니었더라도 기절할 것 같았거든요. 그… 것 때문에…."

재우는 말없이 한울의 어깨를 툭툭 두들겨주었다. 그에게는 후배를 질타할 생각이 없었다. 오직 자신만이 한울이 느꼈을 공포를 이해해줄 수 있는 유일무이한 사람임을 누구보다 잘 알고 있었기 때문이다. '언레코더블 케이스'를 담당하게 된 이상, 재우와 한울이 상대하는 범인은 결코 일반적인 범인이 될 수 없었다. 즉 두 사람이 상대하게 될 범죄자들은, 모두 비상식적인 미지의 범죄자였다. 무엇보다 20여 년이나 '언레코더블 케이스'를 담당해온 재우와 달리, 한울은 이제 막 이 세계에 발을 들인 신참이었다. 그러니 생전 처음 직접적으로 마주하게 된 미지의 공포에 이루 말할 수 없는 충격을 받았을 것이다.

'그래도… 이겨내야지.'

재우는 한울을 보며 '언레코더블 케이스' 부서에 막 들어왔을 때의 스스로를 떠올렸다. 그 또한 처음 초능력 범죄자를 마주했을 때, 형언할 수 없는 공포 앞에서 한울만큼이나 무력했다. 어느 작가도 이야기하지 않았던가? 공포는 인간에게 있어 가장 오래된 감정이며, 그중에서도 가장 큰 공포는 미지의 것에 대한 공포라고….

"배 안 고파요? 혹시 몰라 포장해왔는데."

한울은 세미가 내민 비닐봉지를 받아들었다. 그 안에는 김밥 한 줄과 포장된 왕만두가 들어 있었다. 포장한 지 얼마 되지 않은 듯, 봉지는 만두가 내는 열기로 따뜻했다.

"고맙습니다. 잘 먹을게요."

한울은 따뜻한 음식이 쥐어지자 입맛이 돈 듯, 스티로폼 박스를 열고 만두 하나를 집어 크게 한 입 베어 먹었다.

"먹으면서 들어."

우걱우걱 음식을 먹는 한울을 보던 재우가 의자 하나를 집어와 앉으며 말했다.

"네가 받았을 충격은 이해한다만… 이 이상 발생할 피해를 막기 위해서라도 우리는 하루빨리 녀석을 잡아야 한다. 이미 알고 있겠지만, 녀석은 어제 너를 살해하고자 함정을 팠어. 여기 이세미 기자를 미끼로 우리를 갈라놓고 너를 제거하려 했지."

한울은 씹고 있던 만두를 꿀꺽 삼키며 고개를 끄덕였다. 세미가 미안하다는 듯 입을 열었다.
"죄송해요…. 저 때문에 두 분이….'"
세미가 마치 자기 탓인 것처럼 사과하자 재우가 단호히 고개를 가로저었다.
"아까도 얘기했지만 이건 기자님 잘못이 아닙니다. 녀석이 코앞까지 와 있었음에도 전혀 알아차리지 못한, 경찰인 우리 잘못이죠. 기자님에 대한 정보 역시 기자님 때문이 아니라, 우리를 통해 녀석의 손에 넘어갔을 가능성이 큽니다. 저희야말로 기자님께 사과드립니다. 저희 탓에 위험에 처할지도 모르는 상황이 되셨으니 말입니다…."
재우의 말대로 혁이 세미를 자신의 범죄에 이용한 이상, 세미 또한 결코 안전하다 말할 수 없었다. 당장은 그녀를 살해할 이유가 없을지 몰라도, 재우와 한울을 노리고 벌이는 일에 또다시 이용될 수 있을지 몰랐다.
"형사님, 무슨 말씀을 그렇게 하세요? 저 사회부 기자예요. 제 몸 다칠 게 무서웠으면 이제까지 기자로 살지도 못했을 거라고요."
재우는 세미를 보며 옅은 미소를 지었지만, 쉽게 말문을 다시 열지 못했다. 일이 이렇게 급진전하게 된 이유가, 다름 아닌 자신에게 있을지 모른다는 생각 때문이었다. 그가 섣부르게 대놓고 혁을 찾아가지 않았다면…. 어쩌면 이렇게까지 빠르게 다시 한울을 노리거나 세미를 이용하는 식의 범죄를 벌이지는 않았을지도 모른다는… 그런 생각이….

"…형사님?"

재우는 세미의 목소리에 아득한 어둠으로 빠져들던 정신을 되돌렸다. 그리고 자신을 동그랗게 뜬 눈으로 쳐다보고 있는 한울과 세미를 번갈아 보았다.

'그래, 자책은 나중에 하더라도… 지금은 해야 할 일을 해야지.'

재우는 두 젊은이들을 보며 정신을 다잡았다. 지금 그가 해야 할 일은 범죄자를 잡는 것이었다. 세 명의 경찰을 죽이고, 십여 명에 달하는 현행범에 해당하는 사람들을 살해했을 초능력 범죄자를 잡는 것…. 그것이 지금 이 순간, '경찰 한재우'가 해야 할 일이었다.

"미안합니다. 다시 본론으로 돌아와서…. 이번 일을 통해 녀석이 지한울 형사를 노린다는 건 확실해졌습니다. 그러니 이를 역으로 이용한다면, 녀석을 잡을 수 있을지도 모르죠."

만두를 다 먹어치우고 김밥을 우물거리던 한울이 놀란 표정으로 물었다.

"선배님, 뭐 생각해두신 방법이 있으신 거예요?"

세미가 '정말 괜찮겠어요?' 하는 듯한 표정으로 재우를 쳐다보았다. 재우가 세미에게 살짝 고개를 끄덕이자, 세미가 자신의 휴대폰을 꺼내 몇 번 터치하고는 한울에게 내밀었다.

"이게 뭡니까?"

"읽어봐."

한울은 건네받은 세미의 휴대폰을 들여다보았다. 휴대폰 액정에 보이는 것은 기사였다. 눈앞에 앉아 있는 이세미가 작성한 기사….

[은성교도소, 내부 공사로 수감자 이감…!]

은성구 ○○동에 위치한 은성교도소가 내부 공사로 인해 30여 명의 수감자들을 타 지역으로 일시적 이감할 것이라 밝혔다.

은성교도소장인 김○○ 소장은 "낙후된 일부 시설을 새로이 교체하고자 긴 고민 끝에 내부 공사를 실시하기로 하였다."며, 30여 명이라는 적지 않은 수의 수감자들을 서울 구치소로 잠시 이감할 예정이라 발표했다.

김 소장의 발표에 일부 언론에서는 '이송 중 만약의 사태가 벌어질지도 모르는 것에 대해 철저한 대비가 필요할 것.'이라며 우려를 제기했다. 이에 김 소장은 "서울에 위치한 은성교도소와 경기도 군포시에 위치한 서울 구치소까지는 차량으로 이동 시 약 1시간 정도면 충분한 거리다. 하지만 그럼에도 만약의 사태를 대비하기 위해 서울경찰청 형사기동대의 도움을 받기로 했다."고 밝혔다.

(사진 - 수감자 이송에 함께할 예정인 형사기동대 형사들)

은성교도소 수감자들의 이송 예정일은 ○월 ○○일로, 교통이 혼잡하지 않은 밤 12시경에 이루어질 예정이다.

* * *

다음 날, 혁의 작업실

혁은 좁은 방 한가운데 앉아 휴대폰 화면을 노려보고 있었다. 바깥 햇빛은 낡은 블라인드를 통과하며 얇은 줄무늬로 바닥에 흩어졌지만, 방 안을 밝히는 건 오직 손바닥 위 작은 빛뿐이었다. '은성교도소, 내부 공사로 수감자 이감'. 기사의 제목은 단출했으나, 혁의 눈은 오랫동안 기사에 삽입되어 있는 사진과 하단의 한 문장에 머물렀다. '만약의 사태를 대비하기 위해 서울경찰청 형사기동대의 도움을 받기로 했다….'

혁은 사진 속, 지한울의 얼굴을 노려보았다. 두 번이나 칼끝에서 놓친 얼굴. 아직도 생생히 남아 있는, 손끝에서 빠져나가던 그 순간의 감각이 다시 살아났다. 혁의 입가가 천천히 찢어지듯 올라갔다. 웃음이라기보다는 오래 삼켜온 울분이 일그러지며 터져 나온 흔적에 가까웠다.

혁은 숨을 길게 내쉬었다. 기사가 사실이든 거짓이든 중요하지 않았다. 설령 모두가 자신을 유인하기 위한 덫이라 해도 달라지지 않았다. 덫은 언제나 먹잇감을 불러내는 법이다. 혁의 어깨가 미세하게 떨렸다. 웃음인지, 분노인지, 스스로도 분간할 수 없는 감정이 온몸을 울리고 있었다. 그러나 그 혼란 속에서도 단 하나의 확신만은 선명했다. 지한율만큼은, 반드시 미끼가 되어 세상 앞에 모습을 드러낼 수밖에 없다는 것.

그리고 자신은 그 무대의 끝에서 기다리고 있으리라는 것.

13

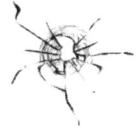

0월 00일, 오전 0시경 / 은성교도소

은성교도소의 두꺼운 외부 문이 열리자 커다란 버스가 밤거리로 고개를 내밀었다. 잠시 후, 교도소를 완전히 빠져나온 버스는 고속도로로 이어지는 도로로 네 개의 발을 굴리며 길을 달렸다. 버스는 고요한 어둠이 깔린 한적한 도로를 천천히 나아갔다. 은성교도소는 은성구 내에서도 외곽에 자리한 탓에, 지금은 사람이 살지 않는 재건축 단지 근처를 10여 분 정도 지나야 고속도로로 이어지는 길에 진입할 수 있었다. 재건축 단지를 지나 폐교가 보이는 길가로 들어선 순간, 버스는 길 한가운데에 서 있는 무언가를 발견했다. 그리고 기겁하며 핸들을 꺾었다.

버스의 앞에 나타난 것은 2미터 정도의 크기를 가진, 사람의 형상을 한 무언가였다. 버스는 정체불명의 그것을 피해 본래 가야 할 길로 진입하고자 발버둥 치기 시작했다. 그러나 그것은 버스를 놔두지 않았다. 도로 한가운데에서 버스를 기다리고 있던 그것은 도저히 인간이라 생각할 수 없는 속도로 버스를 쫓으며, 마치 토끼몰이를 하듯 버스가 나아가려는 길을 방해했다. 결국, 버스는 이리저리 몰이를 당한 끝에 폐교의 정문을 뚫고 운동장을 가로질러 스탠드를 들이받고서야 멈춰 섰다. 그리고 잠시 후, 부서진 폐교의 문 안으로 누군가 천천히 걸어 들어왔다. 버스를 멈춰 세운 무언가의 주인… 윤혁이….

* * *

운동장 흙먼지가 달빛에 반짝였다. 버스의 라디에이터에서는 영혼이 빠져나가듯 김이 하늘로 피어오르고 있었다. 혁은 멈춰 선 차체를 한 번 더 확인한 뒤, 손을 들어 엄지·검지·중지를 가볍게 모았다. 공기가 얇게 떨렸다. 황금빛 실에 매달린 무언가가 춤추듯 폐교 안으로 들어왔다.

그것은 2미터 정도 되는 크기를 가진 인형이었다. 검은 누더기와 두건으로 얼굴을 가린, 사형집행인 같은 차림의 인형은 검은 의복 아래로 표백된 인간의 팔다리를 삐죽삐죽 드러냈다. 인형의 관절에 박혀 있는 금속 링이 달빛을 받으며 딸

깎였다. '목' '어깨' '팔꿈치' '무릎'에 박힌 금속 링이 제각각 다른 팔다리들을 몸통과 하나로 이으며 소리를 냈다. 마치 잘못된 악보를 연주하는 현악기가, 그러나 낯설게 아름다운 불협화음을 내듯이.

금빛 선들이 하나의 악보처럼 곡선을 그리자, 인형이 응답했다. 굵은 오른다리가 먼저 무게를 실어 흙을 눌렀고, 앙상한 왼다리가 그 눌린 자리를 칼날처럼 파고들어 균형을 맞췄다. 여성의 것 같은 왼팔은 가볍게 앞을 가르며 선을 그었고, 남성의 오른팔은 묵직한 도끼머리를 허리에 붙여 끌고 왔다. 여러 사람의 팔과 다리로 꿰어진 몸은 흉측했지만, 움직임만큼은 기묘하게 유려했다.

'이번에는 절대로 안 놓친다.'

혁은 왼손으로 오른손목을 덮어 가슴 중앙까지 올렸다. 그러곤 한 박자 숨을 참았다가 손을 풀며 내렸다. 어린 시절 배운 분노조절을 위한 루틴은, 이제 일을 벌이기 전에 마음을 다잡는 루틴으로 굳어 있었다. 준비를 마친 혁은 차창을 훑었다. 고장 난 시계처럼 멈춘 통로, 버스 안의 죄수들은 대부분 엎질러 놓은 짐처럼 바닥에 쓰러져 있었다. 두어 명만이 미세하게 들썩이며 움직이는 듯한 모습이 보였다. 버스의 앞문은 벌어진 채 멈춰 있었다. 철문을 뜯을 필요가 없다는 건 반가운 일이었다. 문을 뜯어내다가 인형이 손상될지도 모를 사태를 방지할 수 있었으니까.

혁의 손놀림에 맞춰 인형의 발이 버스 계단을 올랐다. 인형의 손에 들린 30센티미터 크기의 정글도가 차체에 스치며 짧은 은빛을 튕겼다. 사람이라면 비틀릴 좁은 통로를 인형은 미리 치수를 잰 것처럼 곧게 통과했다. 각 팔다리는 제 길이를 끝까지 펼쳤다가, 다음 팔·다리가 반 박자 뒤따르며 따닥— 맞물렸다.

버스 바닥엔 수감복이 낙엽처럼 흩어졌다. 혁은 인형을 앞세운 채 버스 바닥을 살피며 수감복이 아닌 자를 찾았다. 소리 없이 걸어가던 인형이 통로 중간에서 멈췄다. 혁은 조용히 숨을 들이마셨다가 아주 얕게 내쉬었다. 통로 뒤편에 낯선 옷차림이 보였다. 수감복을 입지 않은 채 엎어져 있는 남자 하나. 지한울이었다. 혁의 입가에 미소가 올랐다. 덫은 닫혔다. 이제 사냥만 하면 된다. 혁은 손끝을 아주 조금 틀었다. 인형이 그 리듬을 받아 다시 움직이기 시작했다. 그 순간, 고장 났다 생각했던 앞문이 닫혔다. 운전석 창 너머로 세미의 뒷모습이 스치듯 사라졌다. 창밖으로 사라진 세미를 노려보던 혁은 고개를 돌림과 동시에 손가락을 움직였다. 인형의 흰 오른팔이 뒤로 젖혀졌다. 손도끼가 곧장 쓰러져 있는 남자를 향해 날아들었다.

콰직—!

혁의 표정이 일그러졌다. 살이 아닌 딱딱한 표면 속에서 나는 소리였다. 그는 인형을 물리고 발로 남자를 굴려 올렸다. 가발이 떨어졌다. 눈 대신 세로 나사가 박힌 정수리. 혁은 주변의 몸들을 잇달아 뒤집었다. 모두… 마네킹이었다.

"…혁아."

들려오는 목소리에 혁은 버스의 뒷좌석 쪽으로 고개를 돌렸다. 언제부터 있던 것인지 모를, 두 남자가 그를 쳐다보며 서 있었다. 바로 한재우 형사와 지한울 형사가….

"혁아, 이제 그만하자."

재우의 낮은 목소리가 마치 아이를 달래듯 말했다. 혁의 눈동자가 흔들렸다가 곧 굳었다. 이내 그는 웃었다. 그러나 입만 웃을 뿐, 눈은 웃지 않았다. 재우는 그런 혁의 모습을 본 후 그가 만든 인형을 쳐다보았다. 기괴한 인형의 모습은 망가진 혁의 삶처럼 처참했다.

"너 대체… 무슨 짓을 한 거야?"

재우가 혁을 향해 물었다. 그의 눈에 분노가 기름처럼 번졌다.

"아, 이거요? 재활용이죠. 다시 쓸 수 없는 쓰레기를 처리하고, 거기서 그나마 쓸 만한 부분들만 가져와서 만들어봤어요. 고생 좀 했죠. 이게 말이 쉽지. 실제로 인간의 시체를 썩지 않게 표백하면서 철처럼 단단하게 가공하는 건 보통 일이 아니더라고요."

"이런 개새끼가…!"

마치 자신의 작품을 자랑하는 어린아이 같은 혁의 모습에 한울이 분노를 담아 욕지거리를 내뱉었다. 그러나 혁은 도리어 그런 한울을 날카롭게 노려보더니, 더는 참기 힘들다는 듯 갑자기 인형을 조종해 두 사람을 압박하기 시작했다. 버스 뒷좌석 끝에 서 있던 재우와 한울은 각각 진압방패와 삼단봉을 꺼내들었다. 인형이 가까워질수록 숨이 눌리고, 귀 안쪽에서 실핏줄이 터지는 듯한 압력이 차올랐다. 혁이 손끝을 세게 휘두르자 금빛 실이 퍼덕이며 긴장했고, 동시에 인형의 도끼가 번쩍 치켜올려졌다.

혁의 호흡이 빨라지자 금빛 실이 더욱 거칠게 흔들렸다. 인형의 팔은 곤충의 더듬이처럼 길게 뻗어, 동시에 세 방향에서 궤적을 열었다. 방패와 봉이 각각 막아냈지만, 좁은 통로는 그들에게 불리했다. 어깨는 좌석에 걸렸고, 허리는 등받이마다 부딪혔다. 반대로 인형은 이 좁은 공간을 계산된 듯 활용했다. 팔은 등받이를 발판처럼 짚고, 관절은 비인간적인 각도로 접히며 파고들었다.

"젠장…"

한울이 이를 악물었다. 하지만 공격을 모두 받아내기엔 역부족이었고, 애써 반격을 해보려 했지만 그 모든 몸짓도 허공을 가르는 듯했다.

혁의 신들린 듯한 손놀림에 실들이 더욱 거칠게 흔들렸다. 그 움직임에 맞춰 인형의 사지가 꼬이고 휘어졌다. 오른팔은 정글도를 휘둘러 통로를 긁어냈고, 왼팔은 어깨에서 반 바퀴 돌아가 재우의 무릎을 겨냥했다. 인간의 몸에서는 결코 나올 수 없는 각도였다.

"카앙—!"

쇳소리가 뼈를 스치는 듯 매섭게 울렸다. 재우의 팔이 뒤로 밀리며 손가락 마디가 하얗게 질렸다. 방패를 끌어올려 막았으나 팔꿈치가 저려왔다. 그 사이 한울의 목덜미 옆을 날카로운 바람이 스쳐갔다. 인형의 칼끝이 머리카락 몇 올을 잘라냈다. 둘은 밀리고 있었다. 재우의 이마에 땀이 흘렀다. 방패와 인형의 충돌음은 차갑고 기계적인 리듬을 만들었고, 그 안에서 혁의 숨소리가 고삐 풀린 북소리처럼 겹쳐 울렸.

재우는 숨을 고르며 혁을 주시했다. 단순히 인형을 보는 것이 아니라, 그것을 움직이는 손끝을, 호흡을, 그리고 그 뒤에 숨어 있는 소년의 눈빛을 보고 있었다. 오래전, 곰인형을 끌어안고 울던 아이. 부모의 부재 속에서 한때 자신을 아버지처럼 따르던 눈빛. 그 기억이 지금 혁의 실 위에 어른거렸다.

"지금이다!"

한울은 그대로 삼단봉을 내리쳤다. 금속 링 하나가 튕겨나갔고, 인형의 팔이 기묘하게 흔들렸다. 혁은 이를 악물며 다시 손을 휘둘렀다. 하지만 집중은 이미 흐트러져 있었다. 인형의 팔다리는 여전히 움직였으나, 그 불협화음은 이제 혁의 의도와 어긋나기 시작했다. 마치 줄을 당기는 손과 인형 사이에 보이지 않는 장막이 생긴 듯, 반 템포 늦은 움직임이 더 크게 벌어졌다. 콰앙-! 방패에 가격당한 인형이 균형을 잃고 요란한 소리를 내며 쓰러졌다. 재우는 얼른 쓰러진 인형 위로 올라타 방패로 찍어누르며 소리쳤다.

"제압해!"

한울은 재우의 명령을 듣기 무섭게 긴 다리로 재우를 풀쩍 뛰어넘어 혁에게 달려들었다.

"얌전히 잡혀라. 이 범죄자 새끼야!"

한울은 이제까지 쌓여온 분노를 터뜨리듯, 혁의 손을 향해 삼단봉을 내지르며 소리쳤다. 인형을 조종하는 손을 먼저 제압하기 위해서였다. 한울의 발이 혁의 손목을 후려쳤다. 번쩍- 금빛 실이 천을 찢듯 흩어졌다. 그 순간, 한울의 말을 들은 혁의 눈이 길게 찢어졌다.

"이 쓰레기가…! 누구한테 범죄자라는 거야!"

혁의 외침과 동시에 재우의 방패 아래 깔려 있던 인형의 왼팔이 분리되었다. 분리된 팔은 혁의 손놀림에 따라, 한울을 노리고 빠르게 쇄도했다.

"으아악-!!"

한울은 참을 수 없는 고통에 삼단봉을 놓치며 바닥에 주저앉았다. 인형의 칼이 삼단봉을 들고 있던 한울의 팔을 깊이 찌른 것이다. 혁은 큰 소리로 괴기스럽게 웃으며 다시 한 번 재빨리 손을 움직였다. 피가 뚝뚝 떨어지는 칼을 든 인형의 왼팔이, 이번에는 한울의 목을 노리고 날아들었다. 푸욱-!

인형의 칼이 펄떡이는 살점을 꿰뚫었다. 그러나 혁의 얼굴에는 만족감이 아닌 당혹감이 떠올랐다. 칼에 뚫린 것은… 한울의 목이 아닌 한재우의 왼손이었다. 혁의 입에서 피맺힌 절규가 터져 나왔다.

"왜…! 당신 같은 사람이 왜 그 쓰레기를 지켜!"

20년 전 강도로부터 자신을 구했던 재우가, 그때와 마찬가지로 그의 앞에 서 있었다. 그러나 20년 전과 달리, 그는 혁을 구하기 위함이 아니라 혁을 막기 위해 그곳에 서 있었다. 그 사실이 혁을 울부짖게 만들었다.

울부짖는 혁을 보는 재우의 눈에도 언제 터진 것인지 모를 눈물이 맺혀 있었다. 20년 전 그날, 그는 아이의 생명은 구했을지언정 어둠으로부터는 구해주지 못했다. 범죄를 벌인 사람이 혁이라는 사실을 알게 된 뒤로, 그를 쭉 괴롭히는 생각이 바로 이것이었다. 그때, 눈앞의 이 아이를 어둠에서 빛으로 건져주었다면…. 정말 끝까지 어른으로서의 책임을 다했다면…. 이 아이는 어쩌면, 괴물이 되지 않았을지도 모른다는 생각…. 재우의 눈에 맺혀 있던 눈물이 깊은 자책과 함께 뺨을 타고 흘러내렸다.

"나는… 경찰이니까…."

재우의 말을 들은 혁의 눈이 휘둥그레졌다. 그 어떤 이유보다도 단순명료하고도 합당한 이유에 할 말을 잃은 것이다. 재우는 마치 그날의 열 살로 돌아간 듯한 얼굴의 혁을 보며 말을 이었다.

"…미안하다."

재우의 입에서 흘러나온 것은 단 한 마디였다. 설교도, 꾸짖음도 아닌 오래 묵은 자책의 토막. 아이의 울음을 달래던 손바닥 같은 단어 하나. 그 목소리는 혁의 귓속에서 오래된 기억을 불러냈다. 식탁의 저녁 냄새, 신발을 고쳐 신던 문간의 기척. 그는 그것을 기다려왔다. 그 시선 하나를. 이제야 자신을 바라보는 그 한순간이, 손끝의 힘을 조금씩 무너뜨렸다.

혁은 다른 손으로 줄을 다시 세우려 했지만, 호흡이 흐트러진 상태였다. 불규칙한 숨이 실로 그대로 전해졌다. 인형의 팔다리는 더는 박자를 맞추지 못하고 허공에서 헛돌았다.

한울의 삼단봉이 마지막으로 어깨 고리 사이를 내리쳤다. 인형의 팔이 의자에 부딪히며 바닥에 떨어졌다. 재우가 방패로 몸통을 비틀어 눌렀고, 고리들이 연쇄적으로 터져나가며 팅, 팅, 금속음이 울렸다. 실은 마지막으로 버둥대다 허공에서 꺼져갔다. 고요가 찾아왔다.

바닥에는 부서진 팔다리들이 허공을 움켜쥔 모양으로 널브러져 있었다. 붙잡으려다 끝내 닿지 못한 손들처럼. 흙먼지가 가라앉았고, 라디에이터의 김도 희미해졌다.

재우는 손등에서 흐르는 피를 대충 옷에 문지르며 혁을 바라봤다. 혁은 한울을 보지 않았다. 오직 재우만을 보았다. 방향을 잃은 아이처럼, 늦게 읽은 표지판 앞에 선 얼굴이었다.
"…너무 늦게 왔구나…."
재우의 목소리가 낮게 떨어졌다. 손은 뻗을 듯 말 듯 공중에서 멈췄다. 설명할 수 없는 세월이 그 몇 글자에 담겨 있었다. 한울은 수갑을 꺼내 혁의 손목에 채웠다. 짤각. 은빛 고리가 걸리자 혁의 손목이 힘없이 늘어졌다. 혁의 입술이 아주 작게 움직였다.
"이날을 얼마나… 기다렸는데…."
그 음성이 서운함인지 체념인지 알 수 없었지만, 재우는 대답 대신 눈을 한 번 감았다가 떴다. 그 짧은 깜박임에 그간의 모든 미안함이 담겨 있었다.

운동장 위로 바람이 지나갔다. 끊긴 실들이 바닥에서 빛을 잃어갔고, 흙먼지가 낮게 흘러 발자국을 덮었다. 괴물이 된 자도, 끝내 불씨를 지킨 자도 모두 이 자리에 흔적을 남겼다. 그 흔적은 사라지는 듯 보였지만, 여전히 땅속 깊은 곳에서 온기를 품고 있었다.
밤은 깊고 고요했으나, 그 고요 속에서 언뜻 새로운 숨결이 깃들기 시작했다.

Epilogue

열흘 뒤… 서울 중구의 어느 국밥집

재우와 한울은 처음 같이 식사를 나누었던 국밥집에 마주 앉아 있었다. 두 사람은 말없이, 그저 각자의 앞에 놓인 해장국을 우걱우걱 퍼먹었다. 잠시 후, 국밥을 반 정도 비운 한울이 먼저 입을 열었다.

"선배님 잘못 아닙니다."

재우는 국밥 그릇에 박고 있던 고개를 들어 새카만 후배를 쳐다보았다. 녀석은 여전히 국밥 그릇에 고개를 처박은 채 다시 말을 이었다.

"자책하고 계신 거 알아요. 그놈 잡아서 감옥에 보낼 때도…. 아니, 그 무슨 정신병원으로 보낼 때도 계속 자책하고 계셨잖아요."

재우는 쥐고 있던 숟가락을 내려놓고 며칠 전 일을 떠올렸다. 체포된 혁이 비공개 재판을 받고 ○○ 정신병원으로 수감되기까지의 일들을….

* * *

한울과 재우의 손에 체포된 혁은 '언레코더블 케이스' 범죄자 전담 판사의 주도 아래 비공개 재판을 받았다.
"…피고 윤혁을, 무기징역에 처한다."
혁은 6건의 살인과 2건의 살인미수, 그 외 절도죄 등의 죄목으로 무기징역을 선고받았다. 세미가 조사한 혁의 범행으로 의심되는 사건들이나, 혁의 부모를 죽인 장 씨의 죽음은 명확한 증거가 없을 뿐만 아니라 수사 또한 이미 종결된 탓에 죄목에 들어가지 못했다.
혁은 법정에서 자신의 죄목들을 전부 인정했다. 형량을 줄이고자 하는 의지 따위는 없었다. 그는 끝까지 "죽어 마땅한 죄를 지은 인간들에게 벌을 내렸을 뿐이다."라며 자신이 주장하는 정의를 굽히지 않았다. 그리고 며칠 후, 혁은 감옥이 아닌 정신병원에 수감되었다.

"감옥이 아니라 정신병원이라고요? 처음 들어보는 병원인데…. 어디 있는 거예요?"

한울이 이송차량에 오르는 혁을 보며 물었다. 한울과 재우, 두 사람은 이송 일정에는 참여할 필요가 없었으므로 지금 보는 혁의 모습이 이번 생에서 보는 그의 마지막 모습이 될 가능성이 높았다. 재우가 씁쓸한 표정을 지으며 답했다.

"○○도라고 있어. 전라남도에 있는 무인도 중 하나인데…. 거기에 언레코더블 케이스 범죄자만 전문으로 수감하는 정신병원이 있거든."

"…그러니까, 영화나 만화 같은 데 나오는 초능력 범죄자 감옥 같은 거네요?"

"뭐… 굳이 표현하자면 그렇긴 한데…. 지금 수감된 초능력 범죄자라고 해봐야 저 녀석까지 셋이 전부니까…."

한울은 아직 묻고 싶은 질문들이 남아 있었지만, 재우의 얼굴을 보고 입을 다물었다. 한울은 재우의 눈빛에서 그가 여전히 '자책'하고 있음을 알 수 있었다. 저 아이를 구했던 경찰로서…, 그리고 어른으로서…. 그를 괴물로 만드는 데에 일조했을지 모른다 자책하고 있음을….

※ ※ ※

"…내 잘못이 맞아. 내가 좋은 어른이었다면… 그 아이가 그렇게 되지 않도록 이끌어주었어야 했어. 그 아이가 부모를 잃은 뒤, 혼자가 되었다는 사실을 알고 있으면서도…."

"선배님, 선배님은 좋은 어른이세요."

재우는 단호하게 자신의 말을 자르는 한울을 살짝 놀란 표정으로 쳐다보았다. 은퇴를 몇 년 남겨두지 않은 대선배를 쳐다보는 까마득한 후배의 눈에는, 그를 향한 굳은 신뢰와 확신이 가득했다.

"지금도 이렇게, 어른으로서 잘못을 되짚으며 진심으로 눈물 흘리고 계시잖아요."

재우는 한울의 진심에 자신의 눈가를 훔쳤다. 언제 나왔는지 모를 눈물 한 방울이, 그의 눈에 맺혀 있었다.

"제가 선배님보다 경험은 많이 부족하지만…. 좀 더 어린 친구로서 한 말씀만 드릴게요. 아이가 성장하는 데에는 물론 어른의 역할이 중요합니다. 하지만… 그렇다고 그 모든 책임을 어른에게 돌릴 수는 없다고 생각해요. 아무리 깊은 어둠 속에 있더라도 제 발로 빛을 찾아 나오는 아이가 있는 반면, 아무리 밝은 빛 아래 있더라도 어둠보다 짙은 그림자 속으로 들어가 버리는 아이도 있는 법이니까요."

한울은 그 말을 끝으로 민망한 듯 얼굴을 붉히더니 자리에서 일어났다. 그러곤 두루미처럼 긴 다리로 홀쩍홀쩍 계산대를 향해 걸어갔다. 재우는 잠시 멈춰 앉아 한울이 남긴 말을 곱씹었다. 그리고 오래 묵은 질문 하나가 다시 떠올랐다. 남겨진 아이들은, 왜 그렇게 자주 괴물이 되어야만 하는가. 부모의 빈자리는 깊고, 세상의 무심함은 날카롭다. 그래서 상처받은 아이가 복수와 분노 속으로 걸어 들어가는 건 어쩌면 자연스러운 귀결일지도 모른다.

그러나 동시에 그는 알았다. 언제나 그렇지만, 그 모든 아이가 어둠에 잠식되는 것은 아니라는 걸. 재우는 오래전 낡은 책 속에서 읽었던 한 구절을 떠올렸다.

'불사조처럼, 재로부터 다시 일어서는 자. 어떤 아이들은 절망 속에서도 자기 안의 불씨를 지켜내고, 다시금 빛을 향해 날아오른다. 그것은 기적이 아니라, 인간 존재 안에 남아 있는 힘의 또 다른 이름일 것이다.'

혁은 그 길을 찾지 못했다. 하지만 그렇지 않은 수많은 이름 없는 아이들이 분명 어딘가에서 다시 살아내고 있을 거라고, 재우는 믿고 싶었다. 결국 경찰이라는 직업이란, 괴물이 된 아이를 막는 일이기도 하지만, 불사조처럼 다시 일어서려는 아이 곁에 서는 일이기도 하니까.

"거북이 선배님! 안 나오실 겁니까?"

계산을 마친 한울이 재우를 향해 소리쳤다. 재우는 피식 웃으며 자리에서 일어났다.

"…하여간, 두루미 같은 놈."

※ ※ ※

"그래서, 어디로 배정받았다고?"

"일단 강남경찰서로 신청해뒀어요. 병가로 휴직 처리된 뒤에 쭉 대기 상태로 있었더라고요. 형기대만큼 실적 잘 나올 곳은 아무래도 강남경찰서만 한 곳이 없을 것 같아서요."

재우는 한울의 이야기를 들으며 고개를 끄덕였다. 따로 시간을 내어 만나지 않는 한, 각기 다른 근무지에서 경찰로 살아갈 두 사람이 다시 만나기는 힘들 것이다. 언레코더블 케이스가 다시 발생할 가능성은… 형기대 소속 형사와 강남경찰서 소속 형사가 만날 확률보다도 훨씬 희박할 테니…. 재우가 한울을 향해 손을 내밀며 인사를 건넸다.

"그럼… 다음에 볼 때까지 몸조심해라. 원하던 대로 실적 많이 올리고."

"네, 선배님도 몸조심하세요. 농땡이 적당히 피우시고요."

한울의 일침에 재우는 미소 띤 얼굴로 고개를 끄덕였다. 마주 잡은 손을 놓지 못하던 두 사람은 밀려드는 아쉬움을 뒤로 하고 손을 놓았다. 그러곤 어떤 말도 더 주고받지 않고, 각자 가야 할 방향으로 발을 내디뎠다.

우웅-

재우는 가슴팍에서 울리는 진동에 코트 품으로 손을 넣었다. 잠시 후, 꺼내든 휴대폰을 확인한 재우가 뒤를 돌아보았다. 몇 미터 떨어진 곳에 서 있던 한울이, 그와 마찬가지로 휴대폰을 든 채 그 자리에 서 있었다.

"선배님… 이거, 설마…."

휴대폰에서 눈을 뗀 한올이 재우가 있는 곳으로 걸어오며 말했다. 두 사람은 그렇게 휴대폰에 온 메시지를 열었다. 언레코더블 케이스 전용 메신저 어플로부터 전달 된, 새로운 메시지를….

[언레코더블 케이스 추정 사건 발생.
 일주일 전, ○○구에서 발생한 살인사건의 용의자가
 한 달 전 사망한 ○○○라는 것이 확인됨.
 이 외에도 '죽은 사람이 돌아다니고 있다' 는
 제보가 수차례 접수되고 있…]

- The End